Der Venediger

Buch

Amanda begegnet im Wald einem seltsamen Mann. Ist er einer der rätselhaften *Venediger*, die vor Jahrhunderten den Harz auf der Suche nach Mineralien durchstreiften? Diese vermeintlichen Goldsucher aus Italien hinterließen in ganz Europa ihre Spuren und weil sie von der Insel Murano bei Venedig stammten, nannte man sie *Venediger*. In alten Sagen und Legenden wurden sie mit allerlei übernatürlichen Fähigkeiten ausgestattet, obwohl sie als Prospektoren nur den seltenen Braunstein (Mangan) für die Herstellung des einzigartigen venezianischen Kristallglases beschaffen sollten.

Den Ruf der *Venediger* als kundige Goldsucher machten sich auch Scharlatane wie *Philippus Sömmering* und *Freifrau Anna Maria von Ziegler* zunutze, ein Pärchen, dass es mit seinen betrügerischen Aktivitäten am Braunschweiger Hof zu besonders trauriger Berühmtheit brachte (dokumentiert durch Prozessakten im Niedersächsischen Landesarchiv Wolfenbüttel). Auch der berühmte Jakob Fugger spielt in der Handlung eine Rolle, allerdings ist es eine der vielen fantastischen Übertreibungen dieses Buches, ihn einer Mordtat zu bezichtigen.

Autorin

Barbara Ehrt studierte Erziehungswissenschaften und Kunst in Berlin, Kassel und Marburg, arbeitete als Pädagogin in Amsterdam und Goslar, schrieb für Zeitungen, malte, betrieb für kurze Zeit eine Kunstgalerie und schlug sich in Notzeiten mit allerlei Gelegenheitsjobs durch. Schauplatz ihrer Bücher, die sie gern selbst herausgibt, ist immer der Harz, den sie auch mehrfach zu Fuß durchwandert hat. Sie ist Mitglied im Freien Deutschen Autorenverband (FDA) und im Verband deutscher Schriftsteller(VS).

Weitere Veröffentlichungen:
Die Harzfrau
Die Tote im alten Schacht
Skurriles zwischen Himmel und Harz
Das Herz des Kaisers - Die Magd vom Bodfeld
Eine kleine Geschichte des Harzes
Ein zwölfter Kaiser im Huldigungssaal? (in: *Unser Harz, 2014*)
Die Kapelle St. Ulrich in der Goslar Pfalz (in: *Unser Harz, 2019*)

BARBARA EHRT

DER VENEDIGER

Roman

© Barbara Ehrt

Überarbeitete Neuauflage, 2020

Herstellung und Verlag:

BoD – Books on Demand, Norderstedt

https://www.bod.de

Satz: ehrt art&design, Goslar
Umschlagfoto: Barbara Ehrt

2015 erschienen bei Papierflieger-Verlag GmbH, Clausthal-Zellerfeld unter dem Titel: Der Venezianer

Bibliografische Information der
Deutschen Nationalbibliothek:
Die Deutsche Nationalbibliothek verzeichnet diese Publikation in der Deutschen Nationalbibliografie; detaillierte bibliografische Daten sind im Internet über http://dnb.dnb.de abrufbar

ISBN: 9783751930314

Im bleichen Sommer, wenn die Winde oben
Nur in dem Laub der großen Bäume sausen
Muss man in Flüssen liegen oder Teichen
Wie die Gewächse, worin Hechte hausen.
Der Leib wird leicht im Wasser,
Wenn der Arm
Leicht aus dem Wasser in den Himmel fällt
Wiegt ihn der stille Wind vergessen
Weil er ihn wohl für braunes Astwerk hält.
Bertold Brecht

Die alte Stadt am Ufer der Gose schläft. Eine Gestalt eilt durch die menschenleeren, engen Gassen und stößt böse Verwünschungen aus. Der schmale Umriss des nächtlichen Wanderers hebt sich nur dann von den Hausfassaden ab, wenn der Mond hinter den Wolken hervortritt und die Umgebung beleuchtet.

Der Mann schreckt zusammen und verharrt, als mit einem tiefen, dunklen Klang die Kirchenglocke des Nonnenklosters am Frankenberg zwölf Mal zu läuten beginnt und mit einem halben Ton endet, als der Glöckner das Seil zum Stillstand bringt. Sofort setzt sich die dunkle Gestalt wieder in Bewegung, biegt in die Gasse der Ziegenhirten ein und verharrt vor dem großen Tor eines Fachwerkhauses. Junker Barthold Taube hat sein Ziel erreicht. Wie in liebevoller Umarmung schmiegt er sich fest gegen die Wand und flüstert leise schluchzend: „Anna Maria, meine liebe Anna Maria!"

Schließlich zieht er aus einer Tasche seines weiten Umhanges einen kleinen Lederbeutel hervor, taucht die rechte Hand hinein und malt mit blutigen Fingern seltsame Zeichen auf das hölzerne Türblatt. Zufrieden grinsend verteilt er das Blut auch auf der Schwelle und verschwindet wieder in der Dunkelheit.

Als Psychologin habe ich schon während meines Studiums gelernt, nach logischen Erklärungen zu suchen, wenn die Fantasien meiner Klienten mitunter recht skurrile Züge annehmen. Dennoch haben die seltsamen Ereignisse der vergangenen Monate bewirkt, dass ich mit sehr viel mehr Respekt über das nachdenke, was der Volksmund als *verrückt* bezeichnet. Wie sonst hätte ich die beängstigenden Vorkommnisse, die ohne Vorwarnung in mein Leben hereingeplatzt waren und für die niemand eine Erklärung zu finden vermochte, verstehen können? Aber ich beginne am besten mit jenem Sommertag...

Wie immer hatte ich mich zum Joggen an den Stadtrand von Goslar begeben. Endlich draußen! Ich bin ein bisschen natur-süchtig, das heißt, wenn ich längere Zeit nicht in den Wald komme, dann leide ich an so etwas wie Entzugserscheinungen und darum stürme ich besonders nach anstrengenden, therapeutischen Sitzungen gern hinaus in die Natur.

Es war zwar schon spät, aber der blaue Himmel leuchtete vielversprechend und wenn ich mich beeilte, konnte ich das historische Gasthaus am Maltermeister Turm noch rechtzeitig erreichen und bei einem Glas Schwarzbier auf der Terrasse das Farbenspiel der untergehenden Sonne genießen. Ich ließ die Historie des Bauwerkes genüsslich auf der Zunge zergehen: Das älteste noch erhaltene oberirdische Grubenhaus der Welt und daneben ein Restaurant mit umwerfender Aussicht, was will man mehr?

Also los! Ich gab mir selbst die Sporen, lief leise keuchend durch eine der schmalen, kopfsteingepflasterten Gassen in Richtung Rammelsberg und schon nach wenigen Minuten befand ich mich im Grüngürtel der Altstadt. Angenehm weich federten meine Füße auf dem Waldboden und mit Blick auf das gekräuselte, dunkelgrüne Wasser des Herzberger Teiches ließ ich das hektische Getriebe hinter mir. Bald hatte ich den holprigen Pfad erreicht, der sich Hang aufwärts durch das weitläufige Bergwerksgelände schlängelt und eine willkommene Abkürzung darstellt. Leider war irgendwer auf die Idee gekommen, das ausgewaschene Gestein mit Schotter aufzufüllen und das machte den Aufstieg stellenweise etwas unangenehm.

Wie das gebieterische Zepter eines modernen Bergkönigs überragte der eiserne Förderturm die zweckmäßigen Werkhallen der Rammelsberger Erzaufbereitung, die sich über den ganzen Nordhang erstrecken. Spätes Sonnenlicht ließ einen stillgelegten Sandsteinbruch goldgelb aufleuchten und überzog die hoch aufgetürmten, jahrhundertealten Schlackenhalden mit metallischem Glanz. Große Bäume und Buschwerk suchte man hier vergebens, nur ganz bestimmte Pflanzen fanden auf dem verseuchten Boden des Bergwerksgeländes einen Halt. Robustes Heidekraut, feines Haargras und blau blühende Glockenblumen verteilten sich trotzig über das Geröll und die fahlgelben Blätter spindeldürrer Weißbirken reflektierten das Sonnenlicht. Birken besiedelten die Halden in Hundertschaften, aber wegen der Schadstoffbelastung kümmerten sie mit dünnen Stämmen wie Bonsai-Pflanzen dahin.

Ich fragte mich oft, ob jeder dieser mageren Stämme für ein erloschenes Bergmannsleben stehen würde und dachte dabei an die zahllosen Grubenunglücke, die eines der unwägbaren Risiken des früheren Bergbaus dargestellt hatten. Trotz der trostlosen Kargheit empfand ich die Landschaft mit den Überresten Jahrtausende alter Industriekultur als archaisch schön.

Die letzten Strahlen der untergehenden Sonne erreichten schon die Holzwände des Gasthauses, und ich hatte kaum die Hälfte des Weges erklommen. So steil bergauf kann man nicht allzu schnell laufen und schon gar nicht auf Schotter. Nur Mut, rief ich mir zu, noch ein paar Meter und du hast dein Ziel erreicht. Ich malte mir aus, wie ich mich mit kühlem Schwarzbier erfrischen und den fantastischen Blick über das weite Harzer Umland genießen würde. Inzwischen befand ich mich auf gleicher Höhe mit den Grubenanlagen des mittelalterlichen Bergbaus und mäßigte mein Tempo.

Die schroff abfallenden Hänge der ausgehöhlten Bergmitte wirkten wie ein tiefer Krater und ein von Arbeitern zurückgelassener Lastwagen unten am Boden sah aus wie ein kleines Spielzeugauto. Das gesamte Gelände war aus Sicherheitsgründen mit einem hohen Zaun abgesperrt worden, den man stellenweise sogar mit Stacheldraht verstärkt hatte. Neugierig blickte ich mich um und stellte fest, dass ich unmittelbar neben der historischen Ausgrabungsstätte stand, wo Archäologen die Überreste eines mittelalterlichen Stolleneingangs freigelegt hatten. In der Zeitung wurde von spektakulären Funden berichtet, die seitdem Scharen von Neugierigen anlockten. Unwillkürlich suchte ich den erdigen Boden nach blitzenden Gegenständen ab, wohl wissend, dass interessante Stücke sich längst anderswo befanden.

Was war das? Ein großer Sack, eine Plane oder ein Mensch? Die Sonne stand schon sehr tief und das Zwielicht der Dämmerung erschwerte den Versuch, etwas Genaues zu erkennen. Ich kroch unter dem verrosteten Geländer hindurch, bewegte mich näher an den Zaun heran und erkannte den Körper eines Mannes, der mir direkt in die Augen starrte, ohne zu blinzeln.

Seine seltsame Kleidung passte nicht in diese Zeit, die Füße steckten in geschnürten Lederstiefeln und der lange Kaftan gab ihm das Aussehen eines Theaterkomparsen, den man nach der Vorstellung auf der Bühne vergessen hatte. Eine klobige Umhängetasche aus festem Leder und eine eng am Kopf anliegende gelbe Kappe auf langen, grauschwarzen Haaren vollendeten das Bild einer mittelalterlichen Filmkulisse. Wenn ich die Augen schließe, kann ich die groteske Szene sofort wieder heraufbeschwören.

In panikartigem Entsetzen schrie alles in mir: *Lauf weg, lauf weg!* Ich wollte das letzte Stück des Hanges hinaufrennen, doch ich konnte im Dämmerlicht den Weg nicht mehr so gut erkennen, verlor das Gleichgewicht und fiel hin. Mit einem Aufschrei massierte ich meinen umgeknickten Fuß. Der Knöchel schmerzte und ich dachte entsetzt an die noch vor mir liegende Strecke. Sollte ich umkehren? Zwei Schritte nach unten belehrten mich, dass es noch mehr weh tat, bergab zu gehen, also musste ich das letzte Stück des Aufstiegs wagen. Im Gasthaus konnte ich mir dann ein Taxi rufen.

Mit meiner Unbeschwertheit war es vorbei. Ich fühlte mich plötzlich von bösen Augen beobachtet, von unsichtbaren Feinden bedroht und entgegen meiner Gewohnheit, rational und nüchtern zu bleiben, verfiel ich in einen Zustand kindischer Unbesonnenheit und benahm mich genauso, wie ich es bei meinen Patienten oft kritisierte. Ich befahl mir, stehenzubleiben und das Bündel noch einmal genau zu betrachten. Beherzt richtete ich den Strahl der Handytaschenlampe auf die Stelle und hoffte wider alle Vernunft, das ganze Bündel möge verschwunden sein. Aber nein, es lag noch immer dort und die Augen starrten mich an.

Entsetzt stolperte ich bergaufwärts, doch die Entfernung bis zum rettenden Gasthaus wollte sich gar nicht verringern. Das letzte Stück des Aufstiegs schien eine Ewigkeit zu dauern und mir war, als würden in der Dunkelheit von allen Seiten Hände nach mir greifen. Plötzlich hörte ich knirschende Schritte hinter mir, die auf dem Schotter näher kamen und wusste: So ist es, wenn man stirbt! Ich blieb abrupt stehen, um das Unfassbare nicht im Rücken zu haben, drehte mich um und beleuchtete mit zittrigen Fingern eine Gestalt hinter mir.

Es war eine Frau, die auch stehen geblieben war und geblendet die Augen zusammenkniff. Schützend hielt sie eine Hand vor ihr Gesicht. Ihre Kleidung war genauso fremdartig wie die des Mannes, auch sie schien sich mit den Requisiten einer historischen Theatergruppe oder dem Inventar eines Museums ausstaffiert zu haben. Die Kapuze ihres langen Mantels verdeckte einen Teil des Kopfes, lockige, graue Haare umrahmten ein ebenmäßiges, von tiefem Schmerz gezeichnetes, fremdartiges Gesicht, ein Urbild von Schönheit. Sie musterte mich stumm und furchtlos mit abschätzenden Blicken und ich wollte schon die Taschenlampe in eine andere Richtung halten, um sie nicht zu blenden, da geschah etwas Seltsames.

Mit einem bittenden Lächeln streckte sie mir die geöffneten Hände entgegen, in denen ein ungewöhnlich großer, herzförmiger Edelstein lag, den das Licht der Taschenlampe zum Glühen brachte. Wie magnetisiert bewegten sich meine Finger darauf zu, doch gerade als ich ihn vorsichtig berühren wollte, ließ ein Geräusch die Frau zusammenfahren und auch ich drehte mich unwillkürlich um. Aus dem Schattenfeld eines kleinen Waldstückes am oberen Ende des steilen Pfades erklang das glucksende Lachen einer Frau.

„Huch, Schatz, lass uns lieber zum Auto gehen, ich finde es hier unheimlich!"

„Na, dann komm, mein süßer Angsthase!"

Der muntere Dialog machte mir bewusst, wie surreal sich meine Situation entwickelt hatte und die Angst kehrte schlagartig zurück. Ich schrie laut um Hilfe und hastete ohne Rücksicht auf meinen Knöchel das letzte Stück des Pfades hinauf. Auf der Anhöhe stand im Schein einer Laterne ein Pärchen, die Frau klammerte sich an ihren Begleiter und beide starrten mich misstrauisch an. Vor Erleichterung, Menschen in ganz normaler, moderner Kleidung zu sehen, gaben meine Beine nach und schwankend konnte ich mich gerade noch an einem Baum festhalten.

Bestürzt eilten mir die beiden entgegen, fassten mich unter und begleiteten mich zum Wirtshaus, das nur wenige Meter entfernt war. Der Gastraum war fast leer und als der Wirt, der mich kannte, meinen desolaten Zustand bemerkte, setzte er sich zu uns und lauschte aufmerksam meinen wirren Schilderungen. Mich beunruhigte inzwischen die Befürchtung, feige weggelaufen zu sein, obwohl der Mann vielleicht noch gelebt hatte und Hilfe brauchte. Nach drei Kräuterschnäpsen beruhigte ich mich zwar etwas, bestand aber darauf, die Polizei zu rufen, denn niemand von uns mochte freiwillig im Dunkeln den Pfad hinabsteigen.

Als der Streifenwagen eintraf, wäre ich am liebsten vor Scham im Erdboden versunken, denn mich beschlich die Furcht, dass ich mir alles nur eingebildet hatte. Die beiden Beamten setzten sich zu mir, der eine kramte einen Stift hervor und begann, meine Personalien aufzunehmen, die er vom Ausweis abschrieb.

„So, jetzt nochmal ganz von Anfang an."

Umständlich begannen sie, mich auszufragen und alles gewissenhaft zu notieren. Ich berichtete von dem reglos daliegenden Körper, unterließ es aber aus irgendeinem Grund, die Begegnung mit der Frau zu erwähnen. Als sie fertig waren, schauten sie sich vielsagend an, dennoch brachen sie auf, um den angeblichen Tatort ausfindig zu machen. Ein wenig Abwechslung konnte nicht schaden, dachten sie wohl. Das Pärchen, das mir geholfen hatte, verabschiedete sich und wünschte mir mitleidig alles Gute.

Ich stützte den Kopf in die Hände und schloss genervt die Augen. Aus einem beschaulichen Abendspaziergang war ein Horrortrip geworden und anstatt beim Bier die Schönheit des Sonnenunterganges zu bewundern, lauschte ich nun den Stimmen in meinem Kopf. Die letzten Gäste, eine Gruppe von Wanderern, debattierten mit unterdrückter Lautstärke und warfen mir immer wieder verstohlene Blicke zu. Sie würden nicht eher gehen, als bis die Polizisten zurückgekehrt waren. Das unstet flackernde Blaulicht des Streifenwagens vor den Fenstern verbreitete die bedrohliche Stimmung eines Kriminalfilms und sorgte für eine passende Kulisse. Ungeduldig hoffte und fürchtete ich zugleich, die Beamten würden nichts finden.

Lauter als mir lieb war, verkündete der eine schon an der Tür in vorwurfsvollem Ton:

„Also, was wollen Sie denn nun genau gesehen haben? Wir sind mit Taschenlampen herumgekrochen und haben jeden Zentimeter beleuchtet. Da ist nix außer einer Schaufel und ein paar Brettern! Soweit wir das trotz der Dunkelheit überblicken konnten, ist das Gelände menschenleer, absolut menschenleer!"

Die beiden hatten sich neben meinen Tisch gestellt und ich konnte an ihren Gesichtern ablesen, was sie dachten: Bekloppte Psychologin hat genauso einen an der Waffel wie ihre Patienten! Verlegen hüllte ich mich

14

fester in meine Jacke und verschränkte trotzig die Arme. Auch wenn mir das Ganze inzwischen selber wie ein peinliches Hirngespinst erschien und ich mich wegen meiner überschießenden Phantasie schämte, mochte ich nicht als verrückt gelten.

„Also, ich verstehe das nicht! Dort lag wirklich jemand! Vielleicht haben Sie an der falschen Stelle gesucht? Oder hätte ich doch lieber mitgehen sollen?"

Das Gesicht des Mannes gefror und die Stimme seines Kollegen triefte vor Geringschätzung.

„Junge Frau, wir haben mit sehr, sehr hellen Lampen das gesamte Ausgrabungsgebiet ausgeleuchtet, die Stelle meinten Sie doch, da, wo man den mittelalterlichen Stollen entdeckt hat, oder? Da war absolut niemand, weder tot noch lebendig. Handelte es sich vielleicht um eine optische Täuschung in der Dämmerung, so etwas kann passieren!? Naja, da liegen Bretter und eine Abdeckplane, ich meine, das kann doch sein, also, im Dunkeln im Wald als Frau allein, na, da kriegt man es schon leicht mit der Angst zu tun…"

„Nein!", protestierte ich verärgert. „Ich bin doch nicht, also, ich hab mir das nicht eingebildet! Natürlich war da jemand, ich kann Ihnen ja die Kleidung genau beschreiben."

Jemand von der Wandergruppe kicherte laut. Verlegenes Schweigen breitete sich aus, das nur von einer undeutlichen Durchsage aus dem Streifenwagen vor der Tür unterbrochen wurde.

„Wie Sie meinen. Tja, wir müssen jedenfalls weiter, das bringt jetzt nichts, bei Dunkelheit zu suchen hat keinen Zweck. Sollen wir Sie mitnehmen und nach Hause bringen?"

Bloß nicht, dachte ich, das fehlte noch, dass jemand mich aus einem Streifenwagen aussteigen sieht! Resigniert verkniff ich mir eine patzige Antwort und überlegte, wie ich mir einen einigermaßen würdigen Abgang verschaffen konnte. Die Männer hielten mich für verrückt und wenn ich weiterhin auf meinen Behauptungen beharrte, würde sich das in einer Kleinstadt schnell herumsprechen und meinem Ruf erheblich schaden. Wenn ich meine Aussage relativierte und einen Rückzieher machte, war das auch nicht besser. Ich beschloss, gegen meine Überzeugung das Weibchen heraushängen zu lassen und klimperte hilflos mit den Augen. Entschuldigend lächelnd flüsterte ich:

„Es tut mir Leid, dass ich Sie umsonst herbemüht habe. Ich kann mir das zwar nicht erklären, aber vielleicht habe ich mich in der Dunkelheit doch getäuscht. Bitte seien Sie nicht böse! Und danke für Ihr Angebot, aber ich möchte lieber noch ein wenig hier sitzen bleiben, ich rufe mir dann ein Taxi."

Die Polizisten deuteten einen Gruß an und die Wandergruppe drängelte sich hinter ihnen her, um außer Hörweite eine ungefragte Stellungnahme zur Situation abgeben zu können.

„Amanda?"

Eine Hand legte sich auf meine Schulter. Erschrocken sah ich auf.

„Soll ich dich nachher mitnehmen? Was macht denn der Fuß?"

Die freundlichen Augen des Wirtes, der ein gutmütiger Mensch war und mich mit seinen Kräuterschnäpsen vor der völligen Verzweiflung bewahrt hatte, suchten meinen Blick.

„Ach, wenn das ginge, da wäre ich dir sehr dankbar!

Ich kann mir aber auch ein Taxi rufen!"

„Nein, nein, kommt gar nicht in Frage! Du bleibst schön hier sitzen, trinkst noch einen und dann bringe ich dich bis vor die Haustür, das ist doch selbstverständlich!"

Erst jetzt fiel mir die Verletzung wieder ein und ich betastete den Knöchel, er war leicht angeschwollen und fühlte sich heiß an. Nachdem alle Lichter gelöscht waren, hakte der Wirt mich unter und führte mich zu seinem Auto.

„Hoffentlich spricht sich mein Auftritt nicht in ganz Goslar herum, so eine kleine Stadt hat große Ohren!"

„Mach dir keine Sorgen, ich gehöre nicht zu den Klatschmäulern!"

Er fuhr tatsächlich bis vor meine Haustür und ich benutzte dankbar den Fahrstuhl unserer Wohnanlage, um den ich sonst einen Bogen machte, weil er ab und zu stecken blieb.

*I*n den folgenden Wochen stiegen immer wieder dieselben Bilder in mir auf: der eindringliche Blick der Frau, die verkrümmt daliegende Gestalt und das ungewöhnlich große, leuchtend rote Herz. Ich hätte mir das Gelände gern noch einmal bei Tageslicht angesehen, doch die ungewöhnliche Hitze und mein kranker Knöchel hielten mich davon ab. Ich fand es daher ganz angenehm, durch Termine, therapeutische Einzelsitzungen und Gruppentreffen davon abgehalten zu werden. Außerdem mussten Therapieanträge geschrieben und Konzepte erarbeitet werden.

Erst vierzehn Tage später kam ich dazu, den Berg noch einmal hinaufzugehen. Ich hatte keine Schmerzen mehr und machte mich mit gemischten Gefühlen an einem Sonntagmorgen auf den Weg. Auf keinen Fall wollte ich wieder in die Dämmerung geraten! Beklommen näherte ich mich der Ausgrabungsstelle und stellte erleichtert fest, dass das Gelände so harmlos aussah wie immer. Allmählich glaubte auch ich an eine Sinnestäuschung und beschloss, die Sache einfach zu verdrängen.

Beinahe wäre mir das gelungen, wenn da nicht Anneliese gewesen wäre, eine stille, beinahe durchsichtig wirkende Frau aus einem Gesprächskreis, der mich als Coach angefordert hatte. Ich besuchte die vorwiegend aus Frauen bestehende Gruppe sporadisch nur dann, wenn sich ein Teilnehmer in ihre Mitte verirrt hatte, der den Gruppenprozess mit destruktiver Kritik torpedierte. Obwohl sie sonst in der Lage waren, ihre Zusammenkünfte ohne Hilfe zu managen, fiel es ihnen schwer, angemessen mit Störenfrieden umzugehen.

Im Anschluss an eines dieser Treffen fragte mich Anneliese, ob ich oben am Rammelsberg wirklich einen Toten gesehen hätte. Ich war verwirrt. Woher wusste sie davon? Sie verfügte zwar über einen ungewöhnlich hohen Sensibilitätsgrad, aber deshalb konnte sie noch lange nicht hellsehen.

„Naja, in einer Kleinstadt wie Goslar machen Neuigkeiten eben schnell die Runde! Meinem Onkel gehört doch das Gasthaus am Maltermeisterturm und der hat es mir erzählt, aber bitte, sag ihm das nicht, ja?"

Ich seufzte innerlich. Also hatte der Wirt mein seltsames Erlebnis doch ausgeplaudert.

„Aber Anneliese, was denkst du, das Schweigen ist ein wichtiger Teil meines Berufes!"

Ich wollte schon weitergehen, doch sie brachte mich

zum Stehen, indem sie schüchtern ihre Hand auf meinen Arm legte.

„Ach, bitte, Amanda, nenn` mich nicht immer Anneliese, alle sagen Anne zu mir.“

Mit zaghafter Stimme fügte sie hinzu:

„Hast du einen Moment Zeit, ich würde so gern mehr über dein Erlebnis hören.“

Ich schaute auf die Uhr. Warum nicht? Eigentlich war ich froh, mit jemandem über den Vorfall reden zu können.

„Gut, wenn es nicht länger als eine halbe Stunde dauert, können wir uns drüben in den Park setzen.“

Wir überquerten die Straße und ließen uns auf einer verwitterten Holzbank nieder. Über uns rauschten die Blätter einer riesigen, alten Kastanie und links konnte man die Überreste der Stadtmauer sehen. Die zierliche Frau betrachtete mich ernst von der Seite.

„Und du bist sicher, dass da jemand in einem altertümlichen Gewand gelegen hat?“

Nachdem ich ihr den Mann in allen Einzelheiten beschrieben hatte, meinte sie, dass ich eine ganz erstaunliche Geschichte erlebt hätte, denn mit dieser Art von Kleidung seien die Leute ja nur in früheren Jahrhunderten herumgelaufen.

Anne war eine eifrige Hobbyhistorikerin und verbrachte ihre Freizeit am liebsten zwischen alten Akten im Oberbergamt von Clausthal oder im Goslarer Stadtarchiv. Sie hätte gern Geschichte studiert, doch ihre Biographie hatte sich im Rahmen des klassischen Frauenbildes vollzogen: während ihr Bruder von den streng katholischen Eltern finanziell unterstützt wurde und Geschichte im Lehramt studieren durfte, drängte man die Tochter in eine kaufmännische Lehre. Schon während der ersten Berufsjahre folgte die Eheschließung mit einem Mann, von dem sie längst wieder geschieden war und der es sogar geschafft hatte, das Sorgerecht für die Kinder zu erstreiten. Annes Gesicht, von dünnen, blonden Haaren halb verborgen, begann sich zu röten, als sie mir mit schwärmerischer Begeisterung zuhörte.

Ich beschrieb ihr den Anblick des Mannes und erwähnte auch die Frau mit den grauen Haaren. Schon während ich sprach, rutschte sie nervös auf der Bank hin und her und fiel mir unhöflich ins Wort, als ich gerade vom Auftritt der Polizisten berichten wollte.

„Amanda, das interessiert mich nicht so! Ich studiere alte Akten aus dem Spätmittelalter und der frühen Neuzeit, also aus dem fünfzehnten und sechzehnten Jahrhundert. Gerade hab ich die Protokolle eines schlimmen Hexenprozesses entziffert."

Sie warf mir einen dieser scheuen Seitenblicke zu.

„Möchtest du das überhaupt hören?"

„Naja..."

Glücklich lächelnd senkte sie den Kopf und deutete mein kraftloses *naja* als Aufforderung. Ich bereute sofort, mich zu ihr gesetzt zu haben.

„Also, es ging um den Fall der Sidonie von Calenberg, der Ehefrau von Herzog Erich von Braunschweig-Calenberg. Der wollte sich gern eine neue Frau nehmen und da er das als guter Christ nicht durfte, behauptete er einfach, Sidonie stünde mit dem Teufel im Bunde und habe versucht, ihn mit Zauberkünsten zu töten. Auf diese Weise hoffte er, sie loszuwerden und hatte beinahe Erfolg. Mehrmals wurde sie in seiner Anwesenheit gefoltert und in den Protokollen steht, dass man ihre Gelenke so lange auseinander schraubte, bis die Knochen an ihr herabbaumelten."

Die Vorstellung einer solchen Tortur bescherte mir trotz der Hitze eine Gänsehaut.

„Igitt, dieser Erich war doch ein kranker, versauter Sadist!"

„Soviel ich weiß, wurde die Folter auch bei Gerichtsverfahren angewendet, die nichts mit Hexerei zu tun hatten."

„Und wie ist es mit dieser Sidonie weitergegangen?

„Ohne ihre vornehme Herkunft und ohne ihren Bruder, den Herzog von Sachsen, wäre sie zu Tode gekommen. Er bat den Kaiser um Hilfe und daraufhin fand in Halberstadt eine erneute Befragung statt, bei der nicht gefoltert werden durfte. Sidonie widerrief ihre erzwungenen Geständnisse und wurde rehabilitiert. An Körper, Geist und Seele gebrochen, kehrte sie nach Sachsen zurück. Als der Herzog von Calenberg erfuhr, dass man die Anklage fallengelassen hatte, schäumte er vor Wut. Ließ jedoch offiziell über seine Abgesandten verlauten, er sei glücklich, dass die Unschuld der Herzogin nun endlich an den Tag gekommen sei. Übrigens, der Herzog war ein Anhänger der Reformation und kein Papist. Glaube also nicht, die grausamen Bestrafungen seien nur unter der römisch-katholischen Bevölkerung verbreitet gewesen."

Eine solche Geschichte zu hören, war wirklich schwere Kost. Anne musste meinen genervten Gesichtsausdruck bemerkt haben.

„Ich rede bestimmt zu viel."

„Naja, ich finde es bemerkenswert, wie gut du dich auskennst, du solltest Kurse an der Volkshochschule anbieten! Ich verstehe nur nicht, was das mit meinem Erlebnis zu tun hat? Es wäre überhaupt besser gewesen, wenn *du* den Mann gesehen hättest und nicht ich."

Nervös zwirbelte sie an einer Haarsträhne.

„Ja, aber mir hätte erst recht keiner geglaubt! Also, wie gesgt, ich hab ganz viele handgeschriebene Gerichtsprotokolle aus dem fünfzehnten und sechzehnten Jahrhundert studiert und darum hat mir mein Onkel von dir und dem Toten erzählt, er dachte, es wäre gut, wenn ich mal mit dir rede."

Erwartungsvoll sah sie mich an. Ich befürchtete, dass unser Gespräch sich in eine Therapiesitzung verwandeln könnte und wollte gerade vorschlagen, ein anderes Mal weiterzureden, da senkte sie bedeutungsschwer die Stimme und begann zu flüstern.

„An derselben Stelle, also in etwa da, wo du den toten Mann gesehen hast, wurde vor ungefähr fünfhundert Jahren einer ermordet!"

Ich bemühte mich, nüchtern zu bleiben.

„Woher weißt du das so genau?"

„Weil es eben diese alten Aufzeichnungen über Verbrechen im Bergbau gibt. Der Tote war ein Mann aus Venedig und seine Ehefrau hatte sich aufgemacht, ihren verschollenen Ehegatten zu suchen. Sie behauptete, er sei aus Habgier erschlagen worden, weil er eine wertvolle Silbermine im Mönchstal bei Zellerfeld entdeckt hatte."

Leise sprach sie mehr zu sich selbst.

„Bei dem Gerichtsverfahren ist nichts heraus gekommen, niemand wollte etwas gesehen haben und sämtliche Ermittlungen, wenn man das so nennen darf, sind im Sande verlaufen."

Ich lachte nervös. Was für Geschichten hatte sie sich da bloß zusammengereimt? Klein und verletzlich saß sie neben mir und machte ein Gesicht, als ob sie bereute, ihr Wissen preisgegeben zu haben.

„Soll ich aufhören?"

„Aber nein, red schon weiter!"

„Als die Frau erfuhr, dass ihr Mann tot war, feige erschlagen von einem Unbekannten, da soll sie in Raserei verfallen sein und geschworen haben, den Mörder zu finden und zu bestrafen. Die Frau ließ nicht locker und versuchte hartnäckig, die Bluttat aufzuklären. Sie muss ziemlich selbstbewusst aufgetreten sein und da der mutmaßliche Fundort des Silbers im Hoheitsgebiet des Herzogs von Braunschweig-Wolfenbüttel lag, mietete sie eine Kutsche und trug dem Fürsten ihr Anliegen vor.

Sie konnte aber die genaue Lage der Mine nicht angeben, weil die kartografische Skizze ihres Mannes verschwunden war oder nie existiert hatte. Als der Herzog das bemerkte, wollte er sie abwimmeln und versicherte ihr, sie habe gut gewählt, zu ihm zu kommen, er würde schon für Recht und Ordnung in seinem Fürstentum sorgen und die Goslarer zur Vernunft bringen. Er sandte einen Brief an den Magistrat, der nichts bewirkte und das war alles. Den Brief hab ich übrigens im Oberbergamt von Clausthal gefunden und die Fakten des gesamten Falles wie ein Puzzle zusammengesetzt. Die Frau muss dann sehr wütend nach Goslar zurückgekehrt sein, denn es entspann sich ein Hin und Her von gegenseitigen Verdächtigungen und Verleumdungen und ihr wurde gedroht, sie unter Arrest zu stellen. Bevor man ihr etwas antun konnte, war sie dann aber verschwunden. Die Akten schweigen darüber, nur eine kleine Notiz am Rande eines Protokolls besagt, dass sie angeblich nach Venedig zurückgekehrt sei."

Anne beugte sich zu mir.

„Amanda, ich glaube, also, die Frau mit den grauen Haaren, die dir gefolgt ist, das muss *sie* gewesen sein. Sie kann keine Ruhe finden, bevor die Tat gesühnt ist, so etwas gibt es doch!"

„Du meinst, die Frau mit dem roten Stein, die ich gesehen habe, ist die Ehefrau des Toten? Die ist doch tot, wie kann sie dann hinter mir herlaufen?"

Mir gefiel ihr Versuch nicht, mein seltsames Erlebnis mit umherirrenden Geistern aus der Vergangenheit zu erklären. Es klang irgendwie makaber. Ich sah auf die Uhr.

„War´s das dann?"

„Nein, warte, ich beeile mich. Einen Tag vor ihrer Abreise hat sich noch folgendes zugetragen. Zur Mittagszeit stellte sich die Fremde vor das Rathaus neben den Pranger und stieß einen lauten Fluch aus."

Anne sprang auf, breitete die Arme aus und starrte mich herausfordernd an.

„Noi malediciamo cittadino di Goslaria!"

Sie hatte den italienischen Satz so theatralisch hervorgestoßen, als sei er einstudiert.

„Ja, und, was heißt das nun auf deutsch?"

„Das heißt: Ich verfluche die Bürger von Goslar. Jawohl, genauso so steht es in den Akten!"

„Und hat der Fluch gewirkt?"

„Ja, und ob! Schon einige Jahre später hat er sich erfüllt, ob du es nun glauben willst oder nicht. Der Goslarer Rat musste den kompletten Rammelsberg und damit seinen gesamten Reichtum an das Herzogtum Braunschweig abtreten und mit dem Glanz der Kaiserstadt war es für immer vorbei."

„Übertreibst du jetzt nicht ein bisschen mit der Kausalität, meine liebe Anne, das sind doch nur zufällige Ereignisse. Setzt dich doch bitte wieder hin."

Sie fuhr mich ärgerlich an.

„Nein, ich stehe lieber. Das ist überhaupt nicht übertrieben! Sieh es mal so, wir prägen unser Leben doch selbst, in jeder Minute treffen wir neue Entscheidungen und stellen die Weichen für die Zukunft. Hätte sich der Goslarer Rat weniger der Habgier und mehr der Gerechtigkeit gewidmet, hätte die Frau den Fluch nicht ausgestoßen und die Stadtgeschichte wäre vielleicht anders verlaufen. Nein, das waren keine zufälligen Ereignisse! Wären die Ratsleute um Gerechtigkeit und Wiedergutmachung für die Frau bemüht gewesen, hätte das der Zukunft eine andere Wendung gegeben. Aber sie haben sie drangsaliert und so entfaltete der Fluch seine Wirkung."

Jetzt war ich leicht genervt.

„Wieso, die Ratsleute haben doch nur ihre Pflicht getan!"

„Nein, sie haben der Frau ihren Schutz verweigert und sich nicht geringste Mühe gegeben, den Mord aufzuklären. Außerdem glaube ich, dass sie den Mörder vielleicht sogar kannten und geschützt haben. Ich bin jedenfalls der Meinung, dass wir unsere sogenannten Schicksalsschläge meistens selbst verursacht haben!

Verdammt, das liegt doch klar auf der Hand!"

Ich war irritiert von ihrem Wutausbruch, so kannte ich sie gar nicht. Und sie selbst schien auch erstaunt zu sein.

„Entschuldige bitte, Amanda, ich steigere mich da vielleicht zu sehr rein! Bin auch gleich fertig, kann ich noch das mit dem Schicksal erklären?"

„Und was ist mit krebskranken Kindern, sind die auch verflucht? Und was meinst du überhaupt mit einem Fluch, da könnte ja jeder jeden verfluchen!"

Auch ich war aufgestanden. So ein Unsinn. Der Grundsatz, private Kontakte mit Klienten zu meiden, hatte seine Berechtigung, obwohl Anne in dem Sinne keine Klientin war. Es war jedenfalls absurd, den für die Stadt unglücklichen Ausgang eines Kleinkrieges um Besitzrechte am Rammelsberg mit einem Fluch erklären zu wollen. Als ich gehen wollte, hielt sie mich am Ärmel fest.

„Bitte lass mich dir nur noch eine Sache erzählen!"

„Na gut, aber dann lass uns vorher nach drüben zum Bäcker gehen, ich brauche einen Kaffee und dann muss ich wirklich weiter!"

Sie war einverstanden. Wir wechselten den Ort und nahmen das Gespräch erst wieder auf, als wir uns am Tisch gegenüber saßen. Ich konzentrierte mich ganz auf den duftenden Cappuccino und versuchte mir nicht mehr anmerken zu lassen, wie genervt ich war. Verschwörerisch senkte sie die Stimme.

„Zufällig bin ich im Stadtarchiv auf ein fünfhundert Jahre altes, verzweifeltes Bittgesuch gestoßen, das ein Mann namens Philippus Sömmering an den Goslarer Rat gerichtet hat. In dem Brief erwähnt er eine Silbermine im Mönchstal, deren Fundort er nur preisgeben will, wenn die Reichsstadt ihm einen Schutzbrief ausstellt. Philippus war ein Abenteurer und Alchemist und hatte zusammen mit seiner Geliebten Anna Maria von Ziegler den Versuch gemacht, am Hof des Herzogs von Braunschweig-Wolfenbüttel den Stein der Weisen herzustellen. Es ist ihnen nicht gelungen und daraufhin hat man sie wegen Betrugs verklagt. Der Schutzbrief sollte sie vor der anschließenden Hinrichtung bewahren."

Eine merkwürdige Veränderung war mit ihr vorgegangen. Die sonst so verletzlichen Züge sahen irgendwie hart aus und als hätte sie meine Anwesenheit vergessen, sprach sie mehr zu sich selbst leise vor sich hin.

„Ob es sich wohl um dieselbe Mine handelt, die der ermordete Venezianer und Philippus entdeckt haben? In keiner Akte über den Bergbau bei Zellerfeld findet sich ein Hinweis über Silberfunde im Mönchstal. Also muss es die Mine doch irgendwo noch geben! Wo könnte sie nur sein? Wenn man sich vorstellt, was ein solcher Fund noch heute bedeuten würde!"

Sie wandte sich mir wieder zu.

„Oh, Amanda, das ist so aufregend! Schade, dass du den Mann am Rammelsberg nicht untersucht hast, vielleicht war die Zeichnung mit dem Fundort der Mine in seiner Tasche! Hast du wirklich nicht nachgeschaut?"

Misstrauisch beobachtete sie meine Reaktion, als würde ich ihr kostbares Wissen über die Mine verheimlichen. Die Erregung hatte zwei rote Flecken auf ihre Wangen gemalt, doch ich verstand nicht, was sie an Gruben, Minen und Stollen so aufregend fand.

„Also Anne, ich bitte dich! Es war dunkel und ich war froh, dass der Zaun zwischen uns war. Ich hätte den Mann nie und nimmer angefasst! Außerdem habe ich mir das vermutlich alles nur eingebildet."

Enttäuscht faltete sie ihre Papierserviette zu einem immer kleineren Viereck zusammen und wechselte das Thema.

„Hast du dich jemals mit Wiedergeburt beschäftigt? Ich bin nämlich total fasziniert von der Geliebten dieses Philippus. Sie war eine ungewöhnliche Frau, die Anna Maria von Ziegler, und ich weiß nicht warum, aber ich glaube, sie und ich, also, ich glaube, wir sind eine Person. Schon der Name, Anne - Anna, das ist doch kein Zufall! Also, ich spüre es einfach, ich muss vor fast fünfhundert Jahren schon mal gelebt haben. Aber bitte, Amanda, du darfst mich jetzt nicht auslachen! Ich würde solche Sachen niemals den Leuten in der Gruppe erzählen, du bist die einzige, mit der ich darüber reden kann."

Auch das noch! Mit Esoterik und Wiedergeburt kann man mich jagen und ich wollte auf gar keinen Fall ein neues Thema mit ihr erörtern. Also schwieg ich und entfachte damit Annes Redseligkeit erneut.

„Bist du eigentlich nochmal an der Stelle gewesen, wo du, also, wo du den Mann gefunden hast? Ich bin sogar fünf Mal in den Abendstunden den Berg hoch und runter gestiegen, aber leider ist mir niemand begegnet und nichts aufgefallen."

Mein Erlebnis hatte sie wirklich sehr beeindruckt.

„Na, dann weißt du ja bestens Bescheid. Ich bin nur noch ein einziges Mal dort gewesen und hab nichts gesehen und jetzt muss ich los."

„Was, du musst los und ich hab dir noch gar nichts

von den *Venedigern* erzählt!"

Ihre Stimme klang traurig.

„Du meinst die Männlein aus den Harzer Sagen, die Zwerge?"

„Nein, ich meine die Venediger und das sind keine Männlein gewesen, sondern... ach, du hörst mir ja sowieso nicht zu."

Sie schwieg und verzog weinerlich das Gesicht. Mein verantwortungsvolles *Ich* befahl mir, die Frau nicht so unglücklich zurückzulassen und ich strich ihr beschwichtigend über die Hand. Sie zuckte zusammen und versteckte die Arme schnell unter dem Tisch.

„Na gut, dann erzähl schon, aber bitte nur ganz kurz!"

„Also, ich dachte, der Mann am Bergwerk, also der Tote, der dir erschienen ist, und der Ermordete aus den Akten, das sind bestimmt ein und derselbe. Vielleicht war der Tote ein Venediger, die können in Sekundenschnelle von einem Ort zum anderen reisen! Und wenn du ihm noch einmal begegnen solltst, dann musst du unbedingt seine Taschen durchsuchen!"

Ich stieß einen gequälten Seufzer aus. Meine seltsamen Erfahrungen mithilfe von Märchen und Sagen zu interpretieren war mehr, als ich ertragen konnte und keinesfalls wollte ich nochmals dem Toten begegnen und schon gar nicht seine Taschen durchwühlen!

„Du spinnst doch, Anne! Mir ist niemand erschienen und diese ominöse Mine interessiert mich überhaupt nicht!"

Das zu sagen, war ein schwerer Fehler, den ich sofort bereute. Sie kämpfte mit den Tränen, doch ich konnte mich nicht aufraffen, etwas Versöhnliches zu äußern. Verlegen nestelte sie ihr Portemonnaie aus der Tasche, legte ein paar Münzen auf den Tisch und stieß hervor:

„Der Tote im Bergwerk hieß Paolo di Montesilvano und seine Frau hieß Sabrina!"

Nach diesen Worten eilte sie grußlos davon.

Am Wochenende besuchte ich alte Freunde, die sich aufs Land zurückgezogen hatten. Holger öffnete lachend die Haustür und fragte: „Kennst du den schon?" und dann folgte der obligatorische Witz, den man sich bei jeder Begrüßung anhören musste und Gott sei Dank, seine Witze waren wirklich gut.

„Grünbaum, Vater von fünf Kindern, liegt im Sterben. Plötzlich hat er einen schrecklichen Verdacht und sagt zu seiner Frau: Ich glaube, unser Sohn David ist gar nicht von mir! Die Frau antwortet gekränkt: Oi, wie kannst du so von mir denken!? Gerade der David ist von dir!"

Wir lachten und meine betrübte Stimmung war verflogen. Bei ein paar Gläsern Wein erzählte ich von dem Mann und der Frau am Rammelsberg und wir tauschten bis in die späten Nachtstunden Erfahrungen aus, die mit seltsamen, übersinnlichen Phänomenen zu tun hatten. Ich muss dazu sagen, dass Konstanze in ihrer Jugendzeit für eine Weile bei einer Sekte gelandet war, die an Astralkörper, Wiedergeburt und solche Sachen glaubte und ihre Mitglieder mit teuren Kursen traktierte, damit sie höhere Bewusstseinsebenen erreichten. Während Konstanzes Geldvorräte schwanden, mehrten sich ihre depressiven Verstimmungen, doch glücklicherweise war es ihr gelungen, den Klub der toten Seelen rechtzeitig zu verlassen. Seitdem hielt sie sich von derartigen

Abenteuern fern. Sie lachte mich aber nicht aus, als ich von meinen Erlebnissen sprach, sondern überlegte, ob an Annes Behauptungen etwas dran sein könnte.

„Ein Venediger, huh, das klingt ja spannend. Erzähl noch mal, was waren das für Leute?"

Leider wusste ich nicht viel mehr zu berichten als das, was Anne mir erzählt hatte und was das Internet zum Thema ausspuckte. Dort hieß es, die geheimnisvollen Männer seien nicht nur im Harz, sondern auch im Erzgebirge, in Thüringen, im Schwarzwald, in den Alpen, in Padua, Florenz, Kärnten oder in der Steiermark unterwegs gewesen und hätten dort nach kostbaren Erzen oder anderen Schätzen gesucht. Dabei hätten sie seltsame Markierungen im Gestein hinterlassen, vermutlich auch in der Baumrinde, aber die uralten Bäume waren ja inzwischen verwittert. Noch heute sind in manchen Felsen eingeritzte Symbole für Gold, Silber oder Weißgold zu finden oder die Köpfe von Mönchen, seltsame Pfeile, Kreuze, Entenfüße oder ein Dreizack.

Die meisten dieser Zeichnungen sind inzwischen der Verwitterung anheim gefallen und ich empfand eine seltsame Erregung, als ich in einem Harzbuch auf die Abbildung von zwei rätselhaften Männerköpfen stieß, die wie Mönche aussahen und vermutlich dem Tal bei Zellerfeld seinen Namen gegeben hatten. Leider waren sie im Laufe des zwanzigsten Jahrhunderts verschollen und niemand vermochte den Stein, der auf die Anwesenheit der legendären Schatzsucher hinwies, je wiederzufinden. Ich beschloss, mich demnächst auf die Suche nach dem sogenannten Mönchstein bei Zellerfeld zu begeben. Holger wollte mehr über die Kleidung wissen und bat mich, sie zu beschreiben.

„Wie die Venediger ausgesehen haben, weiß ich auch nicht, nur dass sie wohl meistens eine Art Tornister aus festem Leder bei sich trugen. Und sie sollen sich manchmal als Hausierer getarnt haben, das fällt mir noch ein. Das Wissen um diese Leute ist bis heute ein gut gehütetes Geheimnis geblieben."

„Was sagst du da, als Hausierer getarnt? Das deutet auf Juden hin, denn im Gegensatz zu christlichen Kaufleuten war den Juden das Handeln mit Neuware verboten. Vermutlich sind sie bis in den Harz gewandert, um gebrauchte Sachen zu verscherbeln. Wusstest du, dass die Kirche im Mittelalter alle Juden zwang, gelbe Spitzhüte zu tragen?"

Ich nickte mit dem Kopf. Nun war er in seinem Element. Niemand, nicht einmal er selbst, konnte sagen, wann und warum er dieses gesteigerte Interesse am Judentum entwickelt hatte, jedenfalls hatte es dazu geführt, dass er gelegentlich sogar um Vorträge gebeten wurde.

„Ja, aber bestimmt gab es auch in Italien diese Verbote, wie konnten sie dann frei umherziehen? "

„Wieso nicht? Jüdische Händler mussten unglaublich einfallsreich sein, um an Geld zu kommen und wer wollte verhindern, dass sie ihre diskriminierende Kleidung unterwegs mit unauffälligeren Sachen vertauschten? Einerseits betrachtete man sie als Gottes verstoßene Kinder und drangsalierte, ermordete und verfolgte sie wegen ihrer Weigerung, die christliche Religion anzunehmen, andererseits bediente man sich gern ihrer notwendigerweise hoch entwickelten Begabung, aus *schmonzes* Geld zu machen, wenn es für die Christenheit von Vorteil war. Welch ein Irrsinn."

„Was ist *schmonzes*?"

„Ein jiddisches Wort, bedeutet soviel wie Mist.“

„Na, jedenfalls entfacht mein Erlebnis am Rammelsberg ganz schön die Fantasie!“

Beinahe hätte ich ihm von Anne erzählt und dass sie glaubte, schon mal gelebt zu haben, erinnerte mich aber an mein Schweigegelübde und hielt den Mund. Nachdenklich schaute er mich an.

„Wieso Fantasie? Es könnte doch sein, dass es den Juden in Venedig erlaubt war, sich als umherziehende Erzsucher zu betätigen. Dann müssten sie sich mit den Symbolen der Mineralogie bestens ausgekannt haben.“

Im Laufe des Abends verfielen wir in immer gewagtere Spekulationen, spornten uns gegenseitig an und kamen zu dem Schluss, dass die Venediger oder Walen, wie sie auch genannt wurden, nichts anderes sein konnten als *Zeitreisende* des Mittelalters. Aufgeklärter als die einheimische Bevölkerung und immer darauf bedacht, nicht aufzufallen, pendelten sie unerkannt zwischen den Welten hin und her. Nach zwei Flaschen Wein lautete unsere Theorie ungefähr so: Während ich den Berg hochgeklettert war, hatte eine Zeitverschiebung stattgefunden und mir war der Tote am Abhang begegnet, ein vor fünfhundert Jahren erschlagener Mann aus Venedig. Der ungesühnte und unaufgeklärte Mord hing wie eine prall mit Blutschuld gefüllte Blase in der Zeitschleife fest und der unglückliche, ruhelose Geist seiner Frau drängte mich, die Tat aufzuklären, damit die Vergangenheit endlich bereinigt werden konnte.

Das Konstrukt unseres Erklärungsmodells war vollkommen absurd, aber irgendwie beruhigend, denn jede Theorie war besser als der Gedanke, ich könnte an Wahnvorstellungen leiden. Die beiden überredeten mich, die Nacht in ihrem Gästezimmer zu verbringen und ich schlief tief und fest, während Traumbilder an mir vorüberzogen.

*B*ald gelang es mir, die ganze Angelegenheit einfach zu verdrängen, wie man so schön in der Sprache der Freudianer sagt, und das skurrile Ereignis war zu Geschichte geworden. Eines Tages beschloss ich, in aller Frühe zu einer Harzwanderung aufzubrechen und verabschiedete mich wie immer von Katze Schnüppel.

„Bin gleich wieder da!"

„Miau!"

Da Tiere ein völlig anderes Zeitgefühl haben als Menschen, wusste sie nicht, dass ich schwindelte und erst in ein paar Stunden zurück sein würde. Das Mönchstal war mein Ziel, denn mich verfolgte der wahnwitzige Wunsch, die verloren gegangenen Felszeichnungen wiederzufinden. Irrational und unwiderstehlich hatten mich die Venediger in ihren Bann gezogen und schon das Wort enthielt einen beinahe überirdischen Klang. Ich stieg ins Auto und genoss den Anblick dunkelgrüner Fichten vor strahlend blauem Himmel, während ich der Straße folgte, die sich in den Oberharz hinaufwindet. Wunderschön war es hier!

Die Hitzewelle war noch nicht vorbei und auch dieser Tag versprach sehr heiß zu werden. Ich schwitzte schon, als ich mich vom Parplatz aus auf den Weg machte und beschwingt in das vom Morgennebel noch feuchte Mönchstal hinabkletterte. Ein kleiner Bach speiste einen Stauteich, der aus den Zeiten des Bergbaus stammte und dessen Wasser bei verhangenem Wetter türkisgrün schimmert, während es unter blauem Himmel eher grau wirkt. Über diesen Teich gibt es eine Sage und ich suchte in seinen unergründlichen Tiefen nach spitzbogigen Fenstern, Türmen und Zinnen und erinnerte mich daran, was ich vor ein paar Tagen gelesen hatte: Es war einmal ein böser Wassermann, der lebte einst in einem Kristallpalast und lauerte jungen Mädchen auf. Eines Tages spazierten zwei Freundinnen durch den Wald. Der nasse Kerl bot ihnen hübsche Schmuckbänder an und es gelang ihm, eines der Mädchen mit diesem Geschenk in sein Reich zu locken.

Das andere Mädchen erschrak und lief schnell davon, um Hilfe zu holen. Ihre sechs Brüder eilten herbei. Sie öffneten den Verschluss des Striegelhäuschens, den man mit einem Stöpsel vergleichen kann, ließen das Wasser des Teiches ablaufen und zertrümmerten den Kristallpalast wütend mit ihren Spitzhacken. Doch der Wassermann hatte die Entführte als Geist in eine Flasche gebannt und die stand mit sechs weiteren Flaschen in einem Regal. Alle Flaschen enthielten verzauberte Mädchen und als man sie öffnete, standen sie wohlauf wieder da. Die geretteten Mädchen wurden von den tapferen Brüdern geheiratet und wenn sie nicht gestorben sind....

Amüsiert fragte ich mich, wie wohl die tiefenpsychologische Bedeutung einer solchen Geschichte lauten mochte, doch ich war ja aufgebrochen, um den Mönchstein zu suchen. Die genaue Lage war mir zwar nicht bekannt, doch ich hoffte auf den Zufall und plötzlich musste ich wieder an den erschlagenen Mann aus dem fernen Venedig denken und an die tragische Geschichte, die Anne erzählt hatte. Leider war mir nicht eingefallen zu fragen, ob sie noch mehr in den Akten gefunden hatte. Seit neulich war ich ihr aus dem Weg gegangen.

In Gedanken versunken wanderte ich weiter.

Gemächlich mäanderte das kleine Bächlein neben mir dahin und an jeder Biegung bekam seine Melodie einen anderen Klang, mal geheimnisvoll gurgelnd, dann leise singend oder übermütig sprudelnd. Felsgestein, Grasbüschel oder angeschwemmte Äste veränderten jeweils die Tonart und das singende Wasser schlängelte sich zeitlos durch das mit Moos überwachsene Waldgelände. Das Wasser wusste, dass die Ewigkeit ihm viel Zeit zur Verfügung gestellt hat. Mir fiel der Haiku ein, den mir ein niederländischer Freund einmal vorgetragen hatte. *So wenig man dieselbe Stelle im strömenden Wasser zweimal berühren kann, so wenig kann man Liebe von einem Menschen erwarten, der keine Liebe geben kann.*

Fasziniert widmete ich mich dem Anblick einer uralten Fichte, deren kahle, knorrige Äste sich wie eine Trittleiter rund um den Stamm nach oben rankten. Versonnen starrte ich hinauf ins Geäst und schrak zusammen, als das vertraute Plätschern des Baches von einem unpassenden Geräusch, einem Räuspern, gestört wurde. Ich drehte mich um und traute meinen Augen nicht. Vor mir stand ein Mann, der genauso gekleidet war wie die tote Person am Bergwerk, aber diesmal ganz lebendig!

Ich bekam sofort wieder Angst, doch Weglaufen war unmöglich. Er befand sich genau zwischen mir und dem Bach und hätte mich mit einer Hand festhalten können. Aber wollte er das? Belustigt lächelnd, mit einem beinahe spöttischen Gesichtsausdruck, ließ er mir Zeit, mich an seinen Anblick zu gewöhnen und allmählich entspannte ich mich ein wenig. Das Gesicht des Mannes war freundlich und sein schwarzes, an den Schläfen leicht ergrautes Haar, hing ihm bis auf die Schultern herab. Die gelbe Kappe hielt er zusammengefaltet in der Hand und am Trageriemen seiner Umhängetasche baumelte der lange Kaftan. Er war mir so nah, dass ich im Grün seiner Iris eine goldbraune Verfärbung bemerken konnte. Seltsamerweise verflog meine Angst und mir schien, als habe ein alter Bekannter hier auf mich gewartet. Ich lächelte zurück.

„Kennen wir uns denn?"

Zu meinem Erstaunen nannte er meinen Namen.

„Sei gegrüßt, Donna Amanda!"

Genüsslich ließ er alle Silben auf der Zunge zergehen wie ein köstliches Gericht. Er sprach ganz normal deutsch und hatte auch keinen fremdländischen Akzent, er rollte nur das *R* ungewohnt stark.

„Du fragst dich wohl, was dieser Fremde von dir will?"

Ich nickte sprachlos bestätigend.

„Er will, dass du etwas begreifst, was nur du begreifen kannst. Aber zuerst will ich mich vorstellen: Paolo di Montesilvano ist mein Name."

Ich erstarrte und die Angst kehrte zurück. Das war doch der Name des ermordeten Mannes, von dem Anne erzählt hatte. Und der stand mir nun gegenüber? Unsicher sah ich mich um. Niemand da, wir waren ganz allein.

Ohne sich durch meine Nervosität ablenken zu lassen, fragte er ernst:

„Kennst du Venedig, bist du schon einmal dort gewesen?"

Mir hatte es die Sprache verschlagen. Stumm verneinte ich.

„Nun, dann wirst du zunächst einiges nicht verstehen können, aber das macht nichts, du bist eine kluge Frau!

Ist dir wenigstens die überragende Bedeutung des venezianischen Glases im Mittelalter bekannt?"

Als ich wieder verneinte, zuckten seine Brauen hochmütig nach oben. Krampfhaft versuchte ich, mir die leuchtend bunten Vasen, verzierten Krüge und Glasperlen vorzustellen, die man im Souvenirladen bei uns im Hof kaufen kann, doch meine Einbildungskraft war wie zugeschüttet. Wenn es sich nun um einen gefährlichen Psychopathen handelte? Er kam noch einen Schritt näher und fixierte meine Augen mit seinem Blick.

„Möchtest du meine Geschichte erfahren?"

Anstatt schnell wegzulaufen, gab ich eine höfliche Antwort.

„Oh ja, natürlich!"

Das Wort *Nein* schien in meinem Sprachschatz nicht oft vorzukommen. Mit einer galanten, vollkommen altmodischen Geste forderte er mich auf, neben ihm auf einem umgestürzten Baum Platz zu nehmen und ich überlegte blitzschnell, was ich tun sollte. Weil ich trotz der ungewöhnlichen Situation keine Furcht mehr verspürte, kam ich zu dem Schluss, dass dieser Mann vielleicht ein harmloser Spinner war, aber ganz bestimmt kein Vergewaltiger. Selbst erstaunt über meine Vertrauensseligkeit, ließ ich mich auf sein Angebot ein und setzte ich mich zu ihm. Inzwischen hatten sich die Morgennebel gelichtet und die Sonne ließ den Tau auf den feuchten Gräsern glitzern. Die angenehm melodische Stimme des Mannes, der sich Paolo di Montesilvano nannte, passte zu seinem Äußeren.

„Nun gut, meine liebe Amanda, ich werde mein ganzes Leben vor dir ausbreiten und du wirst mir deine Zeit schenken. Am Ende unserer Begegnung wartet eine wichtige Aufgabe auf dich, von der ich dir erst später berichten kann. Nur soviel: fürchte dich nicht!"

Nach dieser Aufforderung, die aus der Bibel zu stammen schien, lehnte er sich zurück und begann einfach zu erzählen, ohne meine nochmalige Zustimmung abzuwarten. Der Klang seiner Stimme übte eine beinahe hypnotische Wirkung auf mich aus und mich überfiel dieselbe aufgeregte Neugierde, mit der ich als Kind den Märchen gelauscht habe.

„Ich war früher ein reicher Mann, ein begabter und erfolgreicher Glasbläser auf der Insel Murano in der Lagune von Venedig. Wegen meiner Kunstfertigkeit wurde ich, oder eigentlich schon mein Großvater, in den Adelsstand versetzt, denn unsere Mosaiken, Kronleuchter, Kristalllüster und kostbaren Spiegel zierten die Paläste der Kaiser, schmückten die Säle glanzvoller Fürstenhäuser, beglückten die Päpste in Rom und die prachtvollen Hochburgen der Adelsgeschlechter. Niemandem sonst auf der Welt war es bisher gelungen, kristallklares Glas und große Spiegel herzustellen und wir lieferten sie bis an den französischen Hof!"

Ich vermeinte, das Klirren von Glas zu hören und schaute mich unwillkürlich um. Die Waldlichtung lag verlassen da.

„Unser Geheimnis war das durchsichtige *cristallo*, ein Glas, so klar wie Wasser. Vor einem Hintergrund aus Silber aufgetragen, erzeugt es eine Oberfläche, in der man sich spiegeln kann und nur wir, die Glasbläser von Murano, kannten das Geheimnis und nur wir beherrschten die Kunst, den unansehnlichen Quarzsand, den man in der Lagune mit Händen schöpfen konnte, in klares Glas zu verwandeln. Für die Herstellung dieses Glases war ein

Mineral besonders wichtig und interessierte uns mehr als Gold: der Braunstein. Früher hielt man das Erz für magnetisch und darum wurde es fälschlicherweise *Manganesium* genannt, heute heißt es Mangan. Wenn man es dem Quarzsand beimischt, verändert das Glas während des Schmelzprozesses seine Farbe und wird durchsichtig."

Ehrfürchtig sah ich ihn an.

„Auf Murano drehte sich alles um die Herstellung und Veredelung von Glas und die dafür benötigten Substanzen wie Marmor, Asche, Soda und Knochenmehl befanden sich in der Umgebung der venezianischen Lagune. Silber, Gold oder Bleikristall konnte man kaufen und von ihren Reisen kehrten unsere Zulieferer, die Beschaffer, mit Quarz, Kobalt, Selen, Blei, Antimon, Wismut oder Zink nach Murano zurück. Auch kostbare Edelsteine wie Amethyste, Achate, Jaspise, Karneole, Smaragde, Lapislazuli und sogar Perlen trugen sie in ihren unauffälligen Lederranzen davon. Nur der Braunstein war so selten, dass sie ihre Wanderungen bis in den Norden des Heiligen Römischen Reiches ausdehnen mussten."

Unwillkürlich tastete er mit der Hand nach seiner Tasche.

„Diese geheimnisvollen Erzsucher, nach ihrem Herkunftsort Venediger genannt, sind nicht ohne Grund zu Sagengestalten und Zauberwesen geworden. Sie besaßen nicht nur eine ungewöhnlich hoch entwickelte Fähigkeit zum Aufspüren von Erzen und Mineralien, sondern sie vermochten auch die Grenzen der Zeit zu überschreiten."

„Dann bist du wohl auch ein Venediger und kannst die Zeitgrenze überschreiten?"

„Seit ich Venedig verlassen habe, verstehe ich mich auf gewisse Künste und ja, man kann sagen, dass ich jetzt ein Venediger bin."

Mit dieser vagen Antwort musste ich mich wohl zufrieden geben. Während ich ihn unauffällig aus der Nähe betrachtete, fiel mir auf, dass sein brauner Ledertornister von einem Wappen verziert wurde. Auf der Lasche plusterte sich hoheitsvoll ein eingravierter Hahn. Bevor ich nach der Bedeutung des Tieres fragen konnte, fuhr er schon mit seinen Erzählungen fort.

„Wir Glasbläser waren die Opfer unserer eigenen Kunstfertigkeit. Schon vor Jahrhunderten hatte der *Doge* angeordnet, die Glashütten der *Serenissima* ausschließlich auf der Insel Murano zu errichten und wir, die hochverehrten Meister der Glaskunst, wurden seitdem wie Pestkranke unter Quarantäne gestellt und wir lebten wie Gefangene in einem goldenen Käfig.

Aus Angst, einer von uns könnte das Geheimnis des *cristallo* verraten und damit die Monopolstellung des venezianischen Spiegelglases gefährden, hatte man uns zu Leibeigenen degradiert, die nur noch dazu dienten, den Reichtum des venezianischen Patriziats zu vermehren. Die Geheimpolizei des Dogen und ihre Spitzel sorgten dafür, dass sich in der Serenissima ein Klima des Misstrauens und der Angst ausbreitete. Spione und Auftragsmörder hielten an den Höfen der spanischen und französischen Krone und denen des Heiligen Römischen Reiches und bis ins ferne Portugal nach Geheimnisverrätern Ausschau. Die Insel Murano wurde Tag und Nacht von Patrouillenbooten umfahren und selbst zur Wahrnehmung unserer Geschäfte durften wir nur unter der Aufsicht einer Eskorte für kurze Zeit die Insel verlassen. Diese Prozedur war so umständlich, dass ich mir angewöhnt hatte, mein Leben ganz auf Murano zu beschränken.

Sinnend blickte er in die Ferne und sprach leise weiter.

„Es ist mir gelungen, von der Insel zu fliehen, ein einziges Mal, und das brachte mir den Tod. Wahrscheinlich wäre ich auch gestorben, wenn ich geblieben wäre, denn die Pest kehrte nach Venedig zurück und tötete viele Menschen. Es ist das Wasser, das Wasser der Lagune, das die Ausbreitung von Seuchen gefördert hat."

Er schwieg. Seine Existenz erschien mir so durchsichtig wie eine Seifenblase, und ich war sicher, dass er ebenso plötzlich verschwinden würde, wie er aufgetaucht war. Doch vorher wollte ich unbedingt seine Geschichte hören!

„Für die Glasherstellung machtet ihr also den weiten Weg bis in den Harz. Gab es denn in Italien keine geeigneten Stoffe?"

Zerstreut sah er mich an.

„Doch ja, natürlich gab es auch Edelmetalle in Oberitalien, aber du musst bedenken, dass wir uns im Gebiet der römischen Hochkultur befanden, in der schon seit Jahrhunderten mit Rohstoffen experimentiert worden war. Die Manganvorkommen in Piemont waren längst ausgeschöpft und selbst die Beschaffung von Holzkohle für die Schmelzöfen stellte uns vor große Probleme, denn der Baumbestand war sehr dünn."

„Also war Mangan für euch so kostbar wie jetzt die *Seltenen Erden* für Smartphones und Windräder? Die sind auch sehr schwer zu finden."

Für einen Moment blitzte es belustigt in seinen Augen

auf, dann senkte er den Blick und runzelte die Stirn.

„Obwohl Manganstaub unansehnlich aussieht, ist er für die Glasveredelung unentbehrlich und wegen seiner Leichtigkeit einfach zu transportieren. Wenn man ihn lange genug mahlt, wird das Pulver so fein, dass es durch ein seidenes Sieb gedrückt und in Ton- oder Glasbehälter gefüllt werden kann."

Sinnend fuhr er fort.

„Hätte ich mich nur mit meinem Dasein auf Murano zufrieden gegeben! Wir liebten unsere Arbeit, erfreuten uns an unseren Familien und feierten rauschende Feste. Die Insel war paradiesisch schön, es gab seltene Vögel, farbenfrohe Palazzi, üppige, duftende Blumen- und Obstgärten mit Granatäpfeln, Orangenhainen und Bananenplantagen. Nein, ohne die Silbermine wäre ich niemals aus der Lagune fortgegangen. Mir genügte es, wenn Angelo wohlbehalten von einer gefahrvollen Reise zurückkehrte und mir in allen Einzelheiten seine Erlebnisse beschrieb. Nur wenn ich von meinem Garten aus die Alpen sehen konnte, dann erfasste mich starkes Fernweh und ich erinnerte mich an die abenteuerlichen Jahre, als ich ein Knabe war und die Erzsucher noch auf ihren Exkursionen begleiten durfte."

„Kann man denn da unten die Alpen sehen?"

„Ja, am nördlichen Horizont, gleich hinter der Küste, türmen sie sich mit ihren gewaltigen Erhebungen auf und die schneebedeckten Gipfel sind ein herrlicher Anblick bei klarem Wetter!"

Ich lächelte ihm bewundernd zu.

„Angelo war ein echter Venediger und seine Beobachtungsgabe war dementsprechend hoch entwickelt. Unablässig hatte er die Natur studiert und aus dem Pflanzenwuchs an Ufern, Hängen und Flüssen seine Schlüsse gezogen. Störungen im Felsen, also Wasserfälle oder Quellen, deuten oft auf gediegene Edelmetalle hin und Angelo vermochte am Wachstum der Bäume die Beschaffenheit des Gesteins abzulesen. Manchmal bediente er sich auch einer Wünschelrute oder wartete auf einen Traum, der ihm einen Fundort zeigte. Selbst einen Spiegel verstand er so zu halten, dass die vibrierenden Magnetfelder der Erze in ihm sichtbar wurden. Eines Tages entdeckte er ganz zufällig hinter einer Quelle verborgen die Silbermine."

Seufzend rieb er sich die Augen.

„Angelo war mein Diener, aber eigentlich liebte ich ihn wie einen Sohn, den uns das Schicksal nicht geschenkt hatte."

„Und dieser Angelo hat einfach so hinter einer Quelle eine Silbermine entdeckt, ohne technische Geräte?"

Er winkte ungeduldig ab.

„Ja, um verborgenes Erz zu finden, braucht man keine Geräte, ich sagte es doch schon, man kann es fühlen. Kennst du das *Goldene Vlies*?"

Ich schüttelte den Kopf.

„Man legt ein Widderfell ins Wasser eines Gebirgsbaches, der Goldstaub setzt sich in den Haaren ab und lässt sie gülden schimmern. Der Begriff *Goldenes Vlies* entstammt der griechischen Mythologie."

Sein Gesicht umwölkte sich.

„Nun ja, ganz unentdeckt ist die Silbermine nicht geblieben. Ein habgieriger Schwarzkünstler, ein böser Mensch, war mit ausreichenden Kräften ausgestattet, um die Anwesenheit von Silber im Mönchstal zu spüren. Der

Bestimmung und dem Schicksal kann man eben nicht entrinnen."

Die kryptischen Worte ließen mich erschauern.

„Und wieso bin *ich* dir begegnet, steckt da auch eine Bestimmung dahinter?"

Er ging nicht auf meine Frage ein.

„Bald wirst du alles verstehen."

Knirschende Geräusche auf dem Waldboden kündigten einen Fahrradfahrer an und Paolo schnellte in die Höhe und eilte mit großen Schritten den gewundenen Pfad nach Zellerfeld hinauf, ohne sich zu verabschieden. Bevor der Mountainbiker an mir vorbeigerast kam, war von meinem seltsamen, neuen Freund schon nichts mehr zu sehen.

Ich blieb noch eine Weile nachdenklich sitzen. Was ging hier vor? Hielt mich jemand zum Narren? War der Mann in Wirklichkeit ein Student der Uni Clausthal oder ein arbeitsloser Schauspieler? Ich starrte eine Weile ratlos vor mich hin und setzte dann meine Wanderung fort, da ich Bewegung brauchte. Im Schatten der hohen Fichtenwälder war es trotz der Hitze angenehm kühl und ich legte beinahe zwölf Kilometer zurück, während meine Gedanken immer wieder zu dem Venezianer zurückkehrten.

*I*ch brauchte unbedingt jemanden, mit dem ich über meine rätselhaften Erlebnisse sprechen konnte. Also raffte ich mich auf und reagierte auf Annes mehrfache Einladungen. Nachdem ich geklingelt, die Treppe hochgestiegen und im zweiten Stock an ihre Wohnungstür geklopft hatte, öffnete sie hocherfreut und

45

bat mich herein. Es gab keinen Flur, ich stand sogleich in einem abgedunkelten, nur von Kerzen beleuchteten, großen Mansardenzimmer, in dem es aufdringlich stark nach Räucherstäbchen roch. Etwas irritiert setzte ich mich in den tiefen Sessel, den sie mir anbot und schaute mich neugierig um.

„Möchtest du eine Tasse Tee?"

„Ja, gern."

Auch der Tee schmeckte nach orientalischen Essenzen und die verschnörkelten Sammeltassen passten zu dem mit nostalgischen Möbeln vollgestopften Zimmer, das an den Wänden aussah wie ein Laboratorium. In sämtlichen Regalen standen Flaschen, Tiegel, Kolben und Reagenzgläser, ein Sammelsurium, das ich bei mir zuhause nicht geduldet hätte. Dennoch erschien mir der Ort gerade wegen seiner merkwürdigen Ausstattung wie eine rettende Oase zu den verwirrenden Erlebnissen der letzten Tage zu passen.

„Meine Güte, hast du viel Zeug!"

Ich konnte meine Überraschung nicht verbergen und Annes Reaktion ließ mich befürchten, dass sie schon wieder eingeschnappt war.

„Stimmt, ist ziemlich voll hier, aber leider kann ich mir keine größere Wohnung leisten."

Oh, da war ich an ihren wunden Punkt gestoßen! Schnell fügte ich ein anerkennendes Sätzchen hinzu.

„Es sieht aus wie in einem alchemistischen Labor!"

Sie lachte verlegen, doch der Stolz in ihrer Stimme war unüberhörbar.

„Naja, ich hab tatsächlich schon alte Rezepturen ausprobiert und Salben und Tinkturen selber hergestellt.

Aber lass uns von was anderem reden, gestern hab ich mir nämlich die Haut verätzt und vorerst hab ich genug von meinen Experimenten."

Sie streckte mir ihren linken Zeigefinger entgegen, um den ein weißer Verband gewickelt war.

Noch ehe wir den üblichen höflichen Kram ausgetauscht hatten, fragte sie neugierig, ob ich den Mann wiedergesehen hätte und ich berichtete ihr vage von der erneuten Begegnung mit Paolo. Sie lauschte atemlos und die Frage schoss aus ihr heraus:

„Hat er von der Silbermine gesprochen?"

Nervös an einem Fingernagel kauend, sah sie mich erwartungsvoll an und ich weiß nicht warum, aber ich verneinte. Enttäuscht runzelte sie die Stirn und schwieg. Dann sprang sie auf, suchte nach etwas und kam mit einem dicken Ordner zurück. Sie knipste ein Lämpchen an, blätterte aufgeregt die Seiten um und zeigte stolz auf Kopien vergilbter Dokumente.

„Hier, schau mal, von den alten Akten hatte ich dir ja erzählt, lies dir das mal durch."

Sie legte mir den schweren Ordner in den Schoß. Ich starrte auf das Papier und schüttelte den Kopf.

„Tut mir leid, das ist eine uralte Schrift, die kann ich nicht lesen!"

„Dann lese ich es dir vor."

Und siehe da, Anne entzifferte mühelos die verschnörkelten Buchstaben und ich lauschte gebannt ihrer leisen Stimme. Der Schreiber des Dokumentes berichtete davon, dass die Untersuchungen wegen eines Mordes im Erzbergwerk Rammelsberg Anlass gaben, das Gericht der Sechsmannen einzuberufen. Anne nahm zu

Recht an, dass mir der Begriff Sechsmannen nichts sagte und glänzte mit Fachwissen.

„Alle Angelegenheiten, die den Bergbau im Rammelsberg betrafen, fielen unter die Zuständigkeit der Sechsmannen, einem Gremium von hohen Bergherren, deren Zusammenkünfte damals noch im alten Vorportal der Stiftskirche im Kaiserpfalzbezirk stattfanden. Welch ungeheuerliche Schande: Ein Fremder lag erschlagen auf dem Gelände der ehemals kaiserlichen Gruben und rechtschaffene Goslarer Bergleute standen unter dem Verdacht, den Mord begangen zu haben."

Sie blätterte weiter.

„Nachdem man jedoch weder die Identität des Toten noch den Mörder aufspüren konnte, ließ man die Sache auf sich beruhen und der Fall wurde sozusagen abgeschlossen. Der unbekannte Tote, für dessen Begräbnis niemand zahlen wollte, wurde auf dem Armenfriedhof an der Stadtmauer verscharrt und die ganze Angelegenheit wäre in Vergessenheit geraten, wenn nicht einige Zeit später seine Frau aufgetaucht wäre. Nur dadurch weiß man, dass es die Silbermine wirklich gegeben haben muss, denn nach dem Tod des Mannes konnte sie nicht gefunden werden."

Anne sah mich erwartungsvoll an, klappte den Ordner zu und schlug ein dickes Schulheft auf, vermutlich randvoll mit Notizen. Sie musste alles gelesen haben, was sie über Goslar im Spätmittelalter finden konnte.

„Bitte, Amanda, versprich mir, ihn nach dem Fundort der Mine zu fragen, wenn du ihm das nächste Mal begegnest!"

Ihr Anliegen löste spontan größten Widerstand bei mir aus.

„Nein! Auf gar keinen Fall!"

Sie zog gekränkt die Lippen zusammen.

„Na gut, vielleicht überlegst du es dir nochmal. Ich hab hier jedenfalls alles aufgeschrieben, was ich über diese Begebenheit gelesen hab, willst du es hören?"

Ich nickte schwach und sie füllte erneut meine Tasse.

Mit gesenktem Kopf las sie vor und kam immer mehr vom Thema ab. Manchmal klang es, als würde sie aus einem fertigen Buchmanuskript vorlesen, aber die ganze Zeit hielt sie das Schulheft in den Händen. Ihre monotone Stimme wirkte einschläfernd, vielleicht war es auch der Tee, nach einiger Zeit konnte ich Realität und Imagination nicht mehr voneinander unterscheiden.

„Viele Reichsstädte hatten sich der neuen Lehre des berühmten Ketzers Martinus Luther zugewandt und waren vom päpstlichen Rom abgefallen. Natürlich konnte ein solcher Umsturz nicht vonstatten gehen, ohne dass es zu Übergriffen kam. In den Jahren des Umbruches wurden viele Kunstschätze zerstört und sakrale Gebäude geplündert, weil die blindwütigen Anhänger der Neuen Lehre nicht zwischen Gut und Böse unterscheiden konnten. Weißt du, was hier in Goslar passiert ist?"

Ich bekam die Lippen nicht auseinander, alles an mir war so schwer geworden. Sie schenkte neuen Tee ein und schon der Duft der Kräutermischung bewirkte, dass ich mich noch benebelter fühlte. Als Anne das merkte, reagierte sie sehr seltsam. Sie kam näher und studierte mein Gesicht so interessiert wie die Ärztin eines Schlaflabors.

„Amanda, schläfst du?"

„Nein, bin hellwach!"

Das stimmte nicht, denn aus irgendeinem Grund konnte ich mich kaum bewegen und als Anne meine Hilflosigkeit registrierte, ließ sie ihrem Redestrom völlig freien Lauf. Zuerst erwähnte sie diese Anna Maria von Ziegler und ihren Verehrer, den Junker Bartold Taube und dann berichtete sie von irgendwelchen schrecklichen Erlebnissen aus dem sechzehnten Jahrhundert und ich wurde von den Bildern in meinem Kopf regelrecht weggerissen.

Ich befinde mich in der Goslarer Marktkirche. In den gewölbten, hübsch ausgemalten Nischen sind Statuen von Heiligen zu sehen oder Reliquienschreine, ansonsten ist die Kirche leer, es gibt außer dem Chorgestühl keine Bänke, doch gerade durch das Fehlen jeglichen Mobiliars entfaltet der Raum seine eigentliche, großartige Pracht und betont die aus dem nackten Steinboden emporwachsenden Pfeiler und Säulen. Das Flackern der Kandelaber erhellt geisterhaft die steinernen Gewölbe, doch das hohe Mittelschiff versinkt in der Dunkelheit und den bemalten Altar habe ich hier noch nie gesehen. Symmetrisch übereinander gelegte Sandsteinquader bilden einen langgestreckten, rechteckigen Tisch und über diesem hängt ein dreiteiliges Gemälde in leuchtenden Farben. Im mittleren Bild liegt das Jesuskind in den Armen der Maria, vor ihr knien die heiligen drei Könige und neben der Krippe stehen zwei Ochsen. Auf den Seitenflügeln schweben Engel über einer Frau im blauen Umhang und der Gekreuzigte mit der Gottesmutter zu Füßen ist auch abgebildet. Ein Werk, wie man es aus Museen kennt, es scheint mir überirdisch schön zu sein, ich würde es sogar für ein Meisterwerk halten.

Ich denke gerade, wie störend doch unsere gesittet aufgestellten Bankreihen sind und wie wenig das Sitzen zu einer so kühnen, himmelwärts gerichteten Sakralarchitektur passt, da verstellt mir eine zum Portal hineindrängende Menschenmenge den Blick. Die Männer brüllen, die Frauen krakeelen, sie tragen bis auf den Erdboden reichende, lange Gewänder, haben sich Tücher um den Kopf gewickelt und in den Händen halten sie Spitzhacken, Stöcke oder Beile. Laut schreiend stürmt die Meute geradewegs auf den Altar zu und was jetzt geschieht ist unglaublich.

Zu meinem unvorstellbaren Entsetzen beginnen die Leute auf das Gemälde einzudreschen. Teile des Holzes splittern ab, Stücke des Bildes fliegen wie Granatsplitter umher. Ich will schreien, hört auf, hört auf, das sind einzigartige Kunstwerke, die unwiederbringlich verloren gehen, nie wieder wird ein Künstler ein solches Kunstwerk erschaffen können, schaut doch nur an, was unsere Zeit hervorbringt an Eintönigkeit und Stereotypie!

Ich will Einhalt gebieten, aber niemand nimmt mich wahr und die Wut der Menschen ist unbeschreiblich groß. Als die Altarbilder zerstört sind, wendet sich der Mob den Statuen zu und eine nach der anderen wird mit lautem Gejohle zertrümmert, bis ein Trupp Soldaten mit Brustpanzern die Kirche stürmt und mit Stöcken und Spießen auf die Frevler eindrischt und sie zum Ausgang treibt.

Jemand schüttelte meinen Arm, ich öffnete die Augen und blickte direkt in Annes Gesicht über mir. Der Ausflug in die Geschichte ist faszinierend und gleichzeitig beängstigend gewesen. Ich lachte erleichtert auf.

„Was ist denn los mit dir, Amanda?"

Erstaunlicherweise zeigte sie weniger Besorgnis, als erfreute Neugierde. Ich wollte den soeben erlebten Traumbildern, die zart wie eine Seifenblase zu zerplatzen drohten, noch etwas nachhängen und schwieg. Plötzlich schwenkte sie eine Kette mit kirschgroßen, geschliffenen Kugeln hin und her und das Flackern der Kerzen brach sich tausendfach funkelnd in dem grünlichen Glas. Unwillkürlich klammerte ich mich an den Sessellehnen fest und hörte aus der Ferne Annes Stimme eindringlich flüstern.

„Wo ist die Silbermine, Amanda, du musst dir unbedingt die Stelle zeigen lassen."

„Welche Mine?"

Nun verstand ich zwar, was Anne von mir wollte, doch die wohlige Müdigkeit hielt mich noch umfangen und ich hoffte in voyeuristischer Freude, einen weiteren Ausflug in die mittelalterliche Vergangenheit zu erleben. Ich schloss die Augen, ließ mich treiben.

Ich befinde mich in einem langgestreckten, schmalen Boot, mehr einem Kahn, der gemächlich an einem gemauerten Uferrand entlangglitt. Mit geübten, rhythmischen Bewegungen versenkt ein Mann im Stehen ein langes Ruder im gluckernden, trüben Wasser und singt leise vor sich hin. An dem Gehweg zu unserer Linken, dessen Außenkante das steil abfallende Ufer bildet, stehen bunt bemalte, pittoreske Häuser im maurisch-byzantinischen Baustil. Die Gondel, endlich finde ich das passende Wort, prallt unsanft gegen die Steine und ich erhebe mich schwankend, um an Land zu klettern. Ich rutsche aus und falle mit der Seite auf das glitschige Pflaster.

Im Nu stand ich wieder in Annes Zimmer und rieb mir den schmerzenden Oberschenkel.

„Au!"

Die Gläser in den Regalen klirrten, als ich in den Sessel sackte.

„Amanda, was ist los? Du bist plötzlich aufgesprungen und neben den Sessel gefallen!"

Anne zeigte zwar eine gewisse Besorgnis, doch mein tranceähnlicher Zustand schien ihr nicht zu missfallen. Ihre Augen leuchteten und sie starrte mich hingerissen an. Hatte sie etwas in den Tee getan?

„Möchtest du noch Tee?"

„Oh nein, nein, danke! Ich muss los!"

Etwas unsicher stand ich auf, tastete mich im Halbdunkel zum Ausgang und schob mich an der wie angewurzelt im Türrahmen dastehenden Gastgeberin vorbei. Glücklicherweise hatte ich es nicht weit, Anne wohnte nur ein paar Straßen von meiner Wohnung entfernt. Mir reichte es für heute, ich sehnte mich nach der unkomplizierten Anwesenheit meiner Katze und war froh, als ich zuhause angelangt war.

Ich genoss den Anblick der vertrauten Dinge um mich herum, kochte mir eine große Kanne Ingwertee und machte es mir mit vier Scheiben Käsetoast auf dem Sofa bequem. Um wieder einen klaren Kopf zu kriegen, schluckte ich Vitamintabletten, Spurenelemente und eine Kapsel Ginseng. Nebenher versuchte ich, mich dem Liebeshunger der Katze Schnüppel zu erwehren, die mich laut schnurrend umgarnte und ihren Kopf unausgesetzt gegen meine Handflächen drückte, weil sie gestreichelt werden wollte. Wie angenehm und einfach brachten Tiere ihre Bedürfnisse zum Ausdruck, keine Verstellung, keine Heuchelei. Ich versuchte noch schnell, das soeben Erlebte in Stichworten aufzuschreiben, bevor es gänzlich aus meinem Gedächtnis verschwand und ging dann zu Bett.

Zufällig traf ich Anne ein paar Tage später in der Stadt, das heißt, so zufällig ist das wohl nicht gewesen. Sie musste mir schon eine Weile gefolgt sein, denn ich sah im Spiegelbild einer Schaufensterscheibe, dass sie mich beobachtete, tat aber so, als hätte ich sie nicht bemerkt. Sie überholte mich irgendwann und ich ging auf ihr Spiel ein.

„Hallo Amanda, so ein Zufall!"

„Hallo Anne, aber wirklich!"

„Eine Hitze ist das wieder! Hättest du vielleicht Zeit, mich nochmal zu besuchen? Ich muss dir unbedingt von der Frau erzählen!"

Wieder zeigte ihr Gesicht diesen seltsam beobachtenden Ausdruck und wieder fühlte ich mich wie die ahnungslose Teilnehmerin eines erfolgversprechenden, experimentellen Feldversuchs. Meine Antwort fiel dementsprechend gereizt aus.

„Ich will aber nichts von dieser Frau hören und von deinem Tee will ich auch nie wieder trinken! Was hast du da bloß rein getan? Ich kann mich nicht mal genau erinnern, wie ich nachhause gekommen bin! Mach das bitte nie wieder."

Ohne es zu beabsichtigen, war meine Stimme laut und aggressiv geworden und Annes Gesicht verlor den begeisterten Ausdruck und sah verletzt und erschrocken aus.

„Oh, Amanda, das tut mir leid! Es war gar nichts in dem Tee, wirklich nicht! Bitte komm vorbei, ich möchte dir so gerne Anna Maria von Ziegler vorstellen, also, ich meine, im übertragenen Sinne..."

Verlegen drehte sie an ihren Haarspitzen und plötzlich

war ich so genervt, dass ich ausrief:

„Du spinnst doch!"

Mit einem entsetzten Ausdruck im Gesicht hatte sie sich umgedreht und war davongelaufen.

In dieser Nacht träumte ich zum ersten Mal von der dünnen, blonden Frau und die Traumbilder waren so intensiv, dass ich mir angewöhnte, Bruchstücke davon sofort nach dem Aufwachen auf Band zu sprechen, denn nur wenige Minuten später waren sie genauso verblichen wie die Bilder, die mir meine lebhafte Fantasie bei Anne vorgegaukelt hatte. Als die Träume nach einer Weile aufhörten, vergaß oder verdrängte ich sie zunächst. Irgendwann erinnerte ich mich dann wieder an die Tonaufnahmen und schrieb sie zusammenhängend auf. Ich weiß jetzt, dass ich von Anna Maria von Ziegler geträumt habe, von der Frau, die Anne angeblich früher mal gewesen ist.

Die Frau steht breitbeinig neben dem prasselnden Herdfeuer und starrt apathisch auf ihre schmutzigen Füße, unter denen sich auf den Steinfliesen eine feuchte Lache gebildet hat. Ihr ganzer Körper ist klatschnass. Sie fühlt, wie der Schweiß an Bauch und Hüften hinabfließt, sich in der Schamgegend sammelt, den hellblonden Flaum tränkt und, die Innenseiten ihrer Schenkel kitzelnd, zu Boden rinnt. Die Luft ist so heiß und feucht wie in einer Badestube, denn trotz der sommerlichen Wärme hat Anna Maria von Ziegler ihrer Magd befohlen, ein kräftiges Feuer zu entzünden. Sie genießt die übertriebene Hitze weil sie meint, das würde die Blutzirkulation anregen und die steifen Gelenke lockern.

Sie sieht sich in der geräumigen Diele um. Ein schönes Goslarer Bürgerhaus, in dem sie untergekommen waren, zwar nicht derselbe Prunk wie am Hof zu Wolfenbüttel, doch sie hatten ein Dach über dem Kopf. Geländer und Balken wiesen eine vornehme Holzverkleidung mit üppigem Schnitzwerk auf, die schweren, dunklen Holzstühle ähnelten ein wenig den mit Rankenmustern verzierten Sesseln des Herzogs und auf einem halbhohen Wandtisch glänzte ein silberner Leuchter. Die meisten Möbel verrieten allerdings die recht gewöhnliche Maserung ihrer Rotfichtenherkunft und waren mit dem reich ornamentierten Schnitzwerk der herzoglichen Schränke aus Nussbaum und Eiche nicht zu vergleichen. Versonnen fährt sie mit schweißnassen Händen über die glänzend lackierte Oberfläche einer Truhe und zieht, noch immer fröstelnd, die Schultern ein. Vertrieben aus dem Paradies! kommt es ihr in den Sinn und sie denkt an die vergangenen zwei Jahre, hinter denen sich nun, wie im Garten Eden, die Pforten geschlossen haben.

Nur dem mitleidigen Stellmacher Pfefferkorn aus Wolfenbüttel ist es zu danken, dass sie nicht mit anderen Entwurzelten und Gestrauchelten heimatlos auf der Straße umherirren muss wie damals, als man sie erst aus Dresden und dann aus Gotha verjagt hatte. Führt der Weg nun endgültig ins Verderben? Gegen jede Vernunft hofft sie darauf, dass Philippus Therocyclus Sömmering, ein Meister der Schwarzkunst, der den Stein der Weisen zu erschaffen weiß, dafür sorgen wird, dass sich alles zum Guten wendet.

Wenn die zierliche blonde Frau, die eher wie ein schmächtiges Mädchen wirkt, mit zarter Stimme und breitem Dialekt aus ihrem Leben erzählt, schildert sie gern das Wunder ihrer seltsamen Geburt. Das Edelfräulein von tadelloser Herkunft versteht es inzwischen so meisterhaft, den profanen Vorgang fantasievoll auszuschmücken, dass er ihr einen beinahe engelgleichen Nimbus verleiht. Drei Monate vor der Zeit sei ihre Mutter, eine Adlige aus dem Geschlecht derer von Schomburg, niedergekommen und habe den winzigen Säugling zu früh ausgestoßen. Sie, Anna Maria, hätte sterben müssen, wäre nicht zufällig ein Fahrender Schüler, ein Schwarzkünstler, am Hof zu Dresden gewesen, der wusste, wie man eine Frühgeburt am Leben erhält.

Er empfahl, das Kind in die getrocknete, einbalsamierte Gebärmutter einer im Kindbett verstorbenen Wöchnerin einzunähen und mit der alchemistischen Tinktur zu ernähren, die er für einen derartigen Notfall stets bei sich trug. Der besorgte Vater bezahlte viel Geld für ein mumifiziertes Gehäuse, in das man die Tochter einnähte und mit der übernatürlichen Substanz aufzog. Als Folge davon habe sie sich in ein überirdisches Wesen verwandelt und würde ebenso wenig menstruieren wie die Engel.

Von der Geschichte ihrer Geburt konnte Anna Maria schon gar nicht mehr sagen, wann und wo man sie ihr zum ersten Mal erzählt hatte und am allerwenigsten, ob sie der Wahrheit entsprach. Natürlich war sie weder eine Jungfrau noch engelsgleich und der Blutfluss war nur deshalb ausgeblieben, weil sie im Alter von vierzehn Jahren ein Kind geboren hatte und ihr gesamtes hormonelles Gleichgewicht hinterher aus dem Lot geraten war. Davon zeugten der verdickte Halsansatz, plötzliche Temperaturschwankungen und schwere Durchblutungsstörungen. Immer wieder musste die Magd, die in Dresden ihre Amme gewesen war, so viel Feuerholz auflegen, wie sie nur beschaffen konnte und erst wenn die Hitze für andere kaum mehr erträglich war, erwärmten sich die wie abgestorben wirkenden Hände und Füße der jungen Frau und in ihr wachsbleiches Gesicht kehrte etwas Farbe zurück.

Ach, der Pfefferkorn aus Wolfenbüttel! Der Mann war ein Bewunderer des schönen Edelfräuleins gewesen und gegen ein paar Münzen hatte sie ihn gelegentlich von seiner überschießenden Manneskraft erlöst. Wenn sie im Dunkel des herzoglichen Marstalls kopulierten, glaubte er, mit einem Himmelswesen im Stroh zu liegen und glotzte sie so ehrfürchtig an wie einen Cherub. Dem einfältigen Handwerker, der die Wagen des Landesfürsten Julius von Braunschweig-Wolfenbüttel instand setzte, hatte sie ihr Versteck in Goslar zu verdanken. Als Pfefferkorn erfuhr, dass sie aus Wolfenbüttel vertrieben werden sollte, bot er ihr sein Haus in Goslar an.

Die Zieglerin mit Magd und Ehemann zu beherbergen, kam ihm nicht ungelegen, denn es war ratsam, das Anwesen, das er gerade von seinem jüngst verstorbenen, kinderlosen Bruder geerbt hatte, bis zum Verkauf nicht nur von Mägden und Knechten bewohnt zu wissen. Außerdem konnte er deren Lohn sparen. Er händigte Anna Maria die Schlüssel aus, schickte die Dienstboten fort und verkaufte die einzige Kuh und zwei Ziegen.

Die geräumige Diele im Erdgeschoss bestand aus einem Arbeitsbereich und einer Kochstelle, über der sich ein breiter Kaminschlot öffnete, um den beißenden Qualm abzuleiten. Der verbleibende Rauch, dem man im Erdgeschoss nicht entfliehen konnte, löste bei Anna Maria einen Hustenreiz aus, den sie mit Salbeiaufgüssen zu bekämpfen versuchte. Der Treppenaufgang im Hintergrund führte zwar in rauchfreie Zimmer, die Tür hielt der Hausherr jedoch mit einem großen Schloss vor seinen Gästen versperrt, sie mussten sich mit der Diele begnügen.

Da hockten sie nun wie geflohene Sträflinge unter falschem Namen und fürchteten das Klopfen des Gerichtsdieners an der Tür. Die Magd wagte kaum, die nötigen Einkäufe zu tätigen, immer wieder schlurfte sie zum Tor und prüfte die Verriegelungen.

Schaute man durch eine winzige Luke in den Hof, sah man einen großen, verwilderten Küchen- und Kräutergarten. Die sommerlichen Temperaturen brachten Dill, Wildkräuter, Bohnen, Erbsen, Rüben und Kürbisse zum Wachsen, roter Klatschmohn stand neben leuchtend blauem Borretsch und in allen Farben blühende, kleine Blumenbeete zwischen den Nutzpflanzen wurden von Schmetterlingen und Bienen besucht. Ausladende Pflaumen-, Kirsch- und Apfelbäume bildeten mit stachligen Beerensträuchern einen undurchdringlichen Wall, der den Bretterzaun an den Außenseiten des Grundstückes verstärkte und die Ernte vor Dieben schützen sollte.

Anna Maria schnaubte in die Hand und betrachtete eingehend die schleimige Flüssigkeit. Klarer Fluss aus der Nase war ein gutes Zeichen, die Säfte kamen in Bewegung! Ihre Gedanken kehrten in die Zeit zurück, als sie auf der Flucht vor dem Geschützfeuer verfeindeter Reichsgrafen beinahe wie ein fliehender Hase erschossen worden wäre. An die damalige Bedrängnis dachte sie nicht gern, denn ohne die Begegnung mit Philippus Sömmering wäre sie längst schon tot. Durch ihn war sie an den Hof zu Wolfenbüttel gelangt und hatte dort in den vergangenen zwei Jahren mit anderen Adligen das privilegierte Wohlleben geteilt. Magister Therocyclus Sömmering bemühte sich im Auftrag des Herzogs Julius, den Stein der Weisen herzustellen. Und weil ihnen das nicht so recht glücken wollte, hatte man sie vor wenigen

Tagen des Landes verwiesen.

Philippus weilte noch dort, denn er war damit beschäftigt, für den Landesherrn einen äußerst rachsüchtigen Plan auszuführen. Das erstarkte Selbstbewusstsein der Braunschweiger Handwerker und Kaufleute stachelte ihren Hochmut an und bewirkte einen solchen Mangel an Respekt, dass sie sich weigerten, ihrem Landesfürsten die gebührende Hochachtung zu erweisen. Der in seinem Stolz gekränkte Herzog fühlte sich davon so geärgert, dass er Philippus befahl, die Wiesen um Braunschweig herum mit Arsenik zu vergiften, um die widerborstigen Bürger das Fürchten zu lehren.

Doch es war nur noch eine Frage der Zeit, und auch Therocyclus Philippus Sömmering würde die Residenz des Fürsten verlassen müssen, der seit Jahren vergebens auf die Erfolge der angeblichen Goldmacher wartete und mit wachsendem Unmut mitansah, wie sie sein zur Verfügung gestelltes Geld verprassten.

Nun suchten sie in Goslar ihr Glück. Philippus hatte vor dem Rat behauptet, er sei im Dienste des Herzogs überaus erfolgreich gewesen und wolle sich neuen Auftraggebern zuwenden. Er bat darum, vom Goslarer Rat einen Schutzbrief ausgestellt zu bekommen und das Laboratorium der Stadtapotheke für die Herstellung der Tinktur benutzen zu dürfen. Eine geheime, diesbezügliche Unterredung mit dem einflussreichen Bürgermeister war ergebnislos verlaufen, eine zweite sollte stattfinden, wenn der Magister Therocyclus zugegen war.

Anna Marias Unruhe wuchs. Sie standen mit dem Rücken zur Wand. Wenn die Anfrage beim Rat ergebnislos blieb, auf wessen Hilfe durfte eine Frau wie sie dann noch hoffen? Auf die adligen Männer, die früher brünstig um sie herum gegeifert waren? Von denen kam schon lange kein Lebenszeichen mehr. Auch die angebliche Liaison mit dem Grafen Carl von Oettingen, dem Sohn des berühmten Doktor Paracelsus, mit der sie gern prahlte, würde ihr nicht mehr von Nutzen sein, denn eine solche Liaison hatte es nie gegeben, das wusste sie besser als alle anderen.

Die folgenden Tage waren randvoll mit Terminen und ich schaffte es einfach nicht, in den Wald zu gehen. Ich fühlte mich verspannt und gestresst, der ständige Zeitdruck verursachte mir großes Unbehagen und ich fragte mich, ob Paolo überhaupt noch im Mönchstal sein würde, wenn ich das nächste Mal dorthin kam. Ich vermisste den Kontakt mit der Natur, aber nun war ein neues Verlangen hinzugekommen. Es drängte mich, die Fortsetzung von Paolos Geschichte zu erfahren und manchmal glaubte ich sogar, aus der Ferne seine erzählende Stimme zu hören. War das eine neuartige psychische Erkrankung?

Doch nicht nur diese merkwürdigen Anwandlungen, auch die Unberechenbarkeit meiner Wahrnehmung machte mir zu schaffen. Wie kam es, dass ich neuerdings die Realität zweigleisig wahrnahm? Was hatte der Traum zu bedeuten und worauf lief das alles hinaus? Ich war entschlossen, bei der nächsten Begegnung mit Paolo eine Antwort zu finden.

Sie kam schneller als erwartet. Ohne zu wissen warum, stieg ich an einem freien Dienstag ins Auto und fuhr einfach los. Beinahe wie von selbst wanderte ich zu der Stelle, an der wir uns getroffen hatten und war nicht erstaunt, ihn dort wartend vorzufinden. Seine freundliche

Begrüßung erwiderte ich mit etwas gemischten Gefühlen, einerseits war ich froh, ihn zu sehen, andererseits hatte ich gehofft, dass es bei der einen Begegnung bleiben und alles wieder so normal wie früher werden würde. Er schlug vor, einen breiten, selten benutzten Rundwanderweg in Richtung Süden zu nehmen, auf dem wir bequem nebeneinander gehen konnten, während er unverzüglich seinen Erzählstrang wiederaufnahm. Etwas verkrampft versuchte ich, mit ihm Schritt zu halten, denn er schlug eine schnelle Gangart an.

„Wir *muranesi* lebten also etwas weltfremd auf unserer Insel und nur darum konnte es geschehen, dass ich der Schwärmerei von zwei Fremden auf den Leim ging. Der eine, Jacopo genannt, war ein junger, kaufmännischer Genius und sehr reich, er hatte sich mit Geld sogar den Zutritt zum Palast des Dogen verschafft. Ein ganzes Jahr lang hielten sich die Männer in der Lagunenstadt auf, um Geheimnisse auszuspähen und da sich Jacopo auch für die Glasherstellung interessierte, erschien er des öfteren in meiner Werkstatt."

„Bitte, Paolo, nicht so schnell! Ich kriege kaum Luft in der Hitze!"

Paolo war die sommerlichen Temperaturen anscheinend gewöhnt, nicht die kleinste Schweißperle zeigte sich auf seiner Stirn. Er mäßigte seinen Schritt und wir schlenderten weiter.

„Der andere, er nannte sich Giovanni, gab sich als sein geistesschwacher Diener aus, der seinen Herrn auf allen Reisen begleitete. In Wahrheit war der leicht gebückt gehende, stets dümmlich grinsende Mann ein begabter, bergmännischer Technikus aus dem Königreich Polen, der in den Süden gekommen war, um die geheime Kunst des Silberscheidens in den venezianischen Schmelzhütten zu erlernen.

Er trieb sich hier herum und dort herum, stellte sich dumm und da man ihn für schwachsinnig hielt, achtete man nicht darauf, wenn er die Leute bei der Arbeit beobachtete. Unsere Silberschmiede verfügten über Kenntnisse, die sie während ihrer Reisen durch die arabischen Königreiche erlernt hatten, denn dort beherrschte man schon seit langem die Methode, reines Silber auszuschmelzen. Auch diese Technik hüteten die Venezianer wie einen Schatz, doch Giovanni gelang es, sie zu überlisten und er trug ihr Geheimnis unbemerkt davon.

Eigentlich hätten die beiden Männer während ihres Aufenthaltes streng bewacht im deutschen Viertel am Rialtomarkt wohnen müssen, denn alle Durchreisenden aus dem Norden des Reiches mussten sich ins *Fondaco dei Tedesci* begeben, damit man sie erfassen und besteuern konnte. Man verdiente sehr gut an den Abgaben der Fernhändler und der Palazzo der Deutschen war wie ein großes Hotel, das die reichen Kaufleute und Künstler des Heiligen Römischen Reiches beherbergte."

Mit beiden Händen gestikulierend untermalte er seine Schilderungen und ging schon wieder so schnell, dass ich mich bemühen musste, mit ihm Schritt zu halten.

„Unter dem Fondaco musst du dir übrigens ein drei Stockwerke hohes Gebäude am Uferrand des Canal Grande vorstellen, mit Anlegestellen zum Be- und Entladen der Boote versehen, in die man unter dem Schutz von Arkaden hinein rudern kann. Hinter den vergitterten Fensterluken der riesigen Speicherhallen stapelten sich die Waren der Kaufleute und als mich einmal ein reicher Tuchhändler einlud, seine eben eingetroffene Lieferung zu besichtigen, schwanden mir beinahe die Sinne vor Bewunderung!

Rechts und links bildeten hoch aufgetürmte Stoffballen einen endlosen, schmalen Gang. Mit Silberfäden bestickte Tücher glitzerten, mit Perlen bestickte oder von Goldschnüren durchwirkte Seide schimmerte kobaltblau, leuchtend grün oder granatrot, Samt und venezianischer Damast wetteiferten mit Brokat und kostbaren Pelzen, die achtlos auf Haufen geschichtet dalagen. An Wandhaken hingen endlose Reihen von illustren Kopfbedeckungen, aufs wunderbarste ausstaffiert mit Federn, Juwelen und gefärbten Schleifen oder Bändern, die im Wind flatterten. Unglaublich, wieviel Prunk und Reichtum die Handelshäusern enthielten, sie mussten deshalb auch Tag und Nacht bewacht werden. Gleich neben dem Viertel der Deutschen befand sich der Rialto, unser Großmarkt, dort konnten die Diener der durchreisenden Händler gleich die Mahlzeiten für die Herrschaft einkaufen.

Jacopo, einer der beiden Männer, mit denen ich Freundschaft geschlossen hatte, ließ sich von niemandem in die Karten schauen. Er war so reich, dass er das Privileg besaß, sich vollkommen frei zu bewegen und er genoss es, abwechselnd im Haus des reichen Silberschmiedes Da Puzzo und im Dogenpalast zu logieren. Der einfältige Da Puzzo hoffte darauf, als Dank für seine Gastfreundschaft die älteste seiner fünf Töchter mit dem vielversprechenden Geschäftsmann verehelichen zu können, doch Jacopo, der gerade erst das strenge Leben eines Kanonikus hinter sich gelassen hatte, dachte nicht daran, seine Freiheit erneut einzuschränken und schon gar nicht durch ein Ehegelübde. Er hatte zu dieser Zeit andere Pläne und prahlte damit, dem Sohn des Römischen Kaisers auf der

Frankfurter Messe begegnet zu sein und nun mit ihm Geschäfte zu machen.

Hätte der Goldschmied auch nur geahnt, dass er den Mann beherbergte, der eines Tages die Finanzgeschäfte des Kaiserreiches steuern würde, er hätte ihm die schönste und jüngste seiner Töchter, die grazile Giancarla, ins Bett geworfen!

Die Freundschaft mit Jacopo verdankte ich einem Zufall oder war es am Ende gar nicht so zufällig, wie es mir erschien? Ich war ihm während eines kurzen Aufenthaltes in Venedig begegnet, er stand neben mir auf der überfüllten Piazzetta. Wir Vertreter der wichtigsten Glaskünstlerfamilien von Murano mussten uns einmal im Jahr zu einer Hinrichtung begeben. Zwischen den beiden monolithischen Säulen wurden Hochverräter enthauptete und das sollte uns einschüchtern und als Warnung dienen.

Umso erstaunter war ich, dass der Mann neben mir es wagte, eine abfällige Bemerkung über die grausame Zeremonie zu machen und sich dabei nicht um die Wachen kümmerte, die uns von der Menge abschirmten. Er sprach unsere Sprache, wir tauschten ein paar Floskeln aus und gleich am nächsten Tag kam er auf die Insel. Auch dort durfte er sich erstaunlicherweise ganz frei bewegen. Er betrat meine Werkstatt, bewunderte die Spiegel, Gläser und alles, was er sah und behauptete, die Einkäufe für den Kaiser in Zukunft bei mir tätigen zu wollen. Ich bedankte mich höflich und lachte ihn insgeheim aus.

Eigentlich war es Fremden nur unter Aufsicht gestattet, Murano zu besuchen, denn die Gefahr war groß, dass sie den Glasbläsern ihre Rezepturen entlockten. Die beiden Männer dehnten ihre Besuche jedoch immer mehr aus und Jacopo stellte mir Fragen über Fragen. Ich fürchtete schon, die Geheimpolizei habe ihn geschickt, um mich zu überprüfen. Bald wusste ich jedoch, dass er harmlos war, denn als er die auf Murano verbreitete Angst vor einer ungerechten Anschuldigung bemerkte, die schon einige Bewohner das Leben gekostet hatte, riet er mir, die Insel heimlich zu verlassen und im Norden ein freies Leben zu beginnen. Damit brachte er sich selbst in Gefahr und ich wusste, dass ich ihm trauen durfte.

Indem Jacopo immer wieder von sagenhaften Erzfunden in den Alpen, im Reich der Ungarn und im fernen Harz schwärmte, fachte er meine Neugier an und erweckte die längst verschüttete Sehnsucht nach Freiheit. Wir saßen oft am Meer, tranken Wein und betrachteten die ferne Silhouette der Alpen und ich werde nie vergessen, was Jacopo mir anvertraute, als wir zu mitternächtlicher Stunde zu den Sternen aufschauten."

Paolo blieb stehen, fuhr sich mit der Hand übers Kinn und grinste belustigt.

„Er war noch nie in den Schoß einer Frau eingedrungen! Der Mann, der von Geldgeschäften mehr verstand als die meisten Venezianer, hatte es bisher nicht gewagt, die Liebesdienste einer Frau in Anspruch zu nehmen und wenn wir uns allein wussten, erzählte er oft von seinen geheimsten Sehnsüchten und Plänen. Bald ließ auch der Diener Giovanni seine Maskerade fallen und legte die gebückte, dümmlich Haltung ab. Beide Männer vertrauten mir, denn sie wussten, dass wir auf Murano gegenüber dem Dogen eine gewisse Feindseligkeit hegten und daher niemals einen Verrat an Freunden begehen würden.

In einer dieser stillen Stunden empfahl ich Jacopo,

die Frauen im *carampane* aufzusuchen. Ich glaube, er hat meinen Rat befolgt, denn bevor sich sein Aufenthalt dem Ende zuneigte, erzählte er mir, dass sich ihm eine schöne, junge Frau hingegeben habe. Sie sei gebildet, spreche seine Sprache und ich ahnte sofort, dass dies keine achtbare Bürgertochter sein konnte, doch Jacopo hörte nicht auf, sie in den höchsten Tönen zu loben."

„Was war denn im... wie heißt es, im carampane?"

„Das ist der Bezirk, der den Kurtisanen, den cortigine, zugewiesen worden war und ich weiß, dass dort viele schöne und kluge Frauen wohnten, die sich von Adligen aushalten ließen. Wusstest du nicht, dass die Venezianerin, die euer berühmter Maler Albrecht Dürer porträtiert hat, eine Kurtisane war?"

Ich musste an Sophia Loren denken, die auch ungewöhnlich schön und klug war und aus einem Armenviertel stammte.

"Und was war mit deiner Frau? War Sabrina nie dabei, wenn ihr euch unterhalten habt?"

Es machte mich stutzig, dass er fast nur von Männern sprach.

„Ach, was denkst du nur? Sabrina war viel zu schön, um sie einem Fremden zu zeigen! Sie verbarg sich hinter den luftigen, vergitterten Fenstern ihrer Gemächer, aus denen sie uns wohl beobachten und belauschen konnte, aber selbst nicht zu sehen war. Niemals ist sie Jacopo begegnet! Selbstverständlich hütet man den kostbarsten Schatz seines Hauses vor den begehrlichen Augen der männlichen Gäste!"

„Ihr Italiener seid doch richtige Machos!"

Irgendwo hatte ich mal gehört, dass die venezianischen

Frauen einige Freiheiten besaßen.

„War das nur auf Murano so oder auch in Venedig?"

Paolo bemerkte meine Irritation und versuchte zu beschwichtigen.

„Ja, ja, es bestanden Unterschiede zwischen den Inseln der Lagune und ich würde sagen, Murano war am stärksten durch orientalische Einflüsse geprägt. Man hätte uns für Muslime halten können, was unsere Frauen betraf, aber vielleicht gaben wir nur die eigene Unfreiheit an diejenigen weiter, die noch schwächer waren als wir. Doch ich glaube, sie waren daran gewöhnt, denn ich habe Sabrina nie klagen hören und außerdem bewegte sie sich völlig frei, wenn wir unter uns waren und das war meistens der Fall.

In Venedig, also dem Teil der Lagune, den man als Venedig bezeichnet, hättest du keine vornehmen Frauen ohne die Begleitung eines Mannes oder ihrer Dienerschaft auf der Straße gesehen. Auch sie hielten sich meistens im Inneren der Palazzi auf und selbst in den Gondeln verbargen sie sich unter einem Zelt. Geschäfte, Handel, Nachtleben, Politik, das alles war die Sache von Männern. Nur einfache Händlerinnen oder Dienerinnen begaben sich ohne Begleitung zum Einkaufen auf die Märkte."

Nach einem kurzen Zögern fügte er verschämt lächelnd hinzu:

„Und die Frauen der Bordelle natürlich, die cortigine, aber die kamen erst im Dunkeln in den Gassen zum Vorschein." Jetzt musste ich lachen.

„Und wozu braucht ein italienischer Mann eine Hure?" Man sah ihm an, dass er bereute, dieses Thema angeschnitten zu haben.

„Du kannst dir wahrscheinlich nicht vorstellen, wie groß Venedig war. Mehr als hunderttausend Einwohner lebten in der Enge der Lagune! Unzählige Tagelöhner, die auf den Schiffen arbeiteten und keine Familie besaßen, starke, kräftige Arbeitstiere, Männer mit Muskeln wie Ochsen und junge, vor Vitalität strotzende Handwerksgesellen bevölkerten die Stadt und sie alle wollten sich in ihrer Freizeit mit Frauen vergnügen. Daran konnten weder Gesetze noch die strengen Regeln der Geistlichkeit etwas ändern.

Ich fürchte, es sind ein paar tausend Weiber gewesen, die mit Liebesdiensten ihr Geld verdienten und vielleicht zog es sogar die verheirateten Männer gelegentlich in die carampane am Rialto, wo sich die Frauen mit entblößtem Busen am Fenster zeigten. Man duldete die Prostitution stillschweigend schon deshalb, weil man Edelmänner und Geistliche davon abhalten wollte, sich den Lustknaben zuzuwenden."

„Und, bist du auch zu diesen Frauen gegangen?"

Paolo winkte ungeduldig ab und schwieg mit versteinertem Gesicht. Ich war wohl zu offen gewesen und meine Verlegenheit stand mir bestimmt ins Gesicht geschrieben. Erschreckt von unserem Herannahen, unterbrach ein Waldvogel sein unbeschwertes Gezwitscher und es war nur noch das leise Murmeln des Baches zu hören. Mir schien, als sei die Zeit stehen geblieben. Ich blieb stehen, setzte mich auf einen weichen Haargrasbüschel und bat Paolo, es mir gleichzutun und eine Weile zu rasten.

„Jacopo war gierig, sagte ich das schon? Wenn er von seinem Reichtum sprach, sah ich in seinen Augen die reine Habgier glitzern. Sie verengten sich zu schmalen

Schlitzen und sein Kopf verwandelte sich in eine Rechenmaschine. Obwohl er ein gottesfürchtiger Mensch war, breitete sich schon während seines Aufenthaltes in Venedig eine finstere Macht in seinem Herzen aus und trotz seiner Jugend schien er den Wunsch zu hegen, das Imperium eines ungekrönten Kaisers zu besitzen.

Je näher die Abreise der beiden Männer rückte, umso fremder wurde mir Jacopos Wesen. An dem Tag, als wir Abschied nahmen, unterbreitete er mir seinen Plan, in dem ich wie eine Schachfigur meine Rolle spielen sollte. Ich sei ein Meister meiner Zunft und auf ganz Murano gebe es keinen besseren Glasbläser als mich. Obwohl er nur über sehr unzureichende Kenntnisse in der Glasverarbeitung verfügte, spann er einen weiten Bogen und behauptete, mit den Mineralien des Harzes und der einzigartigen Asche aus den reichen Buchenholzbeständen ließe sich Glas von besonders erlesener Qualität herstellen. Meine Einwände entkräftete er, indem er mir versicherte, ein so begabter Mann müsse in Freiheit leben und nur mit ihm als Handelspartner wäre das möglich.

Er wollte, dass ich Venedig den Rücken kehrte und meine Glasmanufaktur in den hohen Norden verlegte, dafür sei der unzugängliche Harz bestens geeignet, in dessen Urwäldern mich niemand entdecken würde. Unter dem Schutz des Römischen Kaisers sei ich sicher vor der Verfolgung der venezianischen Geheimpolizei und könnte mich ungestört der Herstellung von feinem Spiegelglas widmen. Er versprach, mich mit Reichtum zu überschütten, wenn ich für ihn arbeiten würde.

Nach etlichen Krügen unseres guten Weines sah er sich und mich schon als Monopolisten einer kaiserlichen Glasmanufaktur. Mein Herz klopfte vor Aufregung. Allmählich überzeugten mich seine Worte und ich musste ihm versprechen, mir die Sache so bald wie möglich zu überlegen, doch schon während sich die beiden Männer zurück in die Stadt rudern ließen, bereute ich mein Versprechen und hatte es bald vergessen. Erst als Angelo zurückkehrte und von der Silbermine berichtete, begann Jacopos Plan mich wieder in seinen Bann zu ziehen."

„Entschuldige, dass ich dich unterbreche, Paolo, ist die Silbermine hier irgendwo in der Nähe?"

Er nickte und sein Gesicht erhellte sich.

„Als ob du meine Gedanken lesen könntest!"

Er sprang auf, kletterte einen grasbewachsenen Hang hinauf und ich folgte ihm. Nachdem wir eine Zeitlang durch unwegsames Gelände gewandert warend, blieb er stehen.

„Sie ist da drüben. Siehst du den höhlenartigen, kleinen Spalt unter der krumm gewachsenen Vogelbeere? Da liegt das Silber seit Jahrhunderten unter dem Gestein begraben."

Ich dachte an Annes Interesse an der ominösen Mine und dass ich ihr nicht hatte glauben wollen. Überschwänglich äußerte ich meine Bewunderung für Angelos Fähigkeiten, denn ich hätte an der Felsformation nichts auffälliges erkennen können.

„Und die Mine ist tatsächlich bis heute unentdeckt geblieben?"

„Sieht die Umgebung so aus, als hätte man hier Bergbau betrieben? Nein, das Silber ist noch immer vorhanden."

„War hier auch der Mönchsstein mit den eingeritzten Zeichen? Nach dem wollte ich doch eigentlich suchen."

Es dauerte eine Weile, bis Paolo verstand, was ich überhaupt meinte.

„Also bitte, Amanda, natürlich sind die Markierungen nicht hier gewesen, aber hier, an dieser Stelle, stand ich dann eines Tages mit Angelo und rechnete in Gedanken aus, ob ich mir von den Erträgen der Silbermine eine Glashütte erbauen konnte."

Ich fragte mich, ob eine solche Fundstätte heute überhaupt noch einen Wert besaß.

Der Klang der Kirchenglocken drang durch die geöffnete Luke des Hauses in der Ziegengasse. Anna Maria seufzte auf. Sie beneidete die frommen Büßerinnen auf dem Frankenberg, denen es an nichts mangelte. Sie war den Nonnen, deren Orden auf die Sünderin Maria Magdalena zurückging, ganz zufällig bei einem heimlichen Erkundungsgang durch die finsteren Gassen der Stadt begegnet, als sie einem Nachtwächter ausweichen musste. Ängstlich hatte sie sich im dichten Gestrüpp verkrochen, von dem die Klostermauern umwuchert waren. Als der volle Mond aufging, hatte sie ein halb verfallenes, unverschlossenes Brettertürchen entdeckt und war hindurchgeschlüpft.

Neugierig war sie zwischen mächtigen, uralten Laubbäumen umher geschlendert und hatte bald festgestellt, dass sie nicht allein war. Sie war dem Klang einer Laute gefolgt und hatte ein lauschiges, von gestutzten Hecken umwachsenes Viereck erreicht. Durch einen Spalt konnte sie beobachten, wie Frauen und Männer beieinander lagen und sich im Schein der Laternen liebkosten. Anna Maria hatte den Garten niedergeschlagen wieder verlassen.

Trotz ihrer zahlreichen Missetaten war ihr das Gespür für Recht und Unrecht nicht ganz verloren gegangen. Sie hätte gern mit einer der Nonnen getauscht, die mit ihrem unmoralischen und sündhaften Treiben zwar verwerflich waren, aber nicht vor der Todesstrafe zittern mussten wie sie, die Giftmörderin. Wenn nicht bald ein Wunder geschah, und es sah nicht danach aus, gab es nichts, was sie vor der Folter und der anschließenden Hinrichtung bewahren konnte. Wenn es ihrem Philippus, seiner fürstlichen Gnaden Kammer-, Berg- und Kirchenrat, nicht gelang, die versprochene Tinktur herzustellen, würde ihnen bald der Prozess gemacht.

*P*aolo schüttelte unmutig den Kopf, als ich ihn zum Weitergehen aufforderte.

„Lass uns noch ein wenig in der Nähe der Mine bleiben."

Die flirrend heiße Luft verbreitete den aromatischen Duft von ätherischem Fichtenöl und vermischte sich mit dem erdigen Geruch des erhitzten Waldbodens. Majestätisch sich im Sommerwind wiegende Bäume und der beschaulich plätschernde Mönchstalbach erzeugten eine beinahe paradiesische Kulisse, in der ich mich wohlig entspannte. Dennoch beschäftigten mich die finanziellen Verhältnisse meines merkwürdigen Weggefährten.

„Wozu brauchtest du eigentlich das viele Silber, ich denke, du warst sehr reich?"

„Ich sagte doch, wir muranesi wurden scharf beobachtet und hätte ich mir mein Geld aus der Bank von Venedig geholt, hätte das meine Fluchtpläne verraten."

Ich stellte mir vor, wie Paolo mit einer aus Stein gemeißelten Kreditkarte an einem mittelalterlichen Geldautomaten stand und die Geheimzahl eingab.

„Banken gab es doch damals noch gar nicht!"

Meine spitzfindige Bemerkung quittierte er mit einem entgeisterten Blick.

„Mama mia, was redest du da? Selbstverständlich hat es damals schon Banken gegeben! Venedig war die reichste Stadt Europas und die wohlhabenden, venezianischen Familien bewahrten ihre Golddinare nicht im Keller auf! Sie wären jede Nacht überfallen worden und außerdem bezahlten die Händler sich gegenseitig nicht mit Bargeld, sondern mit Bankscheinen, das machte es auch leichter, unsere Einnahmen zu versteuern. Schon im zwölften Jahrhundert war in Venedig die *banca monte vecchio* gegründet worden, damit reiche Kaufleuten ihre Kredit- und Wechselgeschäfte tätigen konnten. Die christlichen Kaufleute aus der Lombardei rissen jedoch bald den Kredithandel an sich und wurden so reich, dass aus ihren provisorischen Wechselstuben die ersten Bankhäuser wurden. Weißt du überhaupt, woher der Name Bank kommt?"

Nein, wusste ich nicht, aber ich ließ mich gern belehren.

„Weil die ersten Geldhändler, die banchieri, im Freien an Bänken auf ihre Kunden warteten! Und nun unterbrich mich bitte nicht mehr!"

Ich rollte genervt mit den Augen und zuckte zusammen, als plötzlich das kreischende Schimpfen eines Eichelhähers erklang. Ärgerlich überschüttete Paolo das Tier mit einem Schwall italienischer Schimpfwörter, ich nahm jedenfalls an, dass es solche waren und fuhr erst fort, nachdem der Vogel verstummt war.

„Sabrina, meine Gattin, wurde von bösen Träumen heimgesucht und beschwor mich, nicht zu gehen, sondern in Murano zu bleiben. Sie hatte Jacopo und Giovanni heimlich beobachtet und mir gegenüber immer wieder ihr Missfallen zum Ausdruck gebracht. Doch ich musste fort! Seit sich der Plan in meinem Kopf festgefressen hatte, fühlte ich mich auf der kleinen Insel mit tausenden von Bewohnern eingesperrt und gefangen. Sabrina fügte sich. Sie hatte erkannt, dass eine Saat in mir aufgegangen war, deren Wachstum sie nicht mehr zu verhindern wusste und wir schlossen einen Kompromiss und inszenierten unseren Mummenschanz! Doch wollte ich nicht gleich alle Brücken abbrechen, sondern zunächst eine Erkundungsreise in den Harz unternehmen und wenn dort alles zufriedenstellend geordnet war, würde ich zurückkehren.

Um meine Abwesenheit zu verbergen, sollte sie behaupten, ich hätte mich am Feuer des Schmelzofens am Kopf verbrannt und läge schwer krank im Bett. Wir weihten nur unseren Arzt, Dottore Marcello, Angelo und den Knecht Sefardo in unsere Pläne ein. Die dreiste Lüge gab uns den für meine Reise nötigen Spielraum. Statt meiner sollte Sefardo, der ungefähr meine Statur hatte, das Krankenlager hüten und Brandwunden vortäuschen. Zu diesem Zweck würde der Dottore seinen Kopf fast vollständig mit Bandagen umwickeln und behaupten, ich dürfe das Haus für Wochen oder Monate nicht verlassen, weil auch meine Augen gelitten hätten. Sabrina erklärte in der Öffentlichkeit, die Genesung des armen Maestro di Montesilvano würde sich noch lange hinziehen, denn er sei sehr schwer verletzt.

Nun musste es mir nur noch gelingen, unbehelligt die Insel zu verlassen und das war der schwierigere Teil, denn eigentlich war es unmöglich, an den Patrouillenbooten vorbei zu kommen. Auslaufende Gondeln und

Frachtboote wurden aufs strengste kontrolliert und die gesamte Insel wurde selbst bei Nacht von Wachposten in schnellen Booten mit Fackeln und Laternen umfahren. Auch auf dem Leuchtturm von San Stefano hielten Wächter Ausschau nach verdächtigen Umtrieben."

Ich lauschte gebannt und fühlte mich wieder in eine andere Welt versetzt. Das Plätschern des Waldbaches klang auf einmal, als ob Wellen gegen den Bug einer venezianischen Gondel schwappten und ich erschrak, als ein Tannenzapfen geräuschvoll neben mir auf den Boden krachte.

Anna Maria erinnerte sich an ihre machtvollen Zauberkräfte. Schwankend stand sie auf, um eine Beschwörung auszusprechen, die bei ihrem geliebten Philippus den drängenden Wunsch auslösen sollte, sie zu sehen. Als ihr Blick auf Heinrich, den schlafenden Ehemann, fiel, spuckte sie verächtlich aus, eine Unsitte, der sie erst seit einigen Monaten verfallen war und mit der sie ihrer Wut auf das verpfuschte Leben ein wenig Luft machen konnte. Für ein Adelsfräulein gehörte sich das eigentlich nicht, aber mit dem privilegierten Teil ihrer Vergangenheit am Hofe zu Dresden war sie nur noch durch die Namen ihrer Eltern verbunden: Caspar von Ziegler und Clara von Schomburg. Unsanft stieß sie dem in aller Seelenruhe auf einem Strohsack schnarchenden Mann den Fuß in die Rippen.

„Troll dich, du fauler Bube! Die Pest komme über dich!"

De Ehe mit dem Nichtsnutz war ihr von ihrem Bruder Jakob aufgezwungen worden, um die lästige Schwester loszuwerden, die ihm aus Dresden hilfesuchend an den

Hof von Gotha gefolgt war. Man konnte sie ja schlecht ohne männlichen Schutz wieder fortschicken.

Seit dem letzten Winter litt die junge Frau unter abscheulichen Schmerzen, gegen die nur das altbewährte Laudanum half. Unwillkürlich schweifte ihr Blick zu einem Regal, das über und über mit Fläschchen, Dosen und Tiegeln beladen war. Neben dem Herdfeuer kauerte ihre frühere Amme auf einem Schemel und tat so, als ob sie schliefe. Doch Anna wusste, dass sie unter den gesenkten Augenlidern alles um sich herum mit größtem Misstrauen beobachtete und lauernd jede Bewegung ihrer Herrin registrierte.

Die Alte hatte sie einst gesäugt und liebevoll in den Armen gehalten, doch inzwischen war sie zur unliebsamen Mitwisserin geworden. Käme es zu einem Gerichtsverfahren, würde die Magd eine belastende Zeugin darstellen und Anna Maria überlegte oft, was sie dann mit dem Überbleibsel aus Kindheitstagen anstellen würde. Sollte sie ihr eine vergiftete Mahlzeit vorsetzen, wie den beiden Dienern des Herzogs, die versucht hatten, sie anzuschwärzen?

Seit man das Edelfräulein aus der behaglichen Festung Wolfenbüttel verjagt hatte, saß ihr die Angst vor der Zukunft wie ein Dämon im Nacken und grub sich nachts mit scharfen Krallen in ihr Herz. Der verzweifelte Versuch, ihre Versorgung am Wolfenbütteler Adelshof zu sichern, war gescheitert, weder mit Zauber noch mit Beschwörungen konnte der Herzog in ihr Bett gelockt werden. Dabei war ihr Plan so listig gewesen!

Der ernste Julius mit den dunklen Locken und den verwachsenen Füßen, die von einem Sturz als Säugling herrührten, vertiefte sich gern in die Lektüre eines von

Magister Philippus selbst verfassten Büchleins über Wesen und Nutzen der Alchemie. Er war Experimenten gegenüber durchaus aufgeschlossen und das machte sich Anna Maria zunutze. Sie wollte mit einem Liebeszauber bewirken, dass sich der Fürst von seiner plumpen Gemahlin abkehrte und in Liebe zu Anna Maria entbrannte.

Doch der Herzog weigerte sich, die eigens für ihn mit zauberkräftigen Mitteln versetzten Gerichte überhaupt nur anzurühren. Er bevorzugte deftige Mahlzeiten mit Speck und Wurst und ließ die silbernen Schüsseln und Terrinen umgehend zurückbringen. Damit es keine unangenehmen Verwicklungen gab, wurden sie von der alten Magd schleunigst in den Abfalltrog geleert und man versuchte es mit einer neuen Strategie.

Obwohl das geplante Unterfangen bestens vorbereitet war, misslang es gründlich. Anna Maria hatte sich mit einem nachgemachten Schlüssel unbemerkt Zugang zum Schlafzimmer der Herzogin verschafft und ihrem Schlaftrunk, süßem Wein, eine sehr hohe Dosis Laudanum beigemengt. Der Gedanke, die Herzogin nun bald endgültig los zu sein, erfüllte sie mit großer Genugtuung. In das für den Herzog bereitgestellte, abendliche Kännchen mit gewürzter Schokolade tröpfelte sie eine starke Liebesessenz, die ihn noch in derselben Nacht in ihre Arme treiben sollte. Dann versteckte sie sich im Flur hinter einem Schrank und hielt sich bereit. Gesalbt und gepudert, mit einem langen Nachthemd bekleidet, harrte die zierliche Frau vor der Eichentür des herzoglichen Gemaches darauf, bald eintreten zu dürfen und malte sich aus, wie Julius auf ihr ritt und in sexuelle Ekstase geriet, während Hedwig leblos im Bett daneben lag.

Sie wartete und wartete, doch nichts geschah. Sie flüsterte lockende Kosenamen durch die Tür, kratzte leise am Holz und zielte mit gemurmelten Zauberformeln direkt auf den Unterleib des Fürsten. Schließlich hielt sie es nicht mehr aus. Sie steckte den nachgemachten Schlüssel ins Schloss, drehte ihn vorsichtig um und lugte durch den Türspalt. Der Blick aufs Bett war durch einen Brokatvorhang verdeckt und sie vernahm nur ein lautes, doppeltes Schnarchen.

Kurzerhand betrat sie das Schlafgemach und schob den Vorhang beiseite. Enttäuscht musste sie feststellen, dass der Herzog genauso fest schlief wie die Herzogin und nicht einmal reagierte, als sie ihn wütend am Ohrläppchen zog. Das mit Laudanum versetzte Weinglas war noch zur Hälfte gefüllt und die fehlende Menge hatte gerade ausgereicht, um beide Eheleute in Tiefschlaf zu versetzen. Der Herzog, der eigentlich ein Feind alkoholischer Getränke war, musste ausnahmsweise vom Wein seiner Gemahlin gekostet haben und hatte ihr damit, ohne es zu ahnen, das Leben gerettet. Wütend über den Verlauf der Dinge, heulte Anna Maria laut auf. Das Vorhaben war endgültig gescheitert, denn seit jener Nacht bewachte eine Zofe den Schlaftrunk der Herzogin.

„Angelo hatte einen Fluchtplan entwickelt und Sabrina war außer sich vor Angst, als er ihn vortrug. Er wollte mich unter dem flachen Boden unseres Frachtbootes festbinden. Ich wäre dort unsichtbar und damit mein Körper nicht an die Wasseroberfläche trieb, würde er mich mit Steinen beschweren. Nur die Arme mussten frei bleiben und ein langes Rohr sollte mir zum Atmen dienen."

Diese abenteuerliche Fluchtgeschichte erinnerte mich an die Grenzkontrollen der DDR. Ich sah Paolo als verschnürtes Paket unter einem Boot und konnte mir nicht verkneifen, laut aufzulachen. Die Schützer des antikapitalistischen, innerdeutschen Grenzwalles hätten ihn ganz bestimmt aufgespürt! Tadelnd sah er mich an und ich schielte verlegen zur Uhr. Plötzlich wurde mir bewusst, wie weit sein Schicksal in der Vergangenheit lag. Sogar die bewachte Staatsgrenze der DDR war schon seit Jahrzehnten nur noch Geschichte, er aber sprach von einer Zeit, die seit fünfhundert Jahren nicht mehr existierte. Wir schwiegen. Die eingetretene Stille machte ihn unruhig, immer wieder blickte er sich prüfend um und erst als er sicher war, dass weit und breit niemand zu sehen war, entspannte er sich wieder.

„Ach, dieses Misstrauen!"

„Wieso Misstrauen, vor wem müsstest du denn jetzt noch Angst haben?"

„Oh, Amanda, wenn man über viele Generationen unter der strengen Aufsicht der polizia segreta gelebt hat, dann wird man den Verdacht nicht mehr los, ständig beobachtet und belauscht zu werden. Selbst der berühmte Giacomo Casanova fürchtete sich vor den berüchtigten Bleikammern des Dogenpalastes, in denen man Staatsgefangene verschmachteten ließ, die oft nur wegen der Falschaussage irgendeines Denunzianten eingesperrt worden waren. Aber zurück zu meiner Flucht. Nicht nur Sabrina, auch ich zitterte vor der gefährlichen Fahrt, bei der ich hätte ertrinken oder entdeckt werden können! Wir warteten auf eine mondlose Nacht und ich nahm im Schutz der casa Abschied von meiner Ehefrau. Wir mussten die Insel bis zur fünften Stunde verlassen haben, danach war kein Fährverkehr mehr erlaubt und so ließ Angelo das Boot zu Wasser, als die Sonne schon nicht mehr sehr hoch am Himmel stand. Wir brauchten den Schutz der Dunkelheit, doch ich fürchtete sie wie den Teufel.

Der kleine Anlegesteg war von keiner Seite her einsehbar und niemand beobachtete, wie ich beinahe unbekleidet am seitlichen Rand des Bootes festgebunden wurde. Als es abstieß, klammerte ich mich an die Taue und hielt das Bambusrohr über Wasser. Meinem Diener würde niemand Beachtung schenken, wenn er wie üblich aufbrach, um eine Ladung mit Waren nach Venedig zu schaffen. Es war zwar schon spät, aber nicht ungewöhnlich, ein mit Laternen beleuchtetes Boot in der Lagune zu sehen. Beladen war die Transportbarke mit Kisten und Körben, in denen sich sorgfältig verpackte Vasen, Glasbecher und zwei mittelgroße Kristalllüster befanden, die in mit Wasser gefüllten Fässern hingen.

Die gesamte Lieferung war für einen meiner Kunden im Süden der Stadt bestimmt, wir hatten also eine ganze Weile zu fahren. Vom Gewicht der Fässer und des Glases beschwert, sank das Boot ziemlich tief unter die Wasseroberfläche und berührte fast den flachen Sandboden. Ich konnte mich also erst darunter verbergen, wenn wir die tiefere Stellen erreicht hatten. Bis dahin trieb ich am Seil neben dem Boot her.

Nur die feste Gewissheit, dem treuen Angelo mein Leben unbedenklich anvertrauen zu können, verlieh mir die Kraft, diese waghalsige Flucht anzutreten. Noch heute denke ich voller Grauen an die mir endlos vorkommende Zeit, die ich unter Wasser aushalten musste! Ich war zwar ein ausgezeichneter Schwimmer und ein guter Taucher, doch nach Einbruch der Dunkelheit hütet man sich davor, ins Wasser zu gehen.

In der Nacht steigen die Mächte der Finsternis und die Seelen der Hingerichteten aus dem Grunde des Meeres empor und ich hatte rasende Angst, wie einer der zum Tode verurteilten zu sterben, deren Körper man mit Steinen beschwert ins Wasser warf, damit sie ertranken.

Nun musste Angelo auch mir den Steinsack umhängen und ich fing an, durch das Rohr zu atmen, das über die Wasseroberfläche ragte. Obwohl ich zuhause geübt hatte, kostete es mich viel Mühe, beim Luftholen keinen Fehler zu machen. "

Paolo drückte die Hand wie ein Trichter zusammen und hielt sie sich vor den Mund. Hörbar und laut sog er die Luft ein und blies sie schnaufend durch die Nase wieder aus. Dann schlug er die Hände vors Gesicht und schüttelte sich angeekelt.

„Es war grauenvoll da unten! Manchmal streifte mich etwas und ich musste mich zwingen, nicht aufzuschreien. Überall um die Insel herum, aber besonders in Richtung Venedig, hockten Wachtposten in Gondeln und beobachteten ausfahrende Boote. Als wir den ersten erreicht hatten, stieg wie üblich im Schein der Laterne ein Wächter zu Angelo, um die Ladung zu inspizieren. Misstrauisch stocherte er mit einem Stab zwischen Kisten und Körben und den als Polster dienenden Säcken herum und brachte das Boot durch seine Bewegungen gefährlich ins Schwanken. Der flache Kahn, der mehr einem Floß ähnelte, konnte sehr leicht kentern und mir blieb vor Angst das Herz stehen. Ich hörte gedämpft, wie der Mann über mir polterte und Angelo stimmte eine wütende Beschwerde an.

Eigentlich interessierte die Kerle überhaupt nicht, was der Diener da transportierte, aber sie würden uns erst dann passieren lassen, wenn sie das übliche Schmiergeld erhalten hatten. Zu damaligen Zeiten gab es keine Gelegenheit, bei der man sich nicht mit Münzen die Gunst irgendwelcher Leute erkaufen musste. Sollten wir heil aufs Festland gelangen, war für derartige Anlässe ein Gürtel mit eingenähten Golddukaten um meinen Leib geschlungen, aus dem wir unseren Lebensunterhalt für die weitere Reise bestreiten würden.

Mein Diener hätte sich der Wachen natürlich gern so schnell wie möglich entledigt und gezahlt, aber es wäre unklug gewesen, zu beflissen aufzutreten. Die misstrauischen Wachen hätten geargwöhnt, dass er etwas zu verbergen habe und die Prozedur unnötig in die Länge gezogen. Mir erschien der Vorgang, der in Wirklichkeit wohl nur ein paar Minuten dauerte, wie eine Ewigkeit und ich glaubte zu ersticken, als die Wachen endlich das Boot verließen.

Erleichtert vernahm ich das dumpfe Klatschen der Ruderschläge, als wir wieder ruhig dahinglitt. Der Schrecken saß mir noch in den Knochen und ich atmete zu hastig, verschluckte mich und bekam Wasser in die Lunge. Verzweifelt pochte ich an die Bootswand, denn die schweren Steine verhinderten, dass ich auftauchen und nach Luft schnappen konnte. Angelo reagierte sofort. Er zog den Steinsack nach oben und ich rang über der Wasseroberfläche nach Luft. Die Wachen waren noch in Hörweite, doch ich konnte nicht aufhören, laut zu husten. Glücklicherweise war ich an der Vorderseite des Bootes außer Sicht, aber mein verdächtiges Husten und Würgen brachte uns in Gefahr. Du musst wissen, dass es abends sehr ist still auf dem Meer, jedes Geräusch klingt doppelt so laut wie gewöhnlich. Um mich zu übertönen, begann Angelo lauthals *Il canzone d`amore* zu singen, dabei unterbrach er seinen Gesang immer wieder, um laut zu husten. Er tat so, als ob er es sei, dem etwas in der Kehle steckengeblieben war. Die Wachen riefen ihm ein paar Worte zu und er antwortete lachend: *mia gola!*"

Ich fürchtete schon, sie würden ihm befehlen, zurückzukommen oder unser Boot verfolgen. Die Gondeln der sentinella di mare sind sehr schnell, doch die Männer waren bereits in Weinlaune und mochten nicht noch einmal gestört werden. Um mich zu beruhigen, sprach ich ein Gebet und ließ mich auf dem Rücken schwimmend dahingleiten.

Die kleine Laterne am Bug beleuchtete schwankend das trübdunkle Wasser und als ich wieder gleichmäßig atmen konnte, hatten wir schon den Canale delle Navi passiert und kamen dicht an den Inseln San Michele und San Christoforo vorbei. Totenstille lag über den gelblichen Sandsteinmauern ihrer Klöster und die Zypressen, die scharf gegen den schwarzen Nachthimmel abstachen, ragten wie grausame Haifischzähne in die Luft. Erst als wir gänzlich außer Sicht waren, befreite mich der Diener aus meiner jämmerlichen Lage und zog mich im Schutz der Dunkelheit hinauf ins Boot.

Zitternd trocknete ich mich ab, wickelte mich in eine Decke und nahm einen tiefen Schluck aus der Flasche, die uns Sabrina mit bestem *Grappa* gefüllt hatte. Um keinen Argwohn zu erregen, hatten wir wohlweislich darauf verzichtet, zusätzliche Bekleidung mitzunehmen, doch mein treuer Diener war in mehrere Gewänder gehüllt, von denen er mir nun einige abgab. Ich streifte mir die Kleider über und sah darin aus wie ein gewöhnlicher Dienstbote. Erschöpft von den Strapazen der waghalsigen Flucht, kauerte ich mich im Boot zusammen und starrte in den mondlosen, mit Sternen übersäten Himmel, der wie kobaltblaues Glas schimmerte.

Je näher wir der Stadt Venedig kamen, umso beeindruckender war das Spiel der nächtlichen Lichter und Laternen, die sich hundertfach auf der dunklen Wasseroberfläche spiegelten. Nur die Boote ruhten von den Geschäften des Tages, in den engen Gassen tummelten sich die Nachtschwärmer und selbst aus der Dunkelheit ertönte Gesang und Musik.

Zwar schenkte uns niemand besondere Beachtung, als wir die Kontrollposten am östlichen Ufer erreichten, doch ich zog vorsorglich die weiche Krempe des alten Filzhutes noch ein wenig tiefer ins Gesicht und schmierte mir etwas vom Öl der forcola auf die Haut. Die Anlegestelle befand sich im Sestière Castello, einem der sechs Stadtteile Venedigs, dort lebten die Ärmsten der Stadt und Angelo wechselte mit den gleichgültig da stehenden Wachen ein paar Worte, verteilte großzügig seine Münzen und sie erlaubten uns, zu passieren und die Fracht abzuliefern.

Gewand manövrierte der Diener das Boot durch den Rio dei San Apostole, bis wir nach rechts in den Canal Grande einbiegen konnten. Die Zinnen des Dogenpalastes reckten sich wie eine Zahnreihe gegen den Himmel und ich stellte mir vor, wie die von mir angefertigten, gläsernen Lüster im Inneren der Häuser durch Kerzen und Öllampen zum Funkeln gebracht wurden und ihr Lichtschein sich hundertfach im Glas meiner Spiegel brach.

Es war nicht mehr weit, unsere erste Lieferstation war das Fondaco dei Tedeschi, das Geschäftshaus der Händler aus dem Norden, und anschließend mussten wir noch eine ziemlich weite Strecke rudern, um den Palazzo von Christoforo da Gritti zu erreichen. Seit beinahe einem Jahrhundert waren unsere Familien durch Handelsbeziehungen miteinander verbunden und schon der Großvater des jetzigen Inhabers hatte die Glaswaren meiner Vorfahren in fremde Länder verkauft. Es bestand aber dennoch kein Grund zur Sorge, dass man mich erkennen könnte, denn zum Entladen der Ware würden nur die Diener auf uns warten und die hatten mich noch nie gesehen.

Am Fondaco angekommen, zwängten wir uns im Fackelschein zwischen aufgetürmten Holzkisten und wackligen Gerüsten hindurch, auf denen Maler und Bildhauer tagsüber die Außenwände verzierten. Zu dieser späten Stunde waren sie leer und ich war erleichtert, denn irgendjemand hätte mich vielleicht erkannt und ungewollt durch einen lauten Zuruf verraten. Bald waren die Trinkpokale entladen und wir konnten unsere Fahrt fortsetzen.

Es bereitete mir ein unbeschreibliches Vergnügen, ohne Bewacher durch die Lagune zu fahren und ich beschloss, bald ein neues, dreigeschossiges Haus zu bauen und die alte Villa abzureißen. Da begriff ich plötzlich, dass es keine Rückkehr mehr gab!

Im Casa dei Gritti wurden wir schon erwartet. Zwei Männer standen auf dem gemauerten Steg und zogen das Boot durch die große Toreinfahrt in den mit Wasser gefüllten Innenraum. Dort vertäuten sie es am Eingang zu den Vorratsspeichern und wir begannen gemeinsam, die zerbrechliche Fracht sorgsam zu entladen. Wir reichten Körbe, Fässer und Kisten nach oben und Angelo berichtete von dem schrecklichen Unglück, das den armen maestro Montesilvano ereilt hatte.

Sie wollten es sogleich dem Signore erzählen und luden uns höflich ein, wie es die Sitte erforderte, eine Erfrischung einzunehmen. Wir lehnten die Einladung jedoch unter dem Vorwand ab, noch heute Abend einen Verwandten vom Unfall des maestro unterrichten zu müssen. Geschickt und schnell ruderte Angelo die leere barca durch den Canal Grande und bald hatten wir die vornehmen Häuser der reichen Händler und Patrizierfamilien hinter uns gelassen. Unser Ziel war der große Hafen, dort arbeite Tag und Nacht das einfache Volk und dort würden wir in der Menge untergehen. Das Boot würden wir an einer der bewachten Anlegestellen zurücklassen und die Nacht in der Herberge verbringen.

Am nächsten Morgen bestiegen wir eine der großen Barkassen und ließen die Lagune hinter uns. Im Hafen von Marghera rüsteten wir uns mit wärmenden Kleidungsstücken und Vorräten aus und machten uns unverzüglich auf den weiten und beschwerlichen Weg über die Alpen. Wir nahmen die Route über Trient und erreichten in drei Tagen den Paso di Brennero. In der kleinen Kapelle dort, die mehr einem steinernen Hirtenhaus ähnelte, knieten wir nieder und dankten dem Allmächtigen, dem Heiligen Nikolaus, dem Schutzpatron der Glasbläser, und dem Heiligen Markus für seine große Güte und Gnade. Mir war die Flucht von der Insel gelungen und von nun an marschierten wir an jedem Tag vom frühen Morgen bis zum Einbruch der Dunkelheit. An Schlafplätzen mangelte es uns nicht, am Ende einer Tagesroute fanden wir in Herbergen, Hospizen oder Pilgerstationen eine sichere Unterkunft. Hinter Innsbruck wollten wir unsere Reise dann zu Pferd und in Kutschen fortsetzen, um schneller ans Ziel zu gelangen.

Die schlecht befestigten, schmalen Passwege sorgten für

lange Wartezeiten. Viehhändler mit erschöpften Schaf- und Rinderherden und schwer beladenen Ochsenkarren versperrten den Weg und an Packpferden und bockenden Eseln, die sich sträubten, einen schmalen Sims am steil abfallenden Felsen zu überqueren, kam man auch zu Fuß nicht vorbei. Es geschah nicht selten, dass ein Tier den Halt verlor und samt seiner Ladung brüllend in die Tiefe stürzte. Auch ich fürchtete mich vor dem Abgrund und Angelo, der den Weg bereits viele Male gegangen war, verband uns mit einem Seil, damit ich weniger unruhig war.

Wahrlich, die Überquerung der Alpen war das schwerste Stück des gesamten Weges und mich grauste schon damals vor der Rückkehr. Hätte ich mehr Zeit gehabt, so wäre mir der Umweg über die östliche Gebirgskette lieber gewesen, deren Ausläufer viel niedriger sind und die ich aus meiner Kindheit kannte. Als Knabe war es mir noch erlaubt gewesen, mit den Erzsuchern das Gebiet zwischen Klagenfurt, Salzburg und Graz zu durchkämmen und die meisten Händler, die für ihre Ladung aus venezianischem Salinensalz, Meeresfischen, Weinen, orientalischen Gewürzen, Rohseide oder Tabak eine beträchtliche Anzahl von Lasttieren benötigten, bevorzugten die weniger gefahrvolle Strecke und nahmen den Umweg notgedrungen in Kauf.

Das Gehen gefiel mir gut. Sonst stand ich den ganzen Tag am glühend heißen Ofen und nun füllten wir die Tage damit, soviel Wegstrecke wie möglich zurückzulegen. Manchmal konnte ich vor Erschöpfung keinen Schlaf finden, denn ich war es nicht gewohnt, eine so weite Reise zu machen."

Anna Maria kratzte sich. Die Wanzen hätte der Pfefferkorn ruhig mitnehmen können. Welch eine Dummheit, die Mägde fortzuschicken! Wer sollte nun die vielen schmutzigen Töpfe, Tiegel und Pfannen säubern, die überall herumstanden und auch sie musste dringend gebadet werden. Selbstmitleid trieb ihr die Tränen in die Augen, sie blinzelte und sah sich im Raum um. Sogar den kleinen Schmelzofen hatte Anna Maria trotz ihres überstürzten Aufbruchs aus dem herzoglichen Laboratorium mitgenommen, um in Goslar experimentieren zu können. Mit geübter Hand schüttete sie aus mehreren Glasbehältern etwas in eine kugelige Flasche und hielt es murmelnd über die Flamme.

„Ein Loth Mercurium sublimatum und rein Kupfer, 2 Loth aquae regis, von album vitriol..."

Als der Flascheninhalt zu blubbern begann, träufelte sie ein paar Tropfen einer schwarzen Flüssigkeit in das Gefäß, umwickelte die Finger mit einem Lappen und schwenkte es vorsichtig hin und her. Schließlich ließ sie den trüben, öligen Inhalt in ein Tonfläschchen rinnen und verschloss es fest mit einem Korken. Zufrieden betrachtete sie ihr Werk und kehrte zu dem schlafenden Ehemann zurück. Nochmals versetzte sie ihm einen Tritt.

„Geh und hol Wasser!"

Fluchend bequemte sich Heinrich, aufzustehen. Er schlurfte mit einem hölzernen Eimer an ihr vorbei, verzog das Gesicht zu einer Grimasse und verließ den Raum.

„Und du, los, los, an die Arbeit!"

Anna Maria klatschte in die Hände und auch die

Magd erhob sich schwerfällig. Gebückt ging sie hinüber zum Herd, setzte sich auf einen Schemel und machte sich an einem Korb mit Erbsenschoten zu schaffen. Wenn die Herrin Hunger bekam, musste das Essen fertig sein.

Als sie sicher war, dass niemand sie beobachtete, öffnete Anna Maria einen mit weißem Pulver gefüllten Glaskolben, der versteckt im Regal hinter rußgeschwärzten Flaschen und allerlei Tinkturen stand. Sie tauchte einen Finger hinein und lutschte das gallebittere Pulver gierig ab. Erleichtert sank sie auf eine mit Fellen gepolsterte Holzbank, schloss die Augen und überließ sich den Erinnerungen.

Ihr Leben hatte sich gewendet, seit Philippus in der von Herzog Julius gegründeten Saline am Harz untergekommen war. Die Salzsiederei verschaffte ihm aber nicht nur Lohn und Brot, sondern auch die Möglichkeit, den Herzog auf sich aufmerksam zu machen. Ein Gelehrter wie er durfte sich nicht zu lange als dummer Tagelöhner verdingen. Der lutherisch ordinierte Sohn eines Pfarrers, der sich in den Klosterschulen zu Erfurt und Gotha auf den geistlichen Stand vorbereitet hatte, warb damit, als kundiger Alchemist die Staatskasse des Braunschweig-Wolfenbütteler Herzogtums füllen zu können.

Die verheißene Aufbesserung der Finanzen ließ den geldklammen Landesfürsten aufhorchen. Er verschickte einen Brief und Philippus nahm das Schreiben mit dem Siegel des Herzogs dankbar in Empfang. Der Illustrissimo lud ihn (und damit auch Anna Maria) ein, sich im fürstlichen Laboratorium in aller Bequemlichkeit der Herstellung des Steines der Weisen zu widmen, mit dem man unedle Metalle in Gold verwandeln konnte. Der ersehnten Einladung folgte die Unterzeichnung eines

Kontrakts und Philippus versprach seinem Wohltäter immerwährenden Reichtum. Auch wolle er als fürstlicher Kammer-, Berg- und Kirchenrat den Ertrag der Harzer Bergwerke ordentlich in die Höhe bringen.

Wie froh waren sie beim Eintreffen des Briefes herum gesprungen und wie erleichtert war Anna Maria, endlich wieder unter dem Schutz des Adels leben zu dürfen! Wozu wurde einem Tanzen, Musizieren, lateinische Verse aufsagen und zierliche Buchstaben schreiben beigebracht, wenn einem am Ende das Notzuchttreiben mit Leuten wie Pfefferkorn zum Lebensunterhalt dienen musste?

Heinrich Schombach war mit dem gefüllten Eimer zurückgekehrt und stellte ihn scheppernd auf den Boden. Auch er fürchtete Anna Marias übersinnliche Fähigkeiten und gesellte sich zu der alten Magd, die widerwillig das schmutzige Geschirr säuberte. Er ließ sich von ihr erzählen, wie Anna Maria sich monatelang mit einer vorgetäuschten Erkrankung vor den Augen der Öffentlichkeit verbergen musste, obwohl ein jeder wusste, wie es wirklich um sie bestellt war. Der ehrenwerte Junker Nikolaus von Hamdorf hatte die Dreizehnjährige unter Liebes- und Treueschwüren überredet, mit ihm das Bett zu teilen und anstatt danach die versprochene Trauung zu vollziehen, verschwand er auf Nimmerwiedersehen. Verschwinden musste daher auch das Kind der ehrlosen Jungfrau, denn eine solche Schande hätte den zugig gewordenen Platz der Eltern an der Peripherie des höfischen Lebens in Dresden gefährdet.

Dem sächsischem Adel wehte ein kalter Wind um die Nase. Nur noch im zugigen Kellergewölbe durften sie sich mit anderen Höflingen beim Kartenspiel vergnügen und nur solange Ihre Durchlaucht anwesend war, wurde Bier und Wein eingeschenkt. Nach derselben Regel hatte man auch die Tischsitten geändert und wer nicht rechtzeitig erschien, ging mit knurrendem Magen ins Bett. Die Speisen wurden abgeräumt, sowie der Herzog gesättigt war und das geschah immer schneller, je mehr dem Fürsten das Geld ausging.

Die Mahlzeiten hatten inzwischen den Charakter einer Armenspeisung angenommen und man konnte beobachten, wie sich die edlen Damen Hühnerschenkel, Brot und Speckscheiben unter die Röcke schoben, damit auch ihre Dienerschaft noch zu essen bekam. Die Versorgung des Adels war löchrig geworden. Eine falsche Bewegung, und man fiel vom Ross, egal, wie prunkvoll es einst aufgezäumt worden war!

Aus der Zeit am Dresdener Hof war Anna Maria nur die quälende Sehnsucht nach der gesicherten Welt des Adelsstandes geblieben. Gott allein wusste, warum das Schicksal so hart auf sie eingedroschen hatte. Als sie damals auf die Niederkunft wartete, war nur die Amme zugegen. Sie sollte ihr beistehen, wenn die Wehen einsetzten. In der winterlichen Kälte eines unbeheizten Hinterzimmers wurde ihr so lange heißer, gezuckerter Wein eingeflößt, bis der kleine Körper irgendwann aus ihr heraus glitt. Das leise Quäken ließ Milch in ihre Brüste schießen und sie wollte das Kind in den Armen halten.

Doch die Magd schüttelte missbilligend den Kopf. Sie wickelte das wimmernde Mädchen in ein Tuch, steckte es unter ihren Mantel und ging fort. Anna Maria begriff, dass ihre Eltern sie mit Instruktionen versehen hatten, die sie gehorsam ausführte. Trotz ihrer Schwäche mühte sie sich aus dem Bett und folgte der Amme hinaus in die schneidende Kälte. Die Dunkelheit wurde von der Weiße des Schnees beleuchtet und der Boden war glatt, sie fiel hin, stand wieder auf und sah, dass ihr Kind geradewegs zum Fluss getragen wurde. Die Magd achtete nicht auf ihr Rufen, sie hörte es wohl, aber sie blieb nicht stehen und hatte bald das Wasser erreicht. Als Anna Maria endlich am Fluss stand, war es zu spät. Die eiskalte Strömung hatte den kleinen Körper mit sich gerissen. Dem Mädchen waren die Sinne geschwunden und als sie wieder zu sich kam, lag sie allein im Bett des kalten Zimmers.

Und nun saß sie dort drüben, die Kindsmörderin, und drückte Erbsen aus. Anna Maria hätte gern geweint, doch das Laudanum dämpfte auch die Trauer. Nur die Schmerzen in ihrem Leib, ein juckendes Brennen zwischen den Beinen und um die Herzgegend ein Reißen wie von einer Katzenpfote, konnte es nicht vertreiben. Sie kannte wohl Heilmittel und Beschwörungen, aber bei dieser Art von Leiden half gar nichts, etwas dämonisches hatte sich eingenistet und hauste in ihr, weil sie zu vielen Männern Einlass in ihren Körper gewährt hatte.

Der stinkende Sylvester drang gern durch die Hintertür ein, der ungelenke Doktor Kömmer schaffte es nicht einmal bis ins Haus und dem schlaffen Weichling Roßwurm genügte es, wenn ihre Hände ihm dienten. Selbst dem Taube, der sich mit größter Hingabe um sie bemühte, überließ sie sich nur widerwillig. In dem illustren Zirkel, der sich um den gutmütigen Herzog in Wolfenbüttel geschart hatte, war der schmächtige Junker Bartold der einzige Adlige und sie schätzte ihn vor allem wegen seiner nicht nachlassenden Zuneigung. Wie sie hatte er einst als vornehmer Herr schon bessere Tage gesehen und zeigte sich sehr empfänglich für Anna Marias Begabung, sich die Wollust der Männer für eigene Zwecke zunutze zu machen. Keiner dieser Kerle durfte wissen, dass sie nur dem Philippus ohne jeden Hintergedanken zugetan war.

Eine bleierne Müdigkeit hatte sich über sie gesenkt und die Bilder der Vergangenheit vertrieben. Sie lachte verächtlich auf, was munkelte man? Sie, die Zieglersche, brächte die Männer mit geheimen Rezepturen in ihren Bann. Weit gefehlt! Um die Wollust der gewöhnlichen Kerle anzufachen, bedurfte es keiner Zaubermittel und bei Herzog Julius hatten sich ihre Pulver als vollkommen wirkungslos erwiesen. Plötzlich bekam sie schreckliche Angst. Würde man sie bald der peinlichen Befragung unterziehen?

Paolo wollte gerade weitersprechen, da hörten wir Stimmen und er unterbrach seinen Redefluss. Wachsam sah er sich um und verschwand mit einem Satz hinter den Brombeerhecken, nachdem er mir noch warnend etwas zugerufen hatte.

„Amanda, sag kein Wort von mir!"

Zwei Gestalten wurden sichtbar und kamen langsam näher. Tief in Gedanken versunken, hielten sie sich leicht schwankend aneinander fest und sahen mit ihren riesigen, spiegelverglasten Sonnenbrillen aus wie Will Smith und Tommy Lee Jones in dem Film Men in black. Erst kurz bevor sie mich erreichten, entdeckte ich, dass der eine Mann eine Frau war.

Beide trugen dieselben schwarzen Uni-Sex-Klamotten und beide hatten dunkle, kurzgeschnittene Haare und gebräunte Haut. Sie sahen irgendwie südländisch aus und dazu passte auch das T-Shirt der Frau mit der Aufschrift vedere Venetia e morire – Venedig sehen und sterben! Der etwa dreißigjährige, dickliche Mann hatte sich in Shorts, Wanderschuhe und Söckchen gezwängt, während die Frau dasselbe zu geschnürten, schwarzen

Stiefeln trug. Sie blieben mit dem Rücken zur Sonne stehen und musterten mich schweigend.

Ich war vom Aussehen der beiden so irritiert, dass ich mich nur verlegen räuspern konnte.

„Na, junge Dame, haben Sie den Frosch im Hals?"

Die Frau lachte heiser über ihre alberne Bemerkung und knuffte ihren Begleiter in die Seite.

„Ist das hier oben im hohen Norden immer so heiß? Das ist ja das reinste Bilderbuchwetter, man sollte gar nicht glauben, dass es im Gebirge so heiß sein kann! Jetzt ´ne Runde im Meer schwimmen, das wär´s! Sind Sie von hier? Wir machen Urlaub im Harz."

Ihr Begleiter verzog genervt das Gesicht. Offensichtlich war ihm das exaltierte Plappern seiner Gefährtin peinlich. Eine Weile waren sie damit beschäftigt, Zigaretten hervorzuholen und anzuzünden, dann schnaubte der Mann:

„Meine Frau will, dass wir jeden Urlaub im Süden verbringen. Dabei ist schon der letzte Venedig-Trip der reinste Horror gewesen! Alles ging schief und die Fahrt war eine einzige Katastrophe!"

Wütend blickte er in ihre Richtung und sie reagierte zwischen zwei gierigen Zügen und dem Ausblasen des Rauches.

„Oh, mein Gott, musst du das jetzt wieder aufwärmen? Er kann es einfach nicht lassen, mich bei jeder Gelegenheit zu blamieren."

Sie wandte sich plump vertraulich mir zu.

„Hören Sie, meine Liebe, ich wollte mir doch nur mal Venedig ansehen, wissen Sie, diese italienische Stadt da unten in der Lagune."

Als ob ich nicht wüsste, wo Venedig liegt.

Lauernd schien sie mich durch die dunklen Brillengläser anzustieren und zeigte mit dem Daumen herausfordernd auf ihren Begleiter.

„Der da wollte unbedingt einen kleinen Abstecher ins Hafenviertel machen! Und wer hat dann alles abgekriegt?"

Nun veränderte auch er seine Haltung. Kampfeslustig stemmte er die Arme in die Hüften und konterte mit der Feststellung:

„Hättest du auf mich gehört, wären wir jetzt noch im Besitz unseres Wagens!"

Ihre Stimme ging um mindestens drei Tonlagen in die Höhe.

„Der Wagen, der Wagen! Ist das alles, was dich interessiert? Und die Zeit, die ich im Krankenhaus verbringen musste?"

Die beiden verhielten sich so, als hätte ich sie um eine genaue Darstellung der Ereignisse gebeten und die Frau hatte die unangenehme Eigenart, einem während des Sprechens immer näher zu kommen. Sie wirkte stark alkoholisiert und ihre laute Stimme störte die friedliche Stille des Waldes so unangenehm wie ein voll aufgedrehtes Radio. Ich starrte die ganze Zeit wie hypnotisiert auf ihren Ring. Dessen roter Stein erinnerte mich an den herzförmigen Stein der Frau am Rammelsberg, nur wirkte dieser hier eher stumpf. Sie bemerkte mein Interesse und steckte die Hand in die Hosentasche. Misstrauisch spähte sie unter den Brillenrändern zu mir hinunter, runzelte die Stirn, schob die Sonnenbrille zurück vor die Augen und warf ihre Zigarette in hohem Bogen ins Gras.

Ich meldete mich empört zu Wort.

„So etwas geht ja gar nicht, es besteht Waldbrandgefahr und Sie schmeißen ihre Kippen durch die Gegend?!"

„Ist ja gut, ist ja gut. Da, ich trete die Glut aus, sehen Sie, sehen Sie?"

Nachdem sie hektisch auf die Suche nach dem Zigarettenstummel gegangen war, trampelte sie gleichgültig mit dem Stiefelabsatz auf dem Waldboden herum. Ich bemerkte, dass der Mann ein Fernglas hervorgeholt hatte und sich den Anschein gab, als würde er Vögel beobachten. Ich war mir aber sicher, dass er die Umgebung nach etwas anderem absuchte. Sie mussten auch längst begriffen haben, dass sie mich störten, machten jedoch keine Anstalten, weiterzugehen. Wohl um von der Tätigkeit ihres Mannes abzulenken, trat die Frau wieder näher an mich heran und redete hektisch auf mich ein. Ich begriff nicht, worum es eigentlich ging.

„Wir sind im eigenen Auto gefahren, hatten bloß einen kleinen Abstecher nach Venedig gemacht und den Wagen so lange in Fusina zurücklassen, bewacht natürlich. Und als wir zurückkommen, am selben Abend, bin ich überfallen worden. Der Idiot da..."

Sie wies abfällig mit dem Daumen auf ihn.

„Der fährt in die finsterste Gegend und lässt mich allein im Auto sitzen, können Sie sich das vorstellen?"

Sie schnaubte verächtlich.

„Er wollte nur mal ganz kurz was erledigen, hat er gesagt und es hat eine geschlagene Stunde gedauert, bis er wieder da war, ich hab auf die Uhr geguckt. Und dann kommt diese harmlos aussehende Frau, fragt mich was, ich lasse die Scheibe runter und - bumm! krieg ich

´nen Schlag auf den Kopf! Ich war mindestens eine halbe Stunde weggetreten und als ich wieder zu mir komme, ist der Mistkerl immer noch nicht zurück und ich liege neben einer Mülltonne im Dreck und blute wie ein Schwein! Bis heute weiß ich nicht, was der die ganze Zeit gemacht hat! Wolltest du mich loswerden, frei nach dem Motto: Venedig sehen und sterben, he?"

Sie schob drohend den Kopf in seine Richtung.

Der Mann, der verärgert ein paar Schritte zurückgewichen war, trat nun wieder auf sie zu und tippte wütend mit dem Finger gegen seine Stirn.

„Ich hatte dir doch gesagt, du sollst auf keinen Fall die Fenster öffnen, blöde Kuh! Warum konntest du nicht einmal auf mich hören?"

Nun wurde die Frau noch lauter.

„Bin ich jetzt wieder schuld? Du wolltest doch unbedingt in diesen Laden, obwohl das ganze Viertel einen unheimlichen Eindruck machte! Und ich weiß auch, wo du warst, du geiler Bock! Gehst in den Sexclub und lässt die eigene Frau schutzlos draußen warten!"

Zur Untermalung ihrer Geschichte stieß sie einen gekünstelten Schluchzer aus und schlug in theatralischer Geste die Hände vor die Augen. Dabei rutschte das T-Shirt aus der Hose und gab weißes Bauchfett preis.

Wütend schrie er sie an.

„Als ob eine Giftnatter wie du schutzlos sein könnte!"

Ohne sich im mindesten um mich zu kümmern, überschütteten sie sich mit wechselseitigen Beschimpfungen und ich befürchtete, dass die Verbalattacken der beiden angetrunkenen Streithähne bald in Gewalttätigkeiten übergehen konnten. Dabei hatten sie aus der Entfernung so harmlos und in sich gekehrt gewirkt. Endlich schwiegen sie und die Frau nahm ihre Sonnenbrille ab. Die müden Augen wirkten in der gelbbraunen Gesichtshaut wie sumpfige Teiche. Mitleid heischend sah sie mich an und zerrte umständlich ein Taschentuch hervor.

„Ich wäre damals fast verblutet!"

Sie stand nun ganz dicht vor mir, taumelte plötzlich und stützte sich Halt suchend auf meine Schultern.

„Helfen Sie mir!"

Wehleidig schniefend ließ sie sich auf den Boden fallen und ich sprang in die Höhe. Die Hände der Frau hatten unangenehm kalt auf meinen Schultern gelegen, sie war mir unheimlich und ich mochte nicht von ihr berührt werden. Wo blieb Paolo, warum unternahm er nichts, um mich aus dieser unangenehmen Lage zu befreien? Erst jetzt stellte ich fest, dass er auch seinen Tornister mitgenommen hatte.

Meine abweisende Haltung schien das zerstrittene Paar einerseits zu kränken und gleichzeitig eine versöhnende Wirkung auf ihre Beziehung auszuüben. Umständlich half der Mann seiner Begleiterin wieder auf die Beine und hielt die nun laut Schluchzende fest an sich gedrückt. Dabei schwankte er kein bisschen mehr und wirkte vollkommen nüchtern. Ohne die Sonnenbrille ähnelten auch seine Augen düsteren Kratern und mit böse zusammengezogenen Brauen lugte er tadelnd zu mir hinüber. Ich bekam Angst, wägte ab, ob sie schneller laufen konnten als ich und kam zu dem Schluss, dass wohl keiner der beiden lange durchhalten würde. Ich verabschiedete mich in höflichem, aber entschiedenem Ton.

„Bitte entschuldigen Sie, aber ich möchte ganz gern meine Ruhe haben. Ich gehe nämlich in den Wald, weil ich die Stille brauche."

Die Frau befreite sich hastig aus der Umarmung des Mannes und blaffte mich beleidigt an.

„Du liebe Güte, sind Sie aber empfindlich! Wir wollen doch gar nichts von Ihnen. Komm, Schatz, lass uns gehen!"

Sich betont fürsorglich aneinander festklammernd, setzte das seltsame Paar, nun wieder schwankend, seinen Weg fort. Bald waren sie hinter einem Waldstück verschwunden.

Ich atmete erleichtert auf. Noch so eine merkwürdige Begegnung und ich würde mich selbst für paranoid erklären! Waren das nun zwei harmlose Touristen oder Mitglieder der venezianischen Geheimpolizei? Es konnte doch kein Zufall sein, dass die beiden etwas mit Venedig zu tun hatten! Bevor ich weiter darüber nachdenken konnte, kam Paolo zum Vorschein.

„Das war knapp!"

Er setzte sich auf seinen alten Platz und klopfte mit der Hand einladend auf das Gras daneben. Ich protestierte.

„Nein, ich kann nicht mehr sitzen, ich hab Hunger und ich will nach Hause!"

Ich war enttäuscht darüber, dass er mir nicht zu Hilfe gekommen war. Paolo grinste und rieb sich verlegen die Nase.

„Solche Gestalten können dir nichts tun, in dieser Welt sind sie harmlos!"

„Was soll das denn heißen und warum versteckst

du dich, wenn sie so harmlos sind? Die beiden haben ununterbrochen von Venedig geredet, das kann doch kein Zufall sein!"

„Natürlich sprachen sie von Venedig, sie kommen ja von dort. Wir Venezianer wollen ständig von Venedig reden, wir vergehen vor Heimweh nach der Serenissima! Weißt du überhaupt, was die Menschheit der Stadt Venedig zu verdanken hat, Amanda?"

Ich schüttelte verärgert Kopf.

„Das interessiert mich jetzt auch gar nicht, ich will wissen, was das für Leute waren!"

Er sah mich an, als müsse er eine Entscheidung treffen, wie viel er mir erzählen dürfe.

„Nun gut. Du hast gehört, dass manche Venezianer die Fähigkeit besitzen, sich ohne zeitliche Beschränkungen fortzubewegen."

„Moment mal, Paolo, du machst Witze, oder? Das waren doch nur zwei gewöhnliche Touristen."

Er lächelte geheimnisvoll.

„Bist du überhaupt schon in Venedig gewesen?"

Ich schüttelte den Kopf.

„Eines Tages nehme ich dich mit. Aber nicht heute, so eine Reise will gut vorbereitet sein."

Was dachte er sich, auch ich war nicht gewillt, mal eben in irgendeiner Zeitschleife verloren zu gehen. Ich wusste, dass die Bergleute, die der Einladung eines Venedigers gefolgt waren, um viele Jahrzehnte gealtert von einem Besuch aus der Lagunenstadt zurückkehrten, obwohl sie glaubten, nur einen Tag fort gewesen zu sein. Ich schüttelte mich, das alles war vollkommen absurd. Jetzt fing Paolo tatsächlich an, Zeitreisen als Realität in Betracht zu ziehen und ich fragte mich, wer als nächstes um die Ecke biegen würde, Captain Spock vom Raumschiff Enterprise?

Die beschauliche Ruhe war verflogen. Paolo suchte immer wieder mit den Augen die Fichtenschonung ab, hinter der die beiden verschwunden waren und als sie nach einer Weile in der Ferne oben am Hang wieder auftauchten, verbarg er sich schnell im Gebüsch. Die zwei schwarzen Gestalten starrten zu mir herab. Ich wollte Paolo eine Frage stellen, doch er hatte mich allein zurückgelassen. Ich rief leise seinen Namen, bekam aber keine Antwort. Sollte ich auf ihn warten? Weil die beiden reglosen Gestalten da oben mir Angst einflößten, raffte ich meine Sachen zusammen und brach auf. Immer wieder drehte ich mich um und sobald ich das Auto erreicht hatte, verriegelte ich die Türen.

Jemand klopfte verhalten gegen das Türholz. Schwerfällig watschelte die alte Magd zum Tor und lugte durch eine Ritze nach draußen.

„Was denn, was denn? Zu so später Stunde?"

Die Antwort kam prompt.

„Euer gefälliger Diener, Junker Taube muss die Herrin sprechen, lass mich ein!"

Der Taube! Ratlos blickte die Alte auf das zusammengekrümmte, magere Bündel auf der zerwühlten Bettstatt. Niemandem außer Philippus würde es gelingen, die Herrin aus ihren Träumen zu holen.

„Die Herrin schläft! Kommt morgen wieder!"

„Aber ich habe doch Nachricht von Magister Therocyclus!"

Der Name des Geliebten drang selbst durch das von Laudanum betäubte Gehirn und riss Anna Maria augenblicklich aus dem Schlaf. Sie richtete sich auf und stellte fest, dass ihr Mund zu ausgetrocknet war, um sprechen zu können. Mühsam stammelte sie:

„Mach auf, dummes Weib, Philippus."

Missmutig beeilte sich die Magd, die sperrigen Riegel zu lösen und kaum hatte sie es geschafft, schob sich ein kleiner Mann flink wie ein Wiesel in den überheizten Raum. Er sah sich suchend um und als er Anna Maria entdeckte, rannte er auf sie zu, fiel vor dem Strohlager auf die Knie und begann eifrig zu säuseln.

„Meine Allergnädigste! Ich vergehe vor Freude über unser Wiedersehen!"

Anna Maria hatte den Eindruck, ihre Zunge würde am Gaumen kleben und versuchte, den Speichelfluss wieder in Gang zu bringen. Sie sollte der Betäubungsmixtur weniger Belladonna beimischen.

"Bring uns einen Humpen Bier, Alte, ich verdurste ja! Und für den ehrenvollen Anlass gleich den Krug mit Branntwein!"

Die Augen des Neuankömmlings saugten sich am Gesicht der hinfällig ausgestreckten Anna Maria fest.

„Welch eine Schande, dass man Euch vom Hof gejagt hat! Der Herzog sollte den Boden küssen, auf dem Ihr steht!"

„Wie seid Ihr zu so später Stunde noch an den Wachen vorbeigekommen?"

Taube grinste geheimnisvoll.

„Man kennt sich aus, Gnädigste! Die Stadtmauer beim Tor des Sankt Vitus ist löchrig geworden und die

Grenzposten am Reeperviertel ließen mich ohne Zaudern vorbei, als ich ihnen ein paar Münzen zusteckte."

Mit kriecherischer Demut rutschte er näher und näher an sie heran und Anna Maria, die zu benommen war, um ein Gespräch zu führen, streckte ihm schlaff ihre Hände entgegen. Freudig packte er die zarten Finger und bedeckte sie mit Küssen. Die Magd, an derartige Szenen gewöhnt, sah angewidert zu Boden. Welch eine Hure hatte sie da großgezogen! Eine Dirne aus adligem Geschlecht, die sich jedem Halunken und Gauner an den Hals warf.

Anna Marias Ehemann Heinrich Schombach, der gedemütigte Hahnrei, zog sich die Decke fest über die Ohren, um das alberne Gesäusel des Gastes nicht hören zu müssen. Er versuchte zwar schon lange nicht mehr, den Hausherrn zu mimen, aber diesen heruntergekommen Adligen mit seinem Eheweib buhlen zu sehen, das schlug dem Fass den Boden aus! Früher einmal hatte er, der Hofnarr und Vertraute des Herzogs von Gotha, das Adelsfräulein bewundert und als sein Herr darauf bestand, ihn mit ihr zu vermählen, konnte er sich kaum fassen vor Glück.

Von dieser Verehrung war nichts geblieben als eine kalte Wut. Seit Jahren trampelte sie auf ihm herum und ließ keine Gelegenheit ungenutzt, ihn die Niedrigkeit seines Standes und die Hässlichkeit seiner Gestalt spüren zu lassen. Sie, das Edelfräulein aus dem Geschlecht derer von Ziegler, müsse sich mit einem buckligen Knecht begnügen, obwohl König Friedrich von Dänemark, Ludwig von Hessen-Marburg, Herzog Friedrich von Sachsen und viele andere hohe Herren sie einst hatten ehelichen wollten! Dem viele Male betrogenen Ehegatten versetzte das Tun seines Weibes noch immer einen Stich, obwohl ihm schon lange bewusst war, dass er nur einen bedauernswerten Lückenbüßer darstellte, der vor allen Dingen die Aufgabe hatte, sie für alle Zeiten von den sächsischen Höfen fernzuhalten. Anna Maria behauptete zwar, der Herzog von Gotha sei ein Verehrer, doch das war nur eine der zahlreichen Lügen, die sie verbreitete, um in vornehmen Kreisen anzugeben.

Sie richtete sich ein wenig auf.

„Was habt Ihr zu berichten, mein Bartel, so sagt mir doch, wann kommt er, mein getreuer Philippus, hat er mich denn vergessen, habt Ihr nichts mitgebracht, wir hungern und sind den Mietzins schuldig, werden wir bald auf die Festung zurückkehren?"

Die vor sich hin lallende Frau hielt einen einförmigen Monolog, auf den Taube nichts zu sagen wusste. Er kam gar nicht aus Wolfenbüttel, sondern war in der Gegend von Gittelde auf der Suche nach Geschäften herumgeirrt und hatte sich von dort aus auf den Weg nach Goslar gemacht.

Die Magd kehrte mit einem Krug Bier und einem Becher Branntwein zurück. Taube leerte den Krug in einem Zug und rülpste laut. Die Hitze in der Diele machte ihm zu schaffen. Er wischte sich den Schaum von den wulstigen Lippen und reichte das Bier an Anna Maria weiter. Sie trank in kleinen Schlucken und fiel erschöpft zurück auf ihr Lager. Ermutigt von ihrer Schwachheit, schob er ihren Körper ein wenig zur Seite und legte sich neben sie. Niemand hinderte ihn daran.

„Ach, mein Engelchen, meine hohe Dame, mein Rehlein, mein süßes Täubchen!"

Ohne sich um die anderen zu kümmern, begann er ihren Leib zu bearbeiten. Die alte Magd kehrte zu ihrem

Hocker zurück, drehte sich angeekelt weg und schloss die Augen. Die Erregtheit Taubes ging in ein heiseres Röhren über und endete mit einem grunzenden Seufzer. Dann schmiegte er sich an die Schlafende und fing auf der Stelle an zu schnarchen. So verging eine weitere Nacht, die sie in Goslar zubrachten.

Die Erzählungen von Paolo di Montesilvano geisterten durch meinen Kopf und wenn ich schlief, waren die Träume voller Bilder. Ich lieh mir einen Reiseführer von Venedig aus und studierte die dort abgebildeten Palazzi, um sie mit denen aus Paolos Beschreibungen zu vergleichen und musste feststellen, dass alles, was er gesagt hatte, absolut authentisch zu sein schien. War ich verrückt? Verlor ich allmählich den Verstand?

Das Telefon klingelte und riss mich aus meinen düsteren Betrachtungen.

„Hallo Amanda, hast du mich vergessen?"

„Ach du liebe Güte, Iris, ich hab dich tatsächlich total vergessen, wie konnte das denn passieren!? Ich hab es mir doch notiert und vorhin habe ich noch dran gedacht und jetzt... Oh, das tut mir so leid!! Soll ich schnell losfahren? Ich kann in zehn Minuten da sein!"

Wir hatten eine Verabredung zum Brunch und durch die vielen gedanklichen Abstecher zu Paolo war ich ganz davon abgekommen. Dabei hatte ich mich so darauf gefreut, ein wenig abgelenkt zu werden.

„Ach, nö, lass mal, ich hab mir jetzt den zweiten Latte Macchiato bestellt und muss sowieso in einer halben Stunde wieder in der Schule sein. Ist nicht so schlimm, wir treffen uns ein andermal. Tschüssi!"

Ich legte auf und verspürte ein Ziehen im unteren Magenbereich, das sich immer einstellte, wenn ich etwas verkehrt gemacht hatte. So konnte man die Zahl seiner Freunde klein halten!

Nun hatte ich jede Menge Zeit, denn erst um 15.30 Uhr wartete der nächste Termin. Bis dahin wollte ich bei Milchkaffee und Tomaten-Käsetoast die Tageszeitung lesen.

Ich machte es mir am Küchentisch bequem und ehe ich den Artikel über den umstrittenen Abriss eines geschichtsträchtigen Gebäudes lesen konnte, war die schwarze Katze Schnüppel auf den Tisch gesprungen und machte die Zeitung mit ihren Pfoten unleserlich. Unauffällig pirschte sie sich dabei an meinem Teller heran.

„Nein, das ist nichts für dich! Du hast dein Katzenessen und außerdem wirst du zu dick."

Schnurrend, als sei nichts gewesen, sprang sie auf meinen Schoß und zupfte verspielt mit den Krallen an meiner Hose herum. Als ich ihr auch das verwehrte, warf sie sich schwer und völlig entspannt auf die Seite und machte sich so breit, dass sie herunterzufallen drohte. Ich musste sie mit beiden Händen festhalten und konnte weder Essen noch Zeitung lesen. Sie hatte ihr Ziel erreicht!

Wieder schweiften meine Gedanken zu der Begegnung mit Paolo. Würde er mich jemals in meiner Wohnung besuchen und wie würde das Tier auf ihn reagieren? Das schwarze Fell der Katze kraulend, zwang ich mich, an etwas anderes zu denken. Ich rief mir die letzte Therapiesitzung ins Gedächtnis, über die ich nachher mit meiner Supervisorin reden wollte. Die Bemerkung eines Klienten, nennen wir ihn R., hatte bei mir einen ungewollten Gefühlsausbruch hervorgerufen und der anschließende Distanzverlust hatte bewirkt, dass ich mich so unprofessionell verhielt wie eine Studentin im ersten Semester.

R., ein attraktiver, sehr intelligenter und sehr sensibler Musiker hatte mir ganz plötzlich gestanden, dass er in mich verliebt sei und furchtbar gern mit mir schlafen würde. Okay, dass kam schon mal vor und ich kann damit umgehen, aber bei ihm fühlte ich mich knallrot werden. Ich machte unauffällig eine Atemübung, die Kontrolle durfte mir nicht entgleiten. R. war zehn Jahre jünger als ich, also Ende zwanzig, und vielleicht war es diese Mischung aus Unschuld und Männlichkeit, die mich sozusagen entwaffnete.

„Amanda, ich halte das nicht mehr aus! Ich muss immerzu an dich denken, ich möchte dich berühren. Ich würde am liebsten die Therapie beenden, um dich endlich, nur ein einziges Mal, wenigstens zu küssen! Ich weiß ja, dass du nichts mit deinen Klienten anfangen darfst, aber..."

Krampfhaft lächelnd hatte ich mich um Gelassenheit bemüht, doch mein mehrmaliges Räuspern verriet meine Verlegenheit und ich konnte nur noch hoffen, dass wenigstens die Hitzewallungen in meinem Unterkörper nicht auf mein Gesicht abfärbten. Doch ich sah in seinem amüsiert-zufriedenen Lächeln, dass auch das nicht unbemerkt geblieben war.

Die Berührungsabstinenz zwischen Klient und Therapeut durfte keinesfalls durchbrochen werden, das wusste er doch auch. Warum brachte er mich in eine so heikle Lage? Aber gut, er war der Hilfesuchende!

„Warum möchtest du mich so gerne berühren? Warum ist das so wichtig für dich?"

Er hatte mit den Augen gerollt und einen tiefen Seufzer ausgestoßen.

„Weil ich dich liebe."

„Das ist nett, danke, aber was verstehst du unter Liebe? Wonach suchst du? Gibt es niemanden sonst, für den du so empfindest?"

Ich sah, dass die kühle Professionalität meiner Reaktion eine enttäuschte Verletztheit bei ihm hervorrief und das machte es noch schlimmer. Ehe ich jedoch den Tabubruch begehen konnte, meine Hand nach ihm auszustrecken, war er plötzlich aufgesprungen, hatte sich zu mir hinabgebeugt und mein Gesicht in seine Hände genommen. Zärtlich und ganz sanft hatte er mich auf den Mund geküsst und war hinausgerannt. Und ich, ich hatte seinen Kuss mit geöffneten Lippen erwidert und - noch schlimmer, hätte am liebsten auf der Stelle mit ihm geschlafen. Als er draußen war, fühlte ich das übermächtige Bedürfnis, hinter ihm herzulaufen und ihn zurückzuholen. Ganz benommen, wie nach einer schlimmen Katastrophe, saß ich da und konnte nur immer wieder daran denken, wie schön sich sein Kuss angefühlt hatten.

Die Erinnerung an diese völlig entgleiste Therapiestunde lag mir seither wie ein Stein im Magen und hatte dazu geführt, dass meine empathische Gelassenheit, die mich bisher wie ein Schiff durch die mitunter recht stürmischen Gespräche mit den Klienten getragen hatte, zu einem zerbrechlichen Panzer geworden war. Ich zweifelte an mir selbst und fragte mich zum wiederholten Mal, ob ich den falschen Beruf gewählt hatte.

*E*inige Tage später verfolgte ich die Handlung eines spannenden Thrillers. Um den geistigen Genuss lukullisch zu untermalen, hatte ich auf einem Tischchen neben dem Sofa leckere Kleinigkeiten wie Oliven, Käse, Tomaten, Butter, Baguette und eine Kanne Ingwertee bereitgestellt. Schon seit frühester Jugend frönte ich dem Laster, beim Essen fernzusehen oder umgekehrt. Sogar die Kinos kommen ja inzwischen derartigen Bedürfnissen entgegen und verkaufen Popcorn, Erdnüsse und Eis. Am nächsten Morgen erwartete mich ein freier Tag ohne Termine und während der Film von Werbespots unterbrochen wurde, überlegte ich, ob ich bei dem angekündigt schönen Wetter im Harz wandern sollte. Da klingelte das Telefon. Die Rufnummer wurde nicht angezeigt und mein Herz klopfte schneller, als Paolos angenehme Stimme durch den Hörer klang.

„Buona sera, Amanda, wie geht es dir?"

„Paolo? Bis du das wirklich? Wo bist du denn?"

„Meine liebe Amanda, hättest du Lust, dich morgen mit mir im Wald zu treffen? Wir dürfen den Anschluss nicht verpassen."

„Welchen Anschluss?"

„Das erkläre ich dir später, sag mir einfach, ob du Zeit hast."

„Ja, gut, dann sag du mir aber auch, wo du bist!"

„Wo ich bin oder wo ich sein werde? Du weißt es doch, an derselben Stelle wie beim letzten Mal."

„An der vielarmigen Tanne bei der Mine? Ich könnte um zehn Uhr dort sein."

„Danke, Amanda, bis morgen an der Tanne."

Die Verbindung war beendet. Paolos Stimme durch ein Telefon zu hören, bedeutete, dass er doch realer war, als ich bisher angenommen hatte. Wusste er, dass ich morgen einen freien Tag hatte? Was erwartete mich?

Schon am frühen Vormittag stand die Sonne grell am Himmel und es war einer dieser ungewöhnlich heißen Tage, an denen man eher an Baden als an Wandern denkt. Im Auto herrschte eine brütende Hitze und erst als ich kurz vor Zellerfeld auf den Parkplatz fuhr, fiel mir ein, dass ich das Mineralwasser vergessen hatte. Das erste Wegstück bis zum Mönchstal ist unbewaldet und schon nach wenigen Metern war ich völlig verschwitzt. Herzklopfend näherte ich mich der vielarmigen Tanne, unter der wir uns zum ersten Mal begegnet waren und schämte mich für meine mädchenhafte Aufregung. Sie musste wohl als Indikator dafür gelten, dass ich die Verabredung insgeheim als erotisches Treffen verbucht hatte, denn tatsächlich löste der Gedanke an Paolo eine starke sinnliche Erregung in mir aus. War ich in einen Geist verliebt?

Lächelnd lehnte er gegen den Stamm und empfing mich mit theatralisch ausgebreiteten Armen.

„Schön, dass du gekommen bist, Amanda!"

Ich wurde rot und bedauerte plötzlich, keinen Rock angezogen zu haben. Die nüchterne Plumpheit meiner Wanderkleidung schien mir ganz ungeeignet für ein Rendezvous mit einem Mann zu sein, der auf faszinierende Weise attraktiv war und zu dessen bis über die Knie reichenden Wildlederhosen irgendwie eine sehr weibliche Garderobe gepasst hätte. Wie reizlos musste ich ihm vorkommen.

„Ja, hallo, ich freue mich auch, dich zu sehen."

Jetzt erst bemerkte ich die leuchtend blaue Flasche, die er in der Hand hielt. Sie hatte die Form einer Amphore und war bestimmt aus Muranoglas.

„Darf ich dich mit einem Trunk willkommen heißen?"

Ehe ich zustimmen konnte, ließ er eine hellgrüne Flüssigkeit in zwei silberne Becher fließen und reichte mir einen.

„Bitte, lass uns anstoßen! *Salute*! Auf deine Gesundheit, auf die Liebe und... welchen Trinkspruch möchtest du ausbringen?"

Ich war unsicher, ob ich überhaupt davon trinken wollte.

„Ich weiß nicht, vielleicht auf die Wahrheit?"

„*Si, si, va bene*, die Wahrheit ist gut, ich werde dich jedenfalls nicht belügen!"

Mit einer grandiosen Geste schwenkte er seinen Becher und trank ihn in einem Zug leer. Ich blieb skeptisch und behielt meinen Becher in der Hand

„Was hast du mir da zu trinken gegeben?"

„Einen Gewürzwein, den es in deiner Zeit nicht mehr gibt, aus jungen Tannenspitzen gemacht, mit Gewürzen, Kräutern und Früchten versetzt, die in deiner Zeit nicht mehr wachsen. Trink, Amanda, es wird dir helfen, dich zu entspannen!"

Als Paolo mein misstrauisches Gesicht bemerkte, lächelte er mir beruhigend zu.

„Trink, es ist wohltuend für das Nervengeflecht.

Ich nippte, war erstaunt, wie gut der Saft schmeckte

und leerte den Becher bis auf den Grund. Tatsächlich rief der Geschmack von Fichtennadeln, Nelken und Aprikosen die wehmütige Erinnerung an märchenhafte Waldspaziergänge aus Kindheitstagen wach.

Neugierig auf die Fortsetzung seiner Erzählungen, ließ ich mich entspannt auf dem moosbedeckten Waldboden nieder und Paolo tat es mir gleich. Wir lehnten mit dem Rücken gegen einen umgestürzten Baumstamm und streckten die Beine aus, während die Nadelbäume Schatten spendend über uns ihre Zweige ausbreiteten. Sein lächelndes Gesicht, das mittelalterliche Hemd mit einer Kordel am Ausschnitt, die langen, dunklen Haare, er sah genauso aus wie beim letzten Mal. Und doch hatte sich etwas verändert. Er wirkte heiter und unbeschwert wie ein Wanderer, der seinem Ziel näher gekommen war, der den schweren Aufstieg zu einem unerreichbaren Gipfel gemeistert hatte und nun mit Muße der Dinge gedachte, die noch vor ihm lagen.

„Erinnerst du dich, wo meine Erzählung endete?"

„Ehrlich gesagt nicht. Du wurdest ja von diesen beiden merkwürdigen Schwarzgekleideten unterbrochen. Sind sie noch hier in der Gegend?"

„Sie sind hier und doch nicht hier, so wie ich. Ich bin hier und gleichzeitig an den Orten, von denen ich erzähle. Ich bin ein Venezianer der alten Kunst, wir reisen und wir verschwinden und wenn du mich eines Tages begleitest, wirst du mehr wissen als jetzt."

„Wieso, was hast du denn vor? Ich weiß nicht, ob ich da mitmachen will!"

„Keine Angst, Amanda, du sollst jetzt nur lernen zu verstehen, damit du weißt, wann es soweit ist."

Etwas ratlos, mit gefurchter Stirn, sah er mich an,

er fand wohl auch, dass seine Erklärungen reichlich unzulänglich waren. Er redete wie jemand, der über etwas sprechen soll, von dem er selber nicht allzu viel versteht. Wollte er meine Vorstellung von Realität ins Wanken bringen?

„Verwandeln, verschwinden... Ich verstehe das nicht!"

„Es tut mir leid, aber ich kann dir nicht mehr sagen. Es gibt Pläne, die man nicht durchkreuzen sollte und es gibt Katastrophen, die sich nicht ereignen dürfen, weil sie zu schrecklich sind. Die finstere Macht liegt auf der Lauer, um den Weg in die Vernichtung freizugeben. Du erinnerst dich an die Explosion der zwei Türme in New York?"

Erstaunlich, dass Paolo das moderne Amerika und Flugzeuge kannte!

„Natürlich erinnere ich mich."

„Sie sollten ein Loch in die Hülle reißen, das groß genug ist, um einen Sog auszulösen, durch den negative Energie eindringen kann, die alles Lebendige verschlingt. Unzählige solcher Löcher bedrohen die Erde und wenn sie überhand nehmen, begeben wir uns auf die Reise, das heißt, wir werden geschickt."

„Geschickt, von wem denn?"

Ich dachte sofort an die Bibel und an Engel, weil mir die Terminologie vertraut vorkam. Ich bin nämlich alles andere als eine Atheistin, aber auch keine typische Kirchenchristin. Ich zweifele viel zu schnell an der Existenz eines wohlmeinenden Schöpfers, wenn es mir schlecht geht und finde die konventionellen, christlichen Rituale ziemlich ungeeignet, Gott zu begegnen. Wenn er noch da zu finden wäre, wo man vor Jahrtausenden festgelegt hat, ihn zu suchen. Der oder die oder das, was man umgangssprachlich *Den lieben Gott* nennt, war seit Jahrtausenden so inkognito unterwegs wie hochkarätige Geheimdienstmitarbeiter, die überall Spuren und Zeichen hinterließen, ohne Beweise ihrer Existenz zu liefern.

Mir war beim Beobachten der Spuren klar geworden, dass irgendwo eine intelligente Kraft lokalisiert sein müsse und ich hatte mich entschieden, mit dem mysteriösen, göttlichen Geheimdienst zusammenzuarbeiten, der als Handbuch die Bibel herausgegeben hatte. Weil ich mich seitdem insgeheim als eine Art Agentin des Guten betrachtete, war ich nicht so erstaunt über die Begegnung mit Paolo, wie es ein nüchterner, rationaler Mensch gewesen wäre.

„Ist es gefährlich, was ich da machen soll?"

„Ich kann dir versichern, dass eine Zeitalter-Reise keine Risiken birgt."

„Was, eine Zeitalter-Reise??"

„Keine Angst, meine liebe Amanda, es wird dir vergönnt sein, einen gefahrlosen Ausflug in die Vergangenheit unternehmen zu dürfen!"

Unbehagen breitete sich in mir aus.

„Und wenn ich nicht will?"

Er sah mich durchdringend an.

„Hmm, du wirst schon wollen, denn es gibt nur wenige, die der Aufgabe gewachsen sind. Ich werde jetzt versuchen, dir einiges zu erklären, aber bitte erwarte nicht zu viel von mir und stelle keine Fragen, wenn ich fertig bin."

Während Paolo die Augen schloss und in sich hineinhorchte, veränderte sich sein Gesicht. Die Haut bekam etwas metallisch glänzendes und die starre Körperhaltung verriet, dass er mit äußerster Konzentration nach Worten suchte.

„Stell dir vor, die Erde sei von einer für uns unsichtbaren, schützenden Hülle umgeben. Zerstörerische Kräfte auf der anderen Seite versuchen, die Hülle zu beschädigen und erzeugen Risse, um sich den Menschen in zerstörerischer Absicht zu nähern. Die eindringende negative Energie ist zutiefst böse und destruktiv und achtet weder auf den Bildungsstand, das Aussehen noch das Alter einer Person. Mit unsichtbaren Wurzeln kriecht sie in den Verstand, in die Seele eines Menschen und entfaltet tödliche Kräfte. Aus Begabungen werden Süchte, aus Intelligenz wird Skrupellosigkeit und aus Kreativität entsteht Größenwahn.

Eure Wissenschaftler behaupten, eines Tages würde es den big crunch geben, das Verschwinden des Universums in einem schwarzen Loch. Das ist zu einfach gedacht, denn das Schicksal dieses Planeten ist variabel. Bisher konnte die Zerstörung abgewendet werden. Wenn die Beschädigungen zu groß werden und wuchernden Geschwüren glichen, die die Hülle zu zerreißen drohen, dann müssen wir eingreifen und das Böse zurückdrängen."

Ich verstand nicht wirklich, was Paolo meinte, wagte aber nicht, ihn zu unterbrechen. Mir kamen die Bilder dieses amerikanischen Künstlers ins Gedächtnis, der auf mysteriöse Weise ums Leben gekommen war. Er hatte die dubiosen Finanztransaktionen von Großbanken, Wirtschaftskartellen, Regierungen und mafiösen Organisationen mit Linien verbunden und das auf diese Weise kartierte Gewirr von sich kreuzenden Fäden bildete ein Muster, das man als eine Struktur des Bösen bezeichnen könnte.

„Es hat schon viele Zeiten der Unvernunft gegeben, in denen die Hülle gefährdet war und die Menschheit ahnte, in welcher Gefahr sie sich befand. Auch damals, kurz vor der Wende zum sechzehnten Jahrhundert, fürchtete man ein Ende der Welt und die Schrecknisse des Jüngsten Gerichts. In einer Chronik aus dem Jahr 1492 wurde sogar behauptet, der Antichrist käme aus Syrien und ich brauche dir wohl nicht zu erklären, was das Wort Antichrist bedeutet. Früher hast du viel mehr in der Bibel gelesen, Amanda."

Hoppla, das erinnerte mich an die vorwurfsvollen Beschwerden meiner Eltern, als ich mich weigerte, jeden Sonntag in die Kirche zu gehen. In seinem Gesicht konnte ich jedoch keine an mich gerichtete Vorhaltung erkennen und ließ die Bemerkung unkommentiert stehen.

Mit abwesendem Blick starrte Paolo vor sich hin, offenbar war er am Ende seiner Ausführungen angelangt. Dann fiel die Starre von ihm ab und er schüttelte sich, lächelte mir zu und legte als nonverbale Mahnung zum Schweigen einen Finger vor den Mund. Die Stille, die uns jetzt umgab, fühlte sich beinahe heilig an und ich wollte sie nicht mit unbedachtem Geplapper stören, außerdem hatte er mich gebeten, keine Fragen zu stellen, wenn er fertig war. So erwiderte ich seine Geste nur mit einer zustimmenden, ehrfurchtsvollen Neigung des Kopfes.

Ungefähr fünf Minuten hielt ich das Schweigen aus, dann machte es mich so verlegen, dass ich den Mund nicht mehr halten konnte.

„Woher weißt du das alles?"

„Durch Träume. Mein Wissen ist bruchstückhaft und lapidar, es fliegt mir zu wie im Traum."

„Dann bist du doch so etwas wie ein Engel?"

Er lachte erheitert.

„Heiße ich Michael? Was sind denn Engel anderes als Boten, Vermittler..."

„Darf ich ein Foto von dir machen?"

„Nein."

Gereizt sah er mich an und ich senkte verlegen den Blick.

*H*eute sollte Philippus Therocyclus in Goslar eintreffen. Eine Unterredung mit dem Bürgermeister stand bevor und musste, verborgen vor den Augen der Öffentlichkeit, in der Nacht vonstatten gehen. Anna Marias Herz klopfte. Sie war unsicher. Würde das Wiedersehen mit Philippus in der alten Verbundenheit erfolgen oder war schon eine Entfremdung eingetreten?

„Halt die Hände ruhig, wenn du meine Haare bindest!"

Zittrig nestelte die Magd am Kopf ihrer Herrin und schaffte es nur mit Mühe, aus den dünnen, geflochtenen Zöpfchen zwei kunstvolle Knoten zu formen und über den Ohren festzustecken. Golddurchwirkte Bänder schmückten den Haaransatz und eine Perlenkette umschmeichelte das freizügig entblößte, knochige Dekolletee. Niemand störte sich an dem strengen Geruch, den ihre Kleidung verströmte, der entstanden war, weil aus den unterirdischen Kellergewölben modrige Feuchtigkeit durch die Holzdielen nach oben drang und sich in allen Textilien festsetzte. Ungeduldig schob Anna Maria die Hände der Magd beiseite.

„Genug! Nimm den schwarzen Umhang und häng ihn mir über! Nein, nicht die Elfenbeinschließe, du

Dummkopf, die goldene Spange muss heute her!"

Wie die müden Flügel einer Krähe hing der schwere Stoff an ihr herab und um vor sich selbst den Anschein zu erwecken, guten Mutes zu sein, ergriff Anna Maria einen zierlichen Gehstock aus poliertem Holz, an dem ein besticktes Samtbeutelchen befestigt war und schwenkte beides unternehmungslustig hin und her. Bei einem prüfenden Blick in ein spiegelndes Stück Metall malte sie sich mit grellroter Frabe zwei kreisrunde Flecken auf die Wangen und verdeckte dann ihr Gesicht unter einer riesigen Kapuze.

Die Dunkelheit der unbeleuchteten Straßen bot heimlichen Geschäften den besten Schutz, doch in der stockfinsteren Gasse war Anna Maria auf den vor ihr her humpelnden Schombach angewiesen. Er suchte vergeblich nach festen Stellen auf dem schlüpfrigen Boden und sie bedauerte, nicht mit einer Kutsche fahren zu können. Das plötzlich einsetzende Regenwetter hatte die Wege zu matschigen Sümpfen gemacht.

Da es sich um eine inoffizielle Zusammenkunft handelte, mussten sie auf eine Laterne verzichten und Schombach bemühte sich vergebens, trockene Stellen zu finden. Oft trat er mitten in einen der vielen Kothaufen, Pferdeäpfel oder Kuhfladen.

„Pass doch auf, Alter, du gehst mir ja in die falschen Tritte!"

Anna Maria lehnte sich schwer atmend gegen die Wand. Sie war es nicht gewohnt, so weit zu gehen, denn seit ihrer Ankunft in Goslar war sie nicht mehr vor die Tür gekommen, wie Nachttiere mieden sie das Tageslicht, um zu verheimlichen, wer das Haus in der Ziegengasse bewohnte. Erfreut entdeckte sie ein angebundenes Pferd, welches auf die Anwesenheit von Philippus hindeutete. Gleich neben dem Aufgang zum Rathaus zeigte der hölzerne Pranger wie ein mahnender, dicker Finger in die Luft.

„Mach mir die Schuhe sauber."

Schombach hielt schon einen Lappen bereit. Er bückte sich und wischte so lange hin und her, bis Leder und Sohlen einigermaßen blank waren und Anna Maria die Treppe zum Rathaus erklimmen konnte. Oben angelangt, wurde sie schon unruhig vom Stadtschreiber erwartet, der die Tür hinter ihr verschloss und sie in das kleine, feuerfeste Urkundenzimmer bugsierte, in dem das geheime Treffen mit den wichtigsten Vertretern des Rates stattfinden sollte.

Verdrossen schwenkte der Stadtschreiber Tile Schütz das verschlossene Tintenfass hin und her. Seine Geduld war erschöpft und er hoffte, dem letzten Tagesgeschäft bald den Rücken kehren und nach Hause gehen zu können.

„Passt doch auf, Ihr verschüttet ja die noch kostbare Tinte!"

Der Stadtvogt rang nach Luft. Geduldig hatten sie den umständlichen Ausführungen dieser merkwürdigen Freifrau von Ziegler und den ausschweifenden Erläuterungen des Gelehrten Magister Therocyclus Philippus Sömmering gelauscht, ohne erkennen zu können, welchen Nutzen der Goslarer Rat aus einer Zusammenarbeit mit den beiden hätte ziehen sollen. Philippus registrierte die zunehmende Gereiztheit der Männer und versuchte verzweifelt im Gesicht des Bürgermeisters abzulesen, was dieser dachte. In dem nur von einer Kerze schwach beleuchteten Raum zerflossen die Konturen der Gesichter und ließen kaum Rückschlüsse zu.

Anna Maria saß etwas abseits auf der Bank und verschlang den Geliebten mit Blicken. Wie stattlich er aussah! Trotz der bleichen, eingefallenen Wangen ließ die Pracht seiner Kleidung sofort den Edelmann erkennen, zu dem ihn der Herzog erhoben hatte. Stolz betrachtete sie den angestrengt lauschenden, vornübergebeugt sitzenden Mann. Flatternde Ärmelfalten, jede in einem anderen Farbton, Seidenglanz bis zu den Strümpfen und üppige Farbenpracht auch bei den Federn, die das neben ihm auf der Bank liegende Barett zierten.

All die Pracht konnte jedoch nicht über die Hoffnungslosigkeit ihrer Lage hinwegtäuschen, die ihm ins Gesicht geschrieben stand. Wenn es ihnen heute nicht gelang, den Rat zu überzeugen, waren sie am Ende. Doch die Männer wollten nicht recht anbeißen, irgendwie musste die Kunde vom Versagen des Alchemisten-Duos schon bis in die Freie Reichsstadt gedrungen sein.

Plötzlich kam Anna Maria eine tollkühne Idee, sie stieß Philippus unauffällig mit der Fußspitze an und räusperte sich laut. Als sie das Wort ergriff, bemerkte er seine angstvoll verkrampfte Haltung, mit der er sich bemüht hatte, den Stadtvogt für sich einzunehmen und lockerte die Schultern.

„Wir können dafür sorgen, dass der Sander wegkommt! Wir wissen doch, dass nur der Bergverwalter an Eurem Unglück schuld ist! Der selige Vater unseres hochwohlgeborenen Herzogs Julius wollte dazumal die Rammelsberger Gruben an Euch zurückgeben und der Sander hat ihn mit viel List beredet, sie in herzoglicher Hand zu behalten und Euch damit schwer betrogen!"

Triumphierend blickte sie die Ratsmitglieder an und genoss das Erstaunen, das ihre Worte auslöste. Christoph Sander war der Oberverwalter aller Ober- und Unterharzer Bergwerke und erfreute sich in Goslar keiner großen Beliebtheit. Nach dem Verlust des Bergwerkes am Rammelsberg hatte Sander in Goslar „aufgeräumt" und die Mauscheleien aufgedeckt, mit denen das verarmte Bergvolk die leeren Geldsäckel aufzufüllen versuchte. Eine dieser nun verbotenen einträglichen Betätigungen war das heimliche Davontragen von Brennmaterial. Die Frauen stiegen mit ihren großen Kiepen auf den Berg und brachten den Männern das Essen. Dann packten sie die Körbe voll mit Holz und verschwanden, ohne dass der Inhalt der Kiepen kontrolliert wurde. Christoph Sander hatte durchgesetzt, dass niemand ohne Inspektion das Bergwerksgelände verlassen durfte und siehe da, seitdem hatten sich die Vorräte an Brennmaterial verdoppelt.

„Wie, Herzog Heinrich wollte uns das Bergwerk zurückgeben?"

Der Stadtvogt fragte nicht einmal, woher sie das wissen konnte. Obwohl er sich vor der kleinen, durchscheinend wirkenden Frauengestalt ein wenig fürchtete, zweifelte er nicht an Anna Marias übersinnlichen Fähigkeiten und der Richtigkeit ihrer Angaben. Ihr Ruf hatte sich bereits von Wolfenbüttel bis nach Goslar verbreitet und entgegen ihren Befürchtungen, war vom Scheitern der beiden Schwarzkünstler noch nichts nach Goslar gedrungen.

„Ihr könnt den Sander beseitigen? Und wie soll das gehen?"

Anna Marias in der typisch sächsischen Mundart ausgesprochener, ungeheuerlicher Vorschlag zur Tötung des mächtigsten Mannes im Bergwesen, hatte sich beinahe so harmlos angehört wie die Aufforderung, einen Laib Brot zu stehlen. Die Männer lauschten gebannt, während sie mit hochmütig erhobenem Kopf erläuterte, wie man einen Menschen durch Zauberei entseelen konnte.

Auch Philippus starrte sie hoffnungsvoll an. Sie waren verloren, wenn der Rat sie nicht unter seine reichsstädtischen Fittiche nahm! Es war nur noch eine Frage von Tagen oder Stunden, bis Julius endgültig die Geduld verlor und befahl, ihn in den Kerker zu werfen. Die letzte Frist zur Herstellung der Tinktur war wieder ergebnislos verstrichen und niemand glaubte mehr daran, dass Magister Therocyclus die Kunst des Goldmachens wirklich beherrschte. Eifrig mischte er sich ein.

„Liebe, ehrsame Herren, in Eurer Weisheit habt Ihr uns eingeladen und wie Ihr wisst, sind wir im Dienste seiner Gnaden, des Herzogs Julius von Braunschweig, überaus erfolgreich gewesen und wollen nun keine Mühe scheuen, um auch Euch mit kundigen Diensten zu erfreuen. Einen Mann wie den Oberverwalter Sander mit geheimer Kunst zu entseelen, ist für uns gar leicht. Und Ihr sollt durch uns noch anderen Nutzen ziehen, damit Ihr die vorzüglichen Künste des Bergbaus künftig ohne die Herren von Braunschweig und ganz nach Eurem Begehren zu betreiben vermöget. Wir ersuchen Euch, uns allergnädiglichst einen Schutzbrief auszustellen, damit wir unverzüglich daran gehen können, uns mit dem größten Eifer den Geschäften zu widmen."

Die drei Herren steckten die Köpfe zusammen. Die Aussage des Magisters aus Wolfenbüttel war derart vage, dass Bürgermeister Henning Schlüter sich vorsichtig zurückhielt. Auch Egidius Puffler, Stadtvogt und erfolgreicher Vitriolhändler, runzelte die Stirn und fuhr sich mit den verfärbten Fingern immer wieder unruhig durch das pechschwarze Haar. Er wäre der erste, an dem man sich schadlos halten würde, wenn die böse Tat ruchbar wurde. Den Ausschlag gab schließlich Tile Schütz, der dickliche Stadtschreiber.

Flüsternd erläuterte er die Vorteile eines solchen Vorgehens und gab zu bedenken, dass der plötzliche Tod eines so wichtigen Mannes dem Herzog die nötigen Kräfte entziehen würde, um die Stadt weiterhin mit schweren Bedrängnissen zu plagen. Außerdem habe er gehört, Herzog Julius sei krank. Das geschah ihm recht und mit etwas Glück würde der Tod des Oberverwalters auch dem Landesherrn den Todesstoß versetzen.

„Der Sander ist es doch, der hinter den Anschlägen des Herzogs steckt! Ihr habt es gerade gehört. Seit er da ist, zieht sich die Schlinge immer enger um unseren Hals. Erst waren es die Braunschweiger, jetzt sind es die Wolfenbütteler, die er anstiftet. Bis ans Breite Tor stehen ihre Verkaufsstände und durchs Vititor kehren die Goslarer Bürger mit Reeperwaren aus Braunschweig zurück. Diese Papistenbrut verdirbt uns das Geschäft! Eingeschnürt haben sie uns wie eine Wurst, das Umland weggerissen und nun legt der Herzog sogar die Neuwerker Nonnen in Ketten!"

Tatsächlich fischte der Territorialherr den Zisterzienserinnen des Klosters Neuwerk, das zum Herzogtum Braunschweig-Wolfenbüttel gehörte, das Geld aus der Truhe. Dabei trugen die frommen Damen nur noch das Hemd auf dem Leibe, das ihnen nach Jahren der Verschwendung geblieben war. Für teure Roben und ausgelassene Festmähler hatten sie beinahe ihre gesamten Kirchenschätze veräußert.

„Ja, der Tile hat recht! Vor drei Tagen wurden

die Wachtürme geschleift und bald werden es die Stadtmauern sein! Überall behindern die Spießgesellen des Herzogs unsere Bergleute, die städtischen Forsten lässt er kahl schlagen und - haben wir noch eine einzige Schmelzhütte in unserem Besitz?"

Henning Schlüter, bekannt als ein zögerlicher, unentschlossener Mensch, zwirbelte das Ende seines grauweißen Bartes.

„Wir sollten abwarten, was die Klage bringt. Der Reichstag wird doch schon in vier Wochen abgehalten und der Kaiser hat uns einen Schutzbrief ausgestellt."

„Ach, habt Ihr vergessen, wie all unsere Klagen beschieden worden sind?! Der Schutzbrief des Kaisers ist so viel wert wie eine leere Büchse. Ja, protzen tut man gerne mit den Reichsstädten, aber unsere Not ist nur ein Furz in den Ohren der hohen Herren!"

Den Stadtschreiber brachten seine freimütigen Worte in Wallung. Da legte der Vogt beschwichtigend sein Veto ein.

„Und die Kommission des Landgrafen von Hessen-Kassel? Sie wird dem Herzog trotzen und uns zum Recht verhelfen!!"

Mit einer wegwerfenden Handbewegung stieß Tile Schütz zornig hervor:

„Hat je einer der hohen Herren denen in Braunschweig-Wolfenbüttel die Stirn geboten?"

Resigniert legte er die geballten Fäuste vor sich auf den Tisch und schwieg.

Der Stadtvogt meldete sich wieder zu Wort, aber so leise, dass niemand verstand, was er sagte. Nachdenklich wiegte er den Kopf hin und her und wiederholte sich.

„Geben wir dem Therocyclus den Schutzbrief und das kleine Labor in der Ratsapotheke. Vielleicht glückt ihm nunmehr das Goldmachen. Beim Herzog muss er doch auch reüssiert sein, wie man so hört. Und die Zieglerin, die soll nur ihren Zauber vollbringen! Eine schnelle Entseelung durch Beschwörungen, wie will man darauf kommen, wer das getan hat? Sie hat gemeint, er liegt schon übermorgen tot in seinem Bett."

Egidius Puffler warf einen strengen Seitenblick auf Tile Schütz.

„Ihr verfasst doch keine Schrift über die heutige Zusammenkunft?"

Auch der Bürgermeister sah den Stadtschreiber drohend an und Schütz kreuzte verneinend die Arme vor seinem gesenkten Kopf.

Nach einer kurzen Stille räusperte sich Henning Schlüter.

„Gut. So sei es denn entschieden."

Als Anna Maria die Zustimmung in den murmelnden Stimmen hörte, atmete sie auf und lächelte den Ratsherren gnädig zu. Beinahe verschämt ergriff der Bürgermeister das Wort.

„Es sei also beschlossen und Ihr dürft zu niemandem ein Wort davon sprechen!"

Erleichtert sprangen alle auf und man besiegelte den Pakt mit einem letzten Händedruck. Nachdem die Kerze gelöscht worden war, steckte Magister Therocyclus dem Stadtschreiber im Vorbeigehen einen kleinen Beutel zu und Tile Schütz umschlang die darin befindlichen Goldgulden genüsslich mit den Fingern. Im Halbdunkel tastete sich die konspirative Gruppe zum Ausgang hin und ein jeder stieg vorsichtig die Rathaustreppe hinab. Am Fuß der Treppe verbeugten sich die Männer nochmals kurz voreinander und Philippus senkte den Kopf und lüpfte ehrerbietig den Hut. Er verharrte in dieser Haltung, bis die Männer in der Dunkelheit verschwunden waren.

Kaum hatten sich die Ratsleute entfernt, schlang Anna Maria ungestüm die Arme um den Geliebten, klammerte sich an ihm fest und wollte ihn mit Küssen bedecken. Doch Philippus war unruhig. Mit gesenkter Stimme versprach er ihr, den anderen umgehend zum Haus des Pfefferkorn zu folgen, es sei aber besser, wenn er einen Umweg ritt, damit sie nicht zusammen gesehen wurden. Er riss sich aus ihrer Umklammerung los und sprang aufs Pferd.

In Wahrheit wollte er die letzte Gelegenheit nutzen, um nach der versteckten Pforte in der Mauer des sündhaften Nonnenklosters zu suchen, von der ihm Anna Maria erzählt hatte. Enttäuscht stand sie da und bemerkte erst jetzt, wie scharf ihr die nächtliche Kühle in die Gliedmaßen fuhr. Aus einer Ecke löste sich der wartende Heinrich Schombach und die beiden machten sich wortlos auf den Rückweg, während die schmächtige Frau den Saum ihres besten Kleides achtlos über den matschigen Boden schleifen ließ.

*P*aolo füllte meinen Silberbecher nach und ließ die grünliche Flüssigkeit nachdenklich in der fluoreszierenden Glasflasche kreisen.

„Du musst bedenken, dass vor fünfhundert Jahren kaum jemand lesen und schreiben konnte und auch die Gelehrten glaubten so ziemlich jeden Unsinn, den man ihnen auftischte. So wie heute Anlagen gebaut werden, um Signale aus dem Weltall aufzufangen, so wurde in jenen Tagen der Huldigungssaal angefertigt, um so etwas wie eine Einflugschneise für den Messias zu sein, wenn er zum Endgericht auf die Erde hernieder kam. Die höchste Instanz der himmlischen Welt sollte auch in Goslar würdig empfangen werden und nicht zufällig befindet sich der Huldigungssaal genau auf dem Kreuzpunkt von zwei Heiligen Linien in der Mitte der Stadt."

Ich schnappte nach Luft. Der Huldigungssaal als Einflugschneise, also wirklich!

„Was denn für Linien?"

„Die Linien des Kreuzes. Euer Lokalhistoriker hat doch entdeckt, dass alle Sakralbauten auf den Achsen eines Kirchenkreuzes stehen und wo sich die beiden Achsen schneiden, befindet sich ein heiliger Ort."

„Hat der Name des Hauses, in dem ich wohne, etwas damit zu tun, das Große Heilige Kreuz?"

Ungeduldig winkte er ab.

„Ja, ja, die Herberge für Arme und Pilger war auch ein Teil dieser Linienführung. Doch formale Akte, mit denen man hofft, den Zorn Gottes zu beschwichtigen, bewirken gar nichts. Wenn dich jemand schlägt, dann möchtest du, dass er damit aufhört und nicht, dass er sich dreimal nach links und dreimal nach rechts verneigt, bevor er dich erneut verprügelt. Bei menschlichem Verhalten geht es um Veränderung, Erneuerung, um Bewegung und nicht um Starre.

Die Menschheit war einerseits erleichtert, als der proklamierte Weltuntergang nicht eintraf, andererseits auch enttäuscht, denn immerhin hatte man gehofft, das Christus selbst in ewigem Frieden die Erde regieren würde. Der Huldigungssaal wurde als profaner Tagungsraum für den Magistrat und später als Abstellkammer benutzt. Welch eine Schande!"

Ich nickte. Eine Frage brannte mir auf der Zunge.

„Sabrina, also deine Frau, sie ist mir doch an dem Abend begegnet, als ich dich am Rammelsberg liegen sah. Was wollte sie von mir?"

Ein schmerzliches Lächeln huschte über seine Züge, sogleich wurde er wieder ernst.

„Sie bot dir eine Geste der Versöhnung an, des Verzeihens, denn sie schämte sich des Fluches, den sie verhängt hatte. Und sie zeigte dir das Herz, ihr Herz. Ich hatte das einzigartige Kunstwerk nur für Sabrina geschaffen, als Beweis meiner Liebe zu ihr."

Er sah mich fragend an.

„Wir sind spät dran, Amanda, ich sollte meine Geschichte zu Ende erzählen."

Wir waren also spät dran und ich saß im Wald mit einem nur zur Hälfte wirklichen Mann, der mich darauf vorbereitete, bald eine Zeitreise zu unternehmen, um die Welt zu retten. Das war doch vollkommen absurd, durchgeknallt, meschugge und ich fragte mich, ob eine an Hirngespinsten leidende Psychologin wie ich ihren Beruf überhaupt noch ausüben durfte? Mit theatralischem Schwung erhob ich meinen Becher und prostete ihm aufmunternd zu. Der Gewürzwein schmeckte wieder so gut, dass ich alles austrank und um Nachschub bat. Nachdem mir Paolo etwas widerstrebend zum dritten Mal eingeschenkt hatte, verschloss er die Amphore und verstaute sie in seinem Tornister. Entspannt lehnte ich mich zurück und ließ mich von seiner angenehm melodischen Stimme forttragen, während sich vor meinem inneren Auge neue, abenteuerliche Bildszenen materialisierten, die ich so fasziniert genoss wie die ersten Minuten eines spannenden Films.

„Nun, ich hatte dir beim letzten Mal berichtet, dass Angelo und ich die Alpen überqueren mussten. Wir sahen schneebedeckte Gipfel, schmale Pfade, Maultiere, einsame Mönche oder prachtvoll gewandete Geistliche mit einem unübersehbar großen Gefolge auf dem Weg zu einem Wallfahrtsort oder zu einer Synode. Pilger in langen Kutten auf der Wanderschaft, die an jeder kleinen Kapelle, an jedem Wegkreuz anhielten und sich vor den Heiligen niederwarfen. Große Burgen, thronend auf unerreichbar steilen Felsvorsprüngen, halb verfallene, zugige Herbergen, die noch aus der Zeit des altrömischen Imperiums zu stammen schienen und überall die baufälligen Hütten der armen Leute.

Doch nie vergaß ich meine geliebte Sabrina, die sich nach unserer Abreise in einer misslichen Lage befand. Wenn man unseren Betrug aufdeckte, würde sie in großer Gefahr schweben. Wir mussten also danach trachten, unverzüglich in den Harz reisen, um dann so bald wie möglich wieder nach Venedig zurückzukehren, damit mein Verschwinden nicht auffiel. Pausenlos wanderten wir vom Morgen bis zum Abend, überquerten vereiste Pässe, kämpften uns durch verschneite Schluchten und blickten kaum nach links oder nach rechts. Die Weite des schneebedeckten Hochgebirges, die gefährlichen Gletscher und die unzähligen, schroffen Gipfel ließen mich zwar ehrfürchtig erschauern, aber sie luden nicht zum Verweilen ein.

Wenn wir jedoch auf steinigen Pfaden in blühende Täler hinabstiegen, bedauerte ich unseren Mangel an Zeit. Wie kleine Paradiese empfand ich die lauschigen Almen, die hölzernen Mühlen an wild rauschenden

Bächen, die mit Rebstöcken bepflanzten Steilhänge und den erregenden Duft aromatischer Wiesenblumen, die dort viel später erblühen als im Flachland. Einsame Sennerinnen stärkten uns mit sahniger Milch und das Geläut ihrer Rinderherden wurde vom Klang der Alphörner übertönt, die von weither ihre Melodien entsandten. Seltsam gekleidete Bergbauern bestaunten uns und neugierig begafft wurden wir auch von ihren zahlreichen Kindern. Doch ich ließ mich durch nichts davon abhalten, auf schnellstem Wege unser Ziel zu erreichen.

Wir legten manchmal mehr als zwanzig Meilen am Tag zurück und viel Geld verlor ich unterwegs an die Schuhmacher, die unsere durchgelaufenen Sohlen und zerrissenen Lederriemen ausbessern und einmal sogar ein Paar neue Schuhe anfertigen mussten. Obwohl ich mich noch lange nicht satt gesehen hatte, waren wir erleichtert, als unsere Wanderschaft vorerst ein Ende fand und wir eines Abends von ferne die Türme der prächtigen Stadt Goslar erblickten.

Da man die Tore schon geschlossen hatte, mussten wir die zweite von fünf Goldmünzen einwechseln und in einem Gasthaus vor dem Stadttor einkehren, wo wir sehr schlechtes Essen vorgesetzt bekamen. Mit den vielen verschiedenen Münzen war es überhaupt eine Plage! An jedem Grenzzaun galt eine neue Währung und an jeden Geldwechsler verlor man einen Teil des Geldes nur für seine Dienste. Angelo, der bei vorherigen Besuchen eine gewisse Ortskenntnis erworben hatte, führte mich am anderen Morgen voller Stolz durch die Straßen der Stadt und wir betraten unzählige Kirchen und Kapellen, von denen eine hübscher ausstaffiert war als die andere. Nun gut, mit der Pracht venezianischer Innenräume konnten sie nicht mithalten, aber sie waren auf eine für den Norden typische Weise von vollendeter Schönheit.

In der Stadt ging jedoch die Angst um. Man fürchtete den Verlust des Rammelsberges und diese Furcht war nicht unbegründet. Der Herzog von Braunschweig, Eigentümer des Rammelsberges, hatte zweihundert Jahre lang an Goslar verpachtet und spielte nun mit dem Gedanken, das Bergwerk selber zu betreiben."

Paolo kitzelte mich mit einem Grashalm und ich riss die Augen auf.

„Was ist, Amanda, hast du geschlafen?"

„Nein, nein, ich sehe nur all die Dinge, die du beschreibst! Ich bin wie in einem Film mittendrin, ich höre deine Stimme und auf einmal brauche ich deine Worte gar nicht mehr. Ich sehe euch durch die Stadt gehen, sehe die schmutzigen Füße bettelnder Kinder und deinen Diener Angelo sehe ich auch, er hat tatsächlich ein Gesicht wie ein Engel, so weich, so unschuldig! Der Namen passt zu ihm! Bewirkt das etwa der Tannensaft?"

Paolo lächelte mich an und schwieg. Träge räkelte ich mich, es war sehr angenehm, auf dem weichen Moos zu liegen. Vermutlich würde mein Leben jetzt für immer von einer Dimension in die andere gleiten, ohne Vorwarnung und ohne erkennbaren Grund. Meine Praxis würde ich zwar aufgeben müssen, aber eine durchgeknallte Therapeutin mehr auf der Welt, was machte das schon? Ich kicherte in mich hinein. Was hatte Paolo gerade gesagt? Ich bemerkte, dass er unruhig darauf wartete, weitererzählen zu können und nickte ihm aufmunternd zu.

„Herzog Heinrich lebte mit seiner Buhle in Unzucht. Ja, er war ein ziemlich böser Kerl, er hat mit der Zofe seines Eheweibes zehn Kinder gezeugt.“

„Was meinst du mit Buhle?“

„Eine Konkubine.“

„Findest du das denn so schlimm?“

Empört sah er mich an.

„Natürlich ist das schlimm! Ein frommer Mann sollte nur ein einziges Weib besitzen!“

„Ja, schon, aber soweit ich weiß, wurde es mit der Sittenstrenge im Mittelalter nicht sehr genau genommen, es gab doch sogar Päpste und Bischöfe, die eine Geliebte hatten. Herzog Heinrich ist doch bestimmt nur einer dieser bigotten Ehemänner gewesen, denen die katholische Kirche die Scheidung verweigert. Ich hab mal gelesen, dass Luther ihn Hanswurst genannt hat.“

Paolo lachte.

„Ein treffender Name!“

Der Schauplatz wechselte wie ein Bühnenbild oder eher wie eine Filmkulisse. Auf einer bewaldeten Anhöhe stand eine stattliche Burg, deren Außenmauern mit vielen winzigen Schießscharten nicht verputzt waren. Sie war ringsum von einem schmalen, grasbewachsenen Vorsprung umgeben, dessen äußerer Rand steil abfiel und in einem mit Wasser gefüllten Graben endete. Das Gelände außerhalb des Burggrabens war einige Meter weit kahl gerodet und ging dann in Laubwald über. An beiden Seiten des großen Tores war der Grünstreifen sehr schmal und da stand von mir aus links eine aus Holz gezimmerte Sitzbank. Dort saß eine Frau in der Sonne, sollte das Eva von Trott, die Geliebte des Herzogs, sein?

Mit einem etwas einfältigen Lächeln starrte sie in die Ferne und fixierte einen schmalen Pfad, der nach wenigen

Metern in dem dicht bewachsenen Waldstück verschwand. Sie erinnerte mich an einen Hund, der treu auf sein Herrchen wartet. Sie war kräftig gebaut, hatte auffallend große Brüste und ein etwas grobes, aber gut geschnittenes Gesicht. Sie trug ein tief ausgeschnittenes, mit roten Blumen bedrucktes, grünes Kleid, das sie wegen der Hitze bis zu den nackten Oberschenkeln hochgekrempelt hatte. Dem großen Bierkrug neben ihr und den geröteten Wangen nach zu urteilen, war sie ein trinkfestes, sinnesfreudiges Wesen.

Leise hörte ich Paolos Stimme neben mir.

„Die Liaison mit der Hofdame seiner Frau brachte Heinrich viel Ärger ein, doch er konnte nicht von ihr lassen. Schließlich wurde er aufgefordert, die Liebschaft endgültig aufzugeben. Da ersann er eine List. Er ließ sie zum Schein als Pesttote sterben und organisierte ein schönes Begräbnis. Da man die Särge von Pestopfern nicht öffnete, konnte niemand beweisen, dass nur ein leerer Sarg weggeschafft wurde, während sich Eva von Trott längst auf der herzoglichen Burg bei Seesen befand, in der sie jahrelang als Konkubine des Herzogs verweilte."

Schläfrig murmelte ich:

„Sie wird etwas gehabt haben, wovon Männer nie genug bekommen."

„Was meinst du damit?"

Plötzlich wurde ich mir der Anwesenheit eines Mannes neben mir bewusst und es machte mich verlegen, Paolo die Bedeutung des Wortes Sex zu erklären.

„Vielleicht konnte sie gut kochen, keine Ahnung."

Schnell schloss ich die Augen und hoffte, das idyllische Bild der einsamen Burg zurückholen zu können.

Die Frau war aufgesprungen, als sich ein Reiter vom Wäldchen her näherte. Der Mann ritt ohne Begleitung und war etwas schäbig gekleidet, jedenfalls nicht gerade herzoglich. Es schien sich aber dennoch um Heinrich den Jüngeren zu handeln, ich erkannte ihn an den breiten Wangenknochen und der kräftigen Nase, so, wie er auf alten Zeichnungen immer dargestellt wird. Vielleicht wollte er bei seinem heimlichen Abstecher zur Staufenburg nicht auffallen? Am Burggraben angekommen, zügelte er sein Pferd, krümmte zwei Finger vor dem Mund und stieß einen lauten Pfiff aus. Die kleine Frauengestalt strahlte vor Glück, blieb aber reglos sitzen und kniff angestrengt die Augen zusammen. Vielleicht war sie kurzsichtig und eitel? Ich glaube nicht, dass Frauen im Mittelalter Brillen getragen haben, obwohl es sie schon gab.

Erst als mehrere Männer aus dem Tor gerannt kamen und eine Zugbrücke herabließen, um den Grünstreifen mit dem gegenüberliegenden Ufer zu verbinden, erhob sie sich betont langsam und würdevoll. Die Brücke schlug geräuschvoll auf und sie konnte sich nicht länger beherrschen, ungestüm winkte sie dem Herzog mit erhobenen Armen zu. Ob sie absichtlich so heftig winkte? Bei jeder Armbewegung drohten ihre riesigen Brüste aus dem weit ausgeschnittenen Dekolletee herauszufallen und der Mann war offensichtlich von ihrem Anblick so fasziniert, dass er sie keinen Moment aus den Augen ließ, während er laut polternd über die Brücke schritt und das nervös tänzelnde Pferd hinter sich herzog. Zwei Stallknechte nahmen ihm unter tiefen Verbeugungen die Zügel aus der Hand und der Mann widmete sich lüstern grinsend der Frau.

Die nun folgenden Bilder entbehrten nicht einer gewissen Schamlosigkeit.

Ohne sie zu begrüßen, ohne ein Wort zu sprechen, griff

er in ihr Dekolletee, zog beide Brüste hervor und bedeckte sie mit schmatzenden Küssen. Man muss dazu sagen, dass die Burg bis auf die kahl gerodete Fläche im Umkreis von ungefähr fünf Metern vollständig von dichtem Laubwald und Gebüsch umgeben war, sodass die beiden Liebenden sich unbeobachtet glauben konnten. Die Knechte hatten sich ins Burginnere zurückgezogen.

Der Herzog trug eine zu damaliger Zeit übliche, sogenannte Schamkapsel zwischen den rot bestrumpften Beinen, die aufgrund seiner Lüsternheit ein wenig in die Höhe ragte. Auf mich wirkte ein solches Kleidungsstück ausgesprochen anstößig, denn ich war an den Anblick mittelalterlicher Kleidung nicht gewohnt. Inzwischen weiß ich, dass damals viele Männer eine Hülle über ihren Penis stülpten, einerseits, um das empfindliche Körperteil vor Angriffen zu schützen, andererseits, um sein Vorhandensein zu betonen.

Mit besitzergreifender Geste packte er den Saum ihres weiten Kleides, hob ihn an und schlang sich den Stoff um die Hand, sodass ihr ganzer Unterkörper entblößt war. Wohlgefällig musterte er ihre kräftigen Schenkel und verpasste der laut kichernden Frau einen kräftigen Schlag auf das dralle Hinterteil. Dann drehte er sich um und zog sie wortlos an den Zipfeln ihres Kleides hinter sich her wie ein Pferd. Sofort nachdem beide im Inneren der Burg verschwunden waren, wimmelte es draußen von Männern, die an zwei quietschenden Winden drehten, um die schweren Ketten der Zugbrücke wieder aufzurollen. Nachdem sie hochgezogen und befestigt war, schloss sich das mit Eisen beschlagene Holztor von innen und die Festung ragte wieder einsam und bedrohlich auf der Anhöhe empor.

Kein Wunder, dass das Pärchen so viele Kinder hatte! Das Bild mit der Burg verschwand und dann weiß ich nicht mehr, wie es weiterging, ich glaube, ich schlief ein oder das Erleben ging in Träume über. Irgendwann erwachte ich vollkommen ausgeruht und lag blinzelnd neben dem sitzenden Paolo. Ich räusperte mich hörbar, denn auch er hatte die Augen geschlossen. Mit den schwarzen Haaren, den markanten, hageren Zügen und der gebogenen, langen Nase sah er so archaisch und zeitlos aus, wie das Klischee eines nordamerikanischen Indianers.

„Wie spät ist es?"

Viel Zeit konnte nicht vergangen sein, denn die Sonne stand noch immer hoch am Himmel.

Mir fiel ein, dass sich eine halbvolle Packung Kekse in meinem Rucksack befand. Ich holte sie hervor und bot sie Paolo an. Er wehrte mit einer Handbewegung ab und verzog das Gesicht. Nun mochte ich nicht länger stillsitzen und sagte mit dem Mund voller Krümel:

„Lass uns ein bisschen gehen, Bewegung tut gut!"

Paolo erhob sich fügsam und ging neben mir her, der Weg war breit genug. An jeder Biegung prüfte er jedoch, ob jemand zu sehen war und nur wenn uns dichter, schattiger Wald wie ein Sichtschutz umgab, begann er sich zu entspannen.

Erst in der Sonne bemerkte ich, wie heiß es war und blieb stehen, um mir mein T-Shirt über den Kopf zu ziehen. Ich hoffte, dass das knappe Bikinioberteil die mittelalterliche Sittenstrenge meines Begleiters nicht verletzte, aber die Hitze fühlte sich an wie mindestens vierzig Grad im Schatten. Als unser Weg nach ungefähr einer halben Stunde einen Dammgraben kreuzte, bat ich schon wieder um eine Verschnaufpause.

„Hier ist es so schön schattig, lass uns etwas rasten. Während des Gehens in der heißen Luft schwitzt man und verliert viel Flüssigkeit."

„Gerade hast du dich beschwert, wir würden zu viel sitzen! Eine Frau sollte nicht immerfort murren!"

Ich achtete nicht auf seine Worte, sondern setzte mich hin, zog Schuhe und Strümpfe aus und tauchte meine Füße in das kristallklare Wasser des Grabens. So war es gut, nun konnte ich wieder zuhören. Mein seltsamer Begleiter saß neben mir im Schatten, wie immer an irgendeinen Stamm gelehnt, und starrte abwesend in die Ferne.

Wieder fiel mein Blick auf seine weichen, handgearbeiteten Lederschuhe. Diese Art hatte ich noch nie gesehen, sie mussten uralt sein. Hatte er mit denen die Alpen überquert? Überhaupt, wie kam es, dass alles an ihm so frisch aussah, obwohl es den Mann doch schon seit ein paar Jahrhunderten nicht mehr gab? Am allermerkwürdigsten aber war die Tatsache, dass mir unser Zusammensein völlig normal vorkam und ich die Vertrautheit zwischen uns genoss.

„Paolo, darf ich mir das Wappen auf der Tasche nochmal ansehen?"

Umständlich wischte er sich mit dem Hemdsärmel den Schweiß von der Stirn. Dabei verströmte seine Kleidung einen Geruch, den ich als sehr angenehm empfand und ich hätte gern mein Gesicht an seiner Brust vergraben und tief eingeatmet. Gerade als ich mich zu ihm hinüberbeugen wollte, drehte er sich weg, um die Tasche aufzuheben. Er hielt sie mir hin. Behutsam fuhr ich mit den Fingern über den kunstvoll eingekerbten Hahn.

„Das ist wirklich eine sehr hübsche Arbeit."

Zerstreut vor sich hinmurmelnd verstaute er die Tasche wieder neben sich.

„Il gallo è il simbolo di Murano!"

„Was heißt das?"

„Gallo heißt: Hahn und der Hahn ist das Wahrzeichen der Glasbläser von Murano. Obendrein stammt Sabrina aus der Glasbläserfamilie Del Gallo und so wurde der Hahn auch zu unserem Wappentier."

Sein Arm streifte mich und ein leiser Schauer rieselte über meine Haut. Täuschte ich mich, oder wandte er sich verlegen ab? Machte ihn meine Nähe nervös? Er rupfte einige Grashalme aus dem Waldboden, warf sie ins Wasser und sie schwammen fort. Wie um sich abzulenken, begann er schnell weiter zu erzählen. Wenn er kein Geist war, was war er dann?

„Verwundert musste ich feststellen, dass die Häuser im Norden denen im Süden ähnelten, aber mit der Pracht der byzantinischen Bauwerke in Venedig konnten sie nicht mithalten. Unsere lichtdurchfluteten, maurischen palazzi sind luftig und hell, ihr Nordländer sucht mehr nach Schutz und Wärme und trotz eurer mit Stuck und geschnitzten Ranken geschmückten Fassaden sieht man, dass die Häuser einem bestimmten Zweck zu dienen hatten."

Soviel Stolz kam mir überheblich vor. Warum musste er den Gegensatz zwischen unseren Kulturen so stark betonen?

Er lächelte mir gönnerhaft zu.

„Selbst eure stattlichsten Patrizierhäuser entbehren nicht einer gewissen Plumpheit und sehen eher aus wie riesige Hütten, in deren Innerem es dunkel und stickig ist. Selbst der Pallas eures Kaisers entspricht in seiner Schlichtheit nicht der Würde eines mächtigen Herrschers."

Ich empfand eine gewisse Gekränktheit.

„Ach ja, und wenn es im Süden so kalt wäre wie hier, hättet ihr auch auf eure vielen Fenster verzichten müssen!"

Der Satz entfuhr mir heftiger als beabsichtigt und ich biss mir auf die Lippen.

„Alles, wirklich alles hier ist nur eine Kopie dessen gewesen, was wir Römer schon längst erfunden hatten. Wir sind eure Lehrmeister gewesen! In allem!"

„Wir Römer? Du bist doch aus Venedig."

„Es sind Römer gewesen, die in der Lagune eine Stadt gebaut haben. Römer, Venezianer, es ist dasselbe. Und weißt du, dass es die Goten, also die Nordländer, waren, vor deren Grausamkeit meine Vorfahren vom Festland geflohen sind?"

Wenn Paolo persönlich gekränkt war, dann hatte er ein ausgesprochen nachtragendes Wesen. Die Besiedelung der Lagune, aus der die Stadt Venedig entstanden ist, lag doch hunderte von Jahren zurück. War ihm die Lächerlichkeit seines Verhaltens bewusst geworden? Beschwichtigend lenkte er ein.

„Inzwischen weiß ich natürlich, dass die langen Winter eine so verspielte Bauweise wie bei uns im Süden überhaupt nicht zulassen. Man erzählte mir, dass es im Winter hier so kalt sei, dass Ziegen und Kühe in die Behausungen geholt werden mussten, damit sie nicht erfroren. Pfui, von den mit Steinen gepflasterten Böden kratzte man dann die Kuhfladen weg."

„Das muss ja fürchterlich gestunken haben."

Paolo lachte amüsiert.

„Es gab damals wohl schlimmeres als Gestank."

Während des Sprechens hatten sich seine Wangen gerötet und die Augen glänzten.

„Immer wieder dachte ich an mein neues Leben und stellte mir vor, wie es sein würde, eine Glashütte im Wald zu betreiben. Ich könnte vornehme Patrizier mit farbigen Trinkbechern, Kristalllüstern, Flakons und Spiegeln beliefern und in meinen Träumen sah ich schon, wie ich selbst die Tuchhändler an Reichtum übertraf und die Metallhändler in den Schatten stellte. Allerdings benötigte ich den Schutz des mächtigen Kaisers, den mir nur Jacopo mit seinen guten Beziehungen bieten konnte. Tief im Innern fürchtete ich, dass mich die venezianische *polizia segret* früher oder später aufspüren und töten würde."

Er seufzte wehmütig und ich schwieg betreten. Wie stereotyp seine Wünsche doch waren. Der alte Traum vom Tellerwäscher zum Millionär trieb schon im späten Mittelalter sein Unwesen und vermutlich wäre Paolo heute ein gutbürgerlicher Mittelständler und Mitglied im Lions- oder Rotary-Club. Mir war noch nie eine Geschäftsidee untergekommen, mit der man reich werden konnte. Seelisch Kranke zu behandeln, war eine mühselige Angelegenheit und immer häufiger wurden die Anträge zur Kostenübernahme psychotherapeutischer Behandlung zugunsten von medikamentöser Versorgung abgelehnt. Das tat weh, denn Hilfesuchende, die nicht genügend Geld besaßen, um die Stunden selber zu bezahlen, sah ich nie wieder.

„Und, hat sich dein Traum vom großen Geld erfüllt?"

Er lachte kurz auf.

„Der Traum vom großen Geld, oh ja, das trifft den Kern der Sache. Nein, Amanda, alles nur Träume! Wir befanden uns ja am Anfang unserer Reise und ich hatte noch nicht einmal die Silbermine gesehen. Obwohl mich hier niemand kannte und ich nicht fürchten musste, entdeckt zu werden, behielt ich das Aussehen eines einfachen Mannes bei. Wir gaben uns als unbedeutende italienischer Kaufleute aus, die gerade eine Warenladung mit Handelsgütern in den Norden begleitet hatten und vor der Rückkehr einige Zeit im Harzgebirge verweilen wollten.

Um nicht aufzufallen, nahmen wir mit der leer stehenden Gesindestube eines Getreidehändlers vorlieb, in die wir uns einmieteten. Eines Morgens lag ich ganz allein im Heu. Angelo hatte sich auf den Markt begeben und war noch nicht zurückgekehrt, da erwachte ich aus dem Schlaf, weil Hände meinen Körper abtasteten. Ich packte den feigen Dieb und hielt ihm mein Messer an die Kehle. Nun stellte sich aber heraus, dass es eine junge Frau war, eine Dienstmagd, die mit kleinen Diebereien ihren Lohn aufbesserte.

Sie flehte mich um Nachsicht an und bat mich weinend, ihrem Herrn nichts zu sagen. Schluchzend umklammerte sie meine Schultern und drückte sich an mich. Plötzlich, als ich ihren warmen Körper fühlte, vergaß ich meine Wut. Nur dieses eine Mal während der ganzen Reise habe ich Sabrina die Treue gebrochen! Ich spürte plötzlich, wie mich das Verlangen nach einem Weib mit großer Macht überkam. Ich legte das Messer beiseite und ließ sie schwören, niemals wieder einen Herbergsgast zu berauben. Dann befahl ich ihr, den Rock zu heben und hoffte, das Angelo noch eine Weile weg bleiben würde."

Seine plötzliche Offenheit war mir peinlich und ich hatte den schamhaften Wusch, mich zu verhüllen und mir das T-Shirt wieder überzuziehen, um meine nackte Haut zu bedecken. Paolo schien mich gar nicht wahrzunehmen, aber ich wurde mir seiner Nähe noch intensiver bewusst, als er begann, weitere freimütige Bekenntnisse zu offenbaren.

„Sie verstand mein Begehren und ließ alles geduldig mit sich geschehen. Sie stöhnte sogar vor Glück, als ich sie mit meinem Samen erfüllte, nun würde ihr fruchtbarer Leib mit Gottes Hilfe ein Kind von mir empfangen. Eine so arme Frau benötigt im Alter die Hilfe ihrer Nachkommen. Ich gab ihr ein paar Münzen und ließ das Ganze auf sich beruhen. Auch ich wollte keinen Ärger mit dem Stadtvogt heraufbeschwören, der uns umständlich befragen und an der Weiterreise hindern würde. Gut, dass ich den Gürtel mit den eingenähten Goldstücken Tag und Nacht um den Bauch geschlungen bei mir trug und nicht in einem Säckchen um den Hals, wie die reisenden Handwerker. Man hätte es mir längst gestohlen."

Ich wühlte verlegen in meinem Rucksack herum. Seltsam, ich verspürte kaum Hunger oder Durst, aber die erotische Begegnung, die er geschildert hatte, löste pures Verlangen bei mir aus und ich hätte ihn am liebsten gebeten, auch meinen Leib mit seinem Samen zu beglücken. War ich jetzt völlig durchgeknallt? Wie lange hörte ich ihm überhaupt schon zu? Meine Stimme klang verräterisch heiser, als ich Paolo darauf aufmerksam machte, dass ich bald nach Hause müsste, weil ich noch einiges zu erledigen hätte. Er schaute gleichmütig in den

Himmel, als sei dort eine Uhr angebracht.

„Du wirst schon bald zuhause sein, Amanda, gedulde dich nur noch ein wenig. Wenn die Schatten den schmalen Pfad dort drüben erreicht haben, kehren wir auf demselben Weg zurück, den wir gekommen sind, aber nun schenke mir bitte noch eine Weile deine Aufmerksamkeit. Wir verpassen sonst den Anschluss."

„Welchen Anschluss?"

Besänftigend legte er eine Hand auf meine nackte Schulter und ich zuckte zusammen. Auch die Berührung fand ich aufregend.

„Paolo, was bist du nur? Ein Mensch oder ein Engel?"

„Pssst! Gedulde dich, hör zu!"

Frustriert rückte ich ein wenig zur Seite.

„Was tue ich denn die ganze Zeit anderes, als mich zu gedulden und zuzuhören?!"

Die Wirkung des grünen Trankes war verflogen oder ich machte mir wieder zu viele Gedanken, jedenfalls waren die schönen Bilder verschwunden.

Solange man das Aufschlagen der Pferdehufe hören konnte, tat Philippus so, als würde er die gepflasterte Breite Straße hinunterreiten, doch schon an der Einmündung zur Judengasse änderte er die Richtung und ließ das Pferd nach Westen abbiegen. Die Stadt war zu dieser späten Stunde wie leergefegt und nur mit Mühe gelang es dem ortsfremden Besucher, sich bei Dunkelheit im Gewirr der vielen Gassen zurechtzufinden. Der aufgeweichte Boden der ungepflasterten Gassen verschluckte den Klang der Hufe, während er zum Frankenberg hinauffritt. Oben angekommen, stieg er ab und suchte im Gestrüpp nach der versteckten Klosterpforte, musste aber bald aufgeben, weil die Nacht vollkommen mondlos war.

Er nahm das Tier am Halfter, führte es den Hügel hinab und bog nach einigen Metern rechts in die Ziegengasse ein. Dabei dachte er über eine Entdeckung nach, die er ganz zufällig vor kurzer Zeit oben im Harz gemacht hatte. Während einer der vielen Erkundungsritte, die er für Herzog Julius unternahm, war er unterhalb von Zellerfeld im Mönchstal an einem Felsspalt vorbeigekommen, der von einer Quelle fast verdeckt war. Plötzlich hatte sein ganzer Körper vibriert und er hatte ein starkes Ziehen in der Bauchgegend verspürt.

Eingedenk seiner Gabe, auf Edelmetall anzuschlagen wie die Nadel eines Kompasses, untersuchte er die Stelle genauer und beglückwünschte sich anschließend, den Ritt allein unternommen zu haben, denn ganz zufällig war er auf ein unentdecktes Silberlager gestoßen, dessen Beschaffenheit auf ergiebige Vorräte hinwies. Seitdem grübelte er darüber nach, wie er sich das Silber aneignen konnte, ohne es mit dem Herzog zu teilen. Selbst Anna Maria hatte er den Fund verschwiegen und beim Gedanken an sie beschleunigte er seine Schritte, denn eine zu lange Abwesenheit würde sie misstrauisch machen.

Als er das Tor des Pfefferkornschen Hauses erreichte, wurde sein Eintreffen schon sehnsüchtig erwartet. Mit einem freudigen Ausruf umschlang die Hausherrin den seltenen Gast und befahl Heinrich Schomburg, sich um das Pferd zu kümmern. Der Magd trug sie auf, sich an der Kochstelle dem Essen zu widmen und als beide außer Hörweite waren, wurde Philippus mit allerlei Kosenamen überhäuft. Sie erging sich in leutseligen Beschreibungen ihrer tiefen Liebe zu ihm und verschüttete beißenden

Spott über die Goslarer Ratsleute, obwohl sie ihnen erst vor wenigen Augenblicken die allerhöchste Ehrerbietung gezollt hatte. Wie ein Kind hing sie am Arm des großgewachsenen Mannes und stolzierte mit ihm in der Diele auf und ab, als seien sie wie in früheren Zeiten zu Gast auf der geschmückten Promenade des Wolfenbütteler Assewäldchens. Schombach, der noch immer in der Einfahrt stand, verzog hasserfüllt das Gesicht. Mit einem wütenden Ruck riss er das Pferd seines Nebenbuhlers am Halfter und führte es in den Stall. Sein erbittertes Fluchen erreichte noch im Weggehen das Ohr seines Weibes.

Schrill auflachend, schob Anna Maria den schweren Riegel vor die Hoftür und sperrte ihren Ehemann kurzerhand aus.

„Das du mir nicht so bald zurück bist!"

Erleichtert wandte sie sich wieder dem Geliebten zu, ihrem Gott, ihrem Engel, ihrem Licht! Mit allen zur Verfügung stehenden Kräften hatte sie tagsüber der Versuchung widerstanden, das Laudanum einzunehmen, denn Philippus sollte sie nicht in einem Zustand der Umnachtung erleben. Mit ihm gemeinsam wollte sie bei klarem Verstand die Götter Eros und Amor beschwören und sich, über Berge, Wälder und Seen fliegend, in seinen Armen verlustieren. Außerdem hatten sie wichtige Dinge zu besprechen.

Im Vorbeigehen bemerkte sie, dass die Magd leise mit sich selber sprach und mit langsamen Bewegungen in einem Topf rührte, der über der Feuerstelle hin und her schwang.

„Hör auf zu schwafeln, mach schneller, du siehst doch, wie hungrig der Herr ist!!"

Hatte die Alte heimlich etwas ins Essen gezaubert? Verärgert schlug sie der Frau mit ihrem Handschuh ins Gesicht.

Als die Schüsseln gefüllt waren, schlang Anna Maria hastig und ohne Genuss den Erbsenbrei hinunter, langte zur Branntweinflasche und schenkte sich und Philippus großzügig ein. Die Magd warf vom anderen Ende des Raumes lauernde Blicke auf ihre Herrin und drehte sich erst weg, als eine vertrocknete Rübe sie beinahe am Kopf traf.

Philippus ruhte ausgestreckt daliegend auf dem Strohlager und pulte mit langen Fingernägeln Fleischreste zwischen den Zähnen hervor. Dem seltenen Gast war sogar ein Stück gekochtes Huhn serviert worden und nun wartete er gesättigt auf ein Ritual, dem sich die zwei Alchemisten in aller Heimlichkeit hinzugeben pflegten und zu dem nur Auserwählte wie sie den Mut besaßen.

Obwohl sich der Konsum von berauschenden, erotisierenden Substanz an den Fürstenhöfen größter Beliebtheit erfreute, waren sie nach der herrschenden Polizeiverordnung offiziell verboten. Die unsachgemäße Handhabung einiger Bierbrauer hatte sogar zu Todesfällen geführt und nur Anna Marias umfangreiches Kräuter- und Pflanzenwissen und Philippus Kenntnisse in Laborkunde befähigten sie, eine Fülle von Salben und Tränken, die den Genuss der Sinne steigerten, selbst herzustellen und anschließend zu konsumierten.

Anna Maria konnte es kaum mehr erwarten, denn gegen die Wonnen dieser Salbe verblich selbst das Laudanum zu neun Mal aufgesetztem, schalem Sud. Sie trug noch immer das festliche Kleid, an dem eine bestickte Stofftasche hing und bevor sie die Schnürung des Täschchens öffnete, warf sie Philippus einen verschwörerischen Blick zu. Umständlich holte sie eine kleine Dose hervor und Philippus verfolgte gebannt jede ihrer Bewegungen. Anna Maria begann schon vor Erregung zu zittern, als sich beim Abnehmen des Deckels ein süßlicher Geruch verbreitete. Hastig entblößte sie ihre Beine und verrieb eine rötliche Salbe auf der Innenseite ihrer Schenkel. Nachdem er die Kordeln seiner Beinkleider gelöst hatte, streckte Philippus gierig die Hand nach dem Döschen aus und verteilte die Salbe auf seinen Hoden. Dann krempelte er die Ärmel hoch, bestrich die Innenflächen beider Arme mit der Paste und starrte lüstern auf die spärlich behaarte Scham der schwer atmenden Frau. Beide gaben sich dem unbezähmbaren Verlangen hin, das der Extrakt aus Todesblumenkraut bei ihnen auslöste.

*P*aolo setzte sich zurecht und fuhr fort, seine Ankunft in Goslar zu beschreiben.

„Nachdem wir uns ein wenig mit der Stadt vertraut gemacht hatten, verweilten Angelo und ich in der Abenddämmerung zwischen den Buden der Höker und tranken Bier. Ein wohlgenährter, sauber gekleideter Herr warf mir im Vorbeischlendern einen kurzen Blick zu, kehrte wieder um und ließ sich neben mir auf einen Schemel fallen. Was immer er in mir erkannt haben mochte, mein fremdländisches Aussehen oder meinen stolzen Gesichtsausdruck, er redete mich respektvoll an, während er Angelo einfach ignorierte. In einem Zug leerte er seinen Humpen und wandte sich mir leutselig zu.

„Seid Ihr auch fremd in der Stadt?"

Misstrauisch suchte ich sein Verhalten einzuschätzen und kam zu dem Schluss, dass er niemanden kannte und nur etwas Gesellschaft suchte. Mit einer Geste des Nichtverstehens brachte ich zum Ausdruck, dass ich nur wenige Sätze seiner Sprache verstand und Angelo erklärte ihm, dass wir aus Rom seien und bald in den Süden zurückkehren wollten. Der redselige Mann ließ sich von meinen mangelnden Sprachkenntnissen nicht beirren.

„Ah, aus Rom! Der heilige Vater soll ja alle seine Kirchen mit Kunstwerken verziert haben. Ich bin von Leipzig gekommen, mit einer Wagenladung voll guter Butter und morgen geht es wieder zurück. Aber heute Abend will ich mich noch beim Spiel vergnügen!"

Er klopfte mit der Hand gegen eine Seitentasche seiner dunkelgrünen Jacke und man hörte das leise Klingeln von Münzen. Ich befahl Angelo, unsere Unterhaltung zu übersetzen und erkundigte mich nach dem augenblicklichen Zustand des Erzhandels.

„Darüber vermag ich ein wenig Auskunft zu geben, Herr. Wenn Ihr vom Süden kommt, habt Ihr wohl von Jacob dem Reichen gehört? Dieser Protz hat sich mit seiner Handelsgesellschaft in den Besitz des gesamten Tiroler Silbers gebracht und seitdem ist den hohen Herren ein Lichtlein aufgegangen. Keiner will ein zweiter Sigismund sein. Wisst Ihr nichts von der Schmach des Tirolers?"

Nachdem Angelo übersetzt hatte, schüttelte ich verneinend den Kopf.

„Der arme Herzog Sigismund hat sein gesamtes Silber an Jacob den Reichen verloren und nun verprasst der neue Bergherr die Schätze Tirols."

Er schlug sich auf die Schenkel und konnte vor Schadenfreude kaum an sich halten. Erst als ein Wachsoldat am Ende der Gasse auftauchte und einen prüfenden Blick in unsere Richtung warf, beendete er seine unbefangen zur Schau gestellte Häme und senkte die Stimme.

„Plötzlich begreift der Adelsstand, dass in ihren Bergwerken ein großer Batzen Geld steckt und nun möchten sie gern das Silber selbst herauslösen, oh weh, mit den zarten Fingerlein!"

Er starrte auf seine Hände und schlenkerte in gespieltem Entsetzen die schlaff herabhängenden Finger hin und her. Sodann packte er den Bierkrug, leerte ihn zur Hälfte und wischte sich den Schaum vom Bart. Wieder begann er zu flüstern.

„Auch im Harz hat der Jakob sein Glück versucht und dem alten Herzog von Braunschweig-Lüneburg Honig ums Maul geschmiert. Er wollte ihm den Rammelsberg abkaufen und das wäre ihm fast geglückt, wenn sich nicht der Sohn des Herzogs dazwischen geschoben hätte. Man hört so einige Gerüchte, die nichts Gutes verheißen."

Bedauernd wiegte er den Kopf hin und her und platzte mit einer Neuigkeit heraus, die er sich bis zuletzt aufgespart hatte.

„Von einem Mann aus Zellerfeld habe ich erfahren, dass sich in den Höhen des Harzes schon die Erzsucher des Herzogs mit ihren Wünschelruten herumtreiben!"

Anerkennung heischend blickte er mich an, doch mir stockte der Atem. Erzsucher! Ich warf Angelo einen besorgten Blick zu, denn wenn der Herzog seine Leute ausschickte und der gierige Jacopo in der Nähe weilte, dann war es nur eine Frage der Zeit, bis auch andere das kostbare Silber im Mönchstal entdeckten. Beunruhigt ließ ich fragen, wie es mit Jacopo un dem Rammelsberg weitergegangen sei und unser Trinkkumpan genoss sichtlich, die zwei Fremden eine Weile schmoren zu lassen. Wichtigtuerisch lehnte er sich zurück, strich den Bart glatt und erst als er den dritten Humpen in den Händen hielt, geruhte er, mir eine Antwort zu geben.

„Ja Herr, der Jakob ist in viele Händel verstrickt! Als er den Rammelsberg nicht kriegen konnte, da hat er sein Glück als Zinswucherer versucht und den Grubenbesitzern Geld geliehen. Wer nicht zurückzahlen konnte, der tauschte die Schuldscheine gegen seine Anteile im Berg ein und auf diese Weise kam der Jakob in den Besitz von immer mehr Erzminen. Zur selben Zeit schickte er einen Technikus nach Goslar, der die unterirdischen Gänge vom Wasser befreite und nun stand dem Abbau von Kupfer und Blei nichts mehr im Wege.

Den Goslarern verging das Lachen, als die vielen Schuldscheine auftauchten und sie feststellen mussten, dass schon ein Drittel des Berges dem fremden Kaufherren gehörte. Schnell steckten die Goslarer Ratsleute die Köpfe zusammen und über Nacht wurde das Stadtrecht geändert. Fortan mussten alle Anteilseigner das Goslarer Bürgerrecht besitzen und der listige Magistrat hatte dem Jakob die Tür vor der Nase zugeschlagen."

Unruhig geworden, bedankte ich mich für seine Auskünfte, bezahlte dem Mann einen weiteren Krug Bier und eilte mit Angelo davon. Eine gewisse Furcht hatte mich beschlichen und unruhig gemacht. War es besser, Jacopo und Giovanni in Zukunft aus dem Weg zu gehen? Musste ich befürchten, dass sie sich der Silbermine bemächtigen würden, wenn sie von dem in ihr enthaltenen

Reichtum erführen? Angelo beschwichtigte mich mit den Worten, kein Sterblicher sei in der Lage, im Mönchstal etwas anderes als eine sprudelnde Wasserquelle zu sehen, die sich ihren Weg durch taubes Gestein bahnt. Dennoch beschlossen wir, uns unverzüglich auf den Weg nach Braunschweig zu machen, um die Besitzrechte zu verbriefen, denn der gesamte obere Harz gehörte dem Herzogtum Braunschweig-Wolfenbüttel.

Am folgenden Tag brachen wir in aller Frühe auf. Die Gasse in Richtung des südlichen Stadttores wurde von einem langsam dahinrollenden, mit Getreidesäcken schwer beladenen Wagen verstopft und der Fahrweg war zu eng, um an dem Gefährt vorbeizukommen. So mussten wir geduldig hinterdrein trotten. Als wir das große Steinhaus erreichten, von dem wir wussten, dass es Jacopo gehörte, öffnete sich im selben Augenblick die Tür und ich erschrak. Höchstpersönlich trat er nach draußen, gefolgt von drei Männern, die ebenso prunkvoll und farbenprächtig gekleidet waren wie er. Ich erkannte ihn sofort, obwohl er an Gewicht zugenommen hatte und etwas kräftiger aussah als damals in Venedig.

Müßig blieben die Patrizier vor dem Eingang stehen und äußerten sich laut und stolz über das Wohlergehen ihrer Geschäfte. Sie priesen die eigene Tüchtigkeit, erwähnten die vornehmen Familienbande, die sie mithilfe ihrer Frauen und Töchter geknüpft hatten und vergewisserten sich der ungeteilten Aufmerksamkeit der umstehenden Diener. Warum musste er ausgerechnet jetzt das Haus verlassen? Aus Angst um die Silbermine wollte ich mich keinesfalls zu erkennen geben, doch es gab nichts, wohinter ich mich verstecken konnte. Wie ein einfältiger Tagelöhner senkte ich demütig den Kopf und hoffte, dass er einem Mann in einfacher Kleidung keine große Beachtung schenken würde.

Doch ich vergaß den Scharfsinn des Augsburgers. Während er gleichzeitig damit prahlte, über seine Handelsgesellschaft einen neuen Pakt mit dem Kaiser geschlossen zu haben, durchbohrte er mich mit stechenden Blicken und ließ mich keine Sekunde aus den Augen. Gesprächsfetzen während seiner Besuche in Venedig kamen mir in den Sinn und ich schämte mich meiner Feigheit. Hatte er nicht mein Glück gewollt und mit aller Kraft versucht, mich als freien Glasbläser in den Harz zu locken? Anstatt ihn erfreut zu begrüßen, trottete ich stur weiter und konzentrierte mich auf das laute Knarzen der Räder, wenn sie gegen die Steinquader der Fahrrinne stießen, stierte dümmlich auf die prall gefüllten Säcke des Fuhrwerkes vor mir, zählte die Hufschläge der Pferde und hoffte, dass Angelo mich nicht ansprechen würde. Obwohl mich Jacopo erkannt hatte, dessen war ich mir ganz sicher, ließ auch er die Gelegenheit ungenutzt verstreichen und als ich mich nach einer Weile vorsichtig umdrehte, sah ich ihn die Bergstraße in Richtung Marktplatz hinabschreiten. Obwohl mir mein Benehmen töricht erschien, riet mir eine innere Stimme, die Mine vor ihm zu verbergen."

Paolo atmete erleichtert auf, als sei er immer noch froh, der Begegnung mit Jacopo entronnen zu sein. Ich wollte etwas sagen, ließ es aber bleiben, als ich seinen konzentrierten Gesichtsausdruck wahrnahm, denn inzwischen wusste ich, dass sein Interesse ausschließlich seinen Erzählungen galt. Meine erotischen Anwandlungen kamen mir ziemlich lächerlich vor.

„Der weite Weg vom Goslarer Tiefland hinauf ins Gebirge lag vor uns und wir rasteten erst, nachdem wir das Mönchstal erreicht hatten. Dann versteckten wir uns bis zum Anbruch der Nacht im Gebüsch und wagten uns erst hervor, als es ganz still und menschenleer geworden war. Angelo ging trotz der Dunkelheit zielstrebig durch den Wald. Dabei muss ihm der plätschernde Mönchsbach den Weg gewiesen haben, an dessen Ufer wir uns entlangtasteten.

Vor einer hoch aufragenden Felswand blieb er stehen und wir hörten das Geräusch einer Quelle, die aus dem Gestein hervorsprudelte. Ich erinnere mich genau, wie mein treuer Freund im Mondlicht Farne und Zweige beiseite schob, die Hände an die Felswand legte und ein paar Formeln sprach. Angelo verstand sich darauf, die Berggeister zu zähmen und das Herz blieb mir beinahe stehen vor Freude, als das wild sprudelnde Wasser mit einem Schlag nur noch schwach dahin tröpfelte.

Funkensprühend zündete er eines dieser Talglichter an und erzeugte in dem weit in die Tiefe des Berges reichenden Felsspalt ein sanftes, metallisches Glimmen, das auf überaus reichhaltige Silbervorkommen hinwies. Ich ahnte, dass die Mine genug einbringen würde, um mir eine großzügig ausgestattete Glashütte bauen zu können und dachte stolz, dass bisher noch kein *muranesi* so weit in den Norden vorgedrungen war! Doch selbst wenn es mir gelang, die Schürfrechte für die Mine zu erwerben, wie sollte ich mich auf Dauer vor den venezianischen Häschern verbergen?

Ich befand mich in einem Konflikt. Einerseits war ich zu meinem Schutz dringend auf Jacopos enge Verbindungen zu Kaiser Maximilian angewiesen, andererseits fürchtete ich mich vor der Habgier des Mannes. Ratlos beschlossen wir, im Morgengrauen nach Goslar zurückzukehren und wieder legte Angelo die Hände an den Felsen. Mit einem Ruck sprudelte das Wasser mit ungebremster Kraft aus dem Gestein hervor, die unsichtbare Hand, die den Ausgang der Quelle verstopft hatte, war verschwunden und niemand sah mehr etwas anderes als einen dicht bewachsenen, felsigen Hang."

Aufgeregt unterbrach ich ihn.

„Wo ist eigentlich das Mönchsbild geblieben, die rätselhafte Felszeichnung? Hattest du sie eingeritzt?"

„Was glaubst du, Amanda? Wären unsere Prospektoren so dumm gewesen zu verraten, wo Gold und Silber zu finden sind, damit andere das Gebiet in Beschlag nehmen konnten? Natürlich nicht! Im Gegenteil, sie haben die Einheimischen ganz gern in die Irre geführt und die Zeichen gerade dort in Felsen graviert, wo überhaupt nichts zu finden war. Das oberste Gebot unserer Männer lautete, so lange unerkannt zu bleiben, bis die Fundstätten ausgebeutet waren und danach nie mehr dorthin zurückzukehren."

Nachdenklich rieb er sich das Kinn.

„Außerdem musste man den Schwarzkünstlern aus dem Weg gehen, die nach Schätzen suchten, ohne die mindeste Begabung für die inneren Kräfte der Erde zu haben. Sie folgten Gerüchten über sagenhafte Goldfunde und suchten die Wälder nach den den geheimen Zeichen der venezianischen Erzsucher ab. Besonders viel Gesindel trieb sich zwischen Salzburg und Innsbruck herum, denn die Gegend war so reich wie keine andere und bei dem Städtchen Judenburg fand man ein Silber, das zu einem Viertel aus Gold bestand! Aber den genauen Fundort haben die Einheimischen nie erfahren."

Während des Sprechens gestikulierte er ausdrucksvoll mit den Armen. Plötzlich wurde mir bewusst, dass ich hungrig war und lange nichts mehr gegessen hatte.

„Kannst du mal eine Pause machen? Es gibt nicht weit von hier ein kleines Gasthaus, das würde dir bestimmt auch gut gefallen, wo das Sträußchen hängt, wird ausgeschenkt, oh ja, leckeren Wein aus dem Rheinland, stell dir vor, ein Zechenhaus, das Wein ausschenkt!"

Zechenhäuser hatten mit Bergbau zu tun und ich hoffte auf Paolos interessierte Zustimmung. Als ich mir jedoch ausmalte, mit ihm ins Auto zu steigen, war ich beinahe erleichtert, als meine Idee keine Zustimmung fand. Unwillig fuhr er mich an.

„Du solltest dich besser konzentrieren, Amanda! Dass du Hunger hast, ist kein gutes Zeichen und wenn wir den Wald verlassen, verlieren wir kostbare Zeit. Hast du keine Wegzehrung in deinem Rucksack?"

„Nein, die hab ich zuhause vergessen."

Er seufzte gequält.

„Ich hatte gehofft, du würdest länger zuhören können. Also gut, du willst essen. Warte!"

Seine Nasenflügel bebten, als er wie ein Tier witternd den Kopf in alle Richtungen drehte. „Da drüben gibt es Himbeeren und eine Wasserquelle, komm mit."

Er machte sich schon auf den Weg und ich stapfte ergeben hinterdrein. Die Hitze hatte sich wie eine unsichtbare Glocke über den Wald gelegt und ich erfreute mich am Anblick des Dammgrabens, der sich schnurgerade entlang des Weges zog. An der Quelle trank ich gierig aus den Händen und auch Paolo kniete sich hin und benetzte Gesicht und Arme. Dann sprang er auf, knickte ein paar sperrige Äste ab, die den Weg zu einem üppig wuchernden Himbeerhai versperrten und breitete einladend die Arme aus.

Tatsächlich hing das Gebüsch voll mit dicken, aromatischen Waldfrüchten und obwohl ich lieber etwas herzhaftes gegessen hätte, stopfte ich mir die köstlich süßen Himbeeren in den Mund. Paolo verschmähte sie genauso wie meine Kekse. Lässig wie ein Dozent für mittelalterliche Kulturgeschichte stand er da und schien den Horizont nach Bildern abzusuchen, die ihn zu weiteren Ausführungen inspirierten. Welch ein unerhörtes Glück, dass er exklusiv für mich die vergangenen Jahrhunderte zu neuem Leben erwachen ließ.

Nachdem ich mich mit Himbeeren gekräftigt hatte, suchten wir eine schattige Stelle und setzten uns ins weiche Gras. Zerstreut nahm Paolo einen Fichtenzweig auf und zerrieb die Nadelspitzen zwischen den Fingern. Ätherisches Aroma breitete sich aus und ich war mir der Anwesenheit des rätselhaften Mannes übermächtig stark bewusst. Mit allen Sinnen spürte ich seine Nähe und der unbezähmbare Drang, ihn zu umarmen, machte mich ganz verlegen. Ich rückte unauffällig näher an ihn heran, spürte den rauen Stoff seines Hemdes an meiner Haut und sog den Duft ein, den seine Kleidung verströmte. Es war ein erregender Geruch, vielleicht nach Myrrhe oder Amber und mein Gehirn schaltete sich ab, überwältigt von einer starken Sinnlichkeit, der sich Männer und Frauen seit Urzeiten kaum entziehen konnten.

Ich erschauerte, als seine Fingerspitzen ganz zart meine Stirn berührten und einen sanften Druck ausübten. Eine Welle der Entspannung durchflutete mich und ich musste unwillkürlich mehrmals hintereinander gähnen wie ein Kind. Von einer wohligen Schwere überwältigt, streckte ich mich auf dem Waldboden aus, während Paolos Stimme aus weiter Ferne zu mir drang.

„Der Mond fließt durch uns hindurch wie milchiges

Glas, lass es geschehen, dass Zeit und Raum sich verändern. Du bist sicher, du hast nichts zu befürchten."

Ich hörte mich noch etwas murmeln, dann sah ich uns von oben immer kleiner und kleiner werden und den ganzen Wald zur Landkartenansicht zusammenschrumpfen. Bilder tauchten auf. Ich stand in einer weiten, hügeligen Landschaft und ich kletterte im Schatten eines großen Baumes in eine offene Kutsche, die von zwei schnaubenden Pferden gezogen wurde. Paolos Stimme wurde leiser, die Szene entschwand und ging in eine andere Landschaft über, die nun irgendwie orientalisch anmutete.

Karawanen mit schweren Lasten ziehen an mir vorüber, fantasievoll bunt gekleidete Menschen tummeln sich vor palastartigen Häusern, lärmende Händler hantieren hinter voll bepackten Marktständen mit Meeresfrüchten und exotischen Gewürzen und Glockengeläut in allen Tonlagen verstärkt die Fremdartigkeit der faszinierenden Kulisse.

Dann kann ich mich an nichts mehr erinnern und als ich wieder zu mir kam oder aufwachte, fiel es mir einen Augenblick lang schwer, mich zu orientieren, erst der Geschmack von Himbeeren in meinem Mund holte mich in die Wirklichkeit zurück. Obwohl Paolo verschwunden war, empfand ich weder Angst noch Müdigkeit, sondern großes Wohlbefinden.

Während Philippus noch immer am Hof zu Wölfenbüttel weilte und fieberhaft versuchte, die Tinktur herzustellen, machte sich Anna Maria mit Taube und Schombach auf den Weg, um die Entleibung des Oberbergverwalters zu vollziehen, die sie dem Goslarer

Rat versprochen hatten. Bereits am späten Nachmittag hatten sie sich unter den neugierigen Blicken der Nachbarn davongeschlichen, um vor den Toren der Stadt eine kleine Mietdroschke zu besteigen und nun schaukelten sie über die Felder. Heinrich Schomburg lenkte die Pferde, während eine verschleierte Anna Maria auf der Bank neben Taube saß und sich neugierig umblickte. Die Fahrt ging nach Langersheim an der Innerste, dort, wo die Schmelzhütten die Luft verpesteten. Dicke Rauschschwaden hingen über dem breiten Fluss und verbreiteten einen üblen Gestank.

Die beiden Männer kannten die Siedlung der Hüttenleute inzwischen sehr gut, sie hatten sich in der Gegend herumgetrieben und das Haus des Oberverwalters ausgespäht. Nur deshalb gelang es ihnen trotz der zunehmenden Dunkelheit, in der Nähe einer verlassenen Mühle einen verschwiegenen Platz zu finden, an dem sie Pferd und Wagen unter der Obhut des Junkers zurücklassen konnten.

In einem Grüngürtel aus hochgewachsenem Gesträuch hatte sich ein Gewirr von labyrinthartigen, grünen Gassen mit hohen Seitenwänden gebildet, durch die sie unentdeckt bis zum Haus gelangen konnten. Die beinahe mondlose Nacht erleichterte ihr Tun und als die Dunkelheit endlich schwarz wie ein Tuch die Umgebung bedeckte, standen sie schon vor dem herrschaftlichen Anwesen von Christoph Sander. Die große Toreinfahrt war zwar verschlossen, doch die Schließe einer kleinen Nebenpforte war nur eingehängt. So kauerten Anna Maria und Schombach beim Aufgehen des Neumondes in ihrem Versteck und starrten ungeduldig auf das stattliche Haus, das von hohen Pappeln, Haselnusssträuchern, Hainbuchen und Kastanien umgeben war.

Weder die Goslarer Ratsleute noch Anna Maria ahnten, dass der verwegene Plan, den Christoph Sander durch Zauberkräfte zu ermorden, gar nicht nötig war, weil der altersschwache Bedienstete in Kürze ohnehin gegen einen neuen Beamten ausgetauscht werden sollte. Zwischen ihm und Herzog Julius war es zu einem Zerwürfnis gekommen und wegen dieses Schicksalsschlages hütete der alte Bergverwalter seit Tagen das Bett.

Endlich war das erleuchtete Fenster im Erdgeschoss dunkel geworden und Anna Maria wartete auf den ersten Ruf des Käuzchens. Als er erklang, erhob sie sich schwerfällig. Sie hüllte sich fester in ihren schwarzen Umhang und schlich zur Haustür, um das Gift aus Kröten- und Salamandertinktur auf der Schwelle zu verspritzen. Neben dem Türrahmen kauernd, öffnete sie ein Fläschchen und ließ die Flüssigkeit auf das Holz rinnen. Begleitend zu diesem Vorgang stieß sie lateinische Formeln aus, die den Giftpartikeln den Weg in Christoph Sanders Herz weisen sollten. Leise kehrte sie zu Schombach zurück und sank erschöpft ins Gras. Immer wieder musste sie mit der Hand ihre Nase abwischen, trotz der sommerlichen Hitze hatte der ungewohnte Aufenthalt im Freien den Schleimfluss angeregt.

Sie warteten. Wenn die Glocke der benachbarten Kirche ein Mal schlug, sollte der Schombach gehen und nachsehen, ob der Zauber schon gewirkt hatte. Soviel sie wussten, befand sich außer dem Oberverwalter nur die Dienerschaft im Haus und die hatte zum Schlafen eine rückwärtige Kammer aufgesucht. Wenn sich der Zauber als zu schwach erweisen sollte, musste Anna Maria im Schutz der Dunkelheit noch einmal ums Haus schleichen und erneut Gift auf die Schwelle streichen. Schlimmstenfalls würden sie die Nacht im Freien verbringen müssen. Sie nahm einen Schluck aus dem Branntweinkrug, reichte ihn dem Ehegatten und versuchte, das Haus zu erkennen. Es machte einen überaus prachtvollen Eindruck.

Neidisch tasteten ihre Augen die Fassade ab, die schwach von einer schmalen Mondsichel beleuchtet wurde. Wetterfestes, robustes Mauerwerk schützte vor Brand und Nässe und bot bis unter den spitzen, hohen Dachgiebel zahlreichen Wintervorräten Platz. Denselben Zweck erfüllte ein weiteres Gebäude daneben, dessen Rückwand in die niedrige Umgebungsmauer eingearbeitet war, die das Anwesen vor Eindringlingen schütze sollte. Alles sah neu und schmuck aus und betonte den Reichtum des Besitzers, der im Dienste des Herzogs zu Reichtum, Würde und Ehren gelangt war. Anna Maria seufzte. Dagegen nahm sich ihr schmales Häuschen in der Ziegengasse doch recht schäbig aus.

Heinrich Schombach schnarchte und auch Anna Maria wäre gern eingenickt, doch die Angst hielt sie wach und ihr Unterleib schmerzte. Bei Nacht im Freien zu sitzen tat ihrer geschwächten Gesundheit gar nicht gut.

„Wach auf, du Strohkopf! Geh und sieh nach, ob er tot ist!"

Schomburg erhob sich ächzend und ging.

„Sei leise!"

Zitternd holte sie die Branntweinflasche hervor. Sie mussten jetzt unbedingt einen Erfolg vorweisen, sonst würde die Sache mit dem Goslarer Rat genauso enden wie mit dem Landesfürsten, der sie verjagt hatte und dasselbe bald mit Philippus tun würde. Was hatten sie nicht alles für den Herzog getan! Nachdem ihnen das Goldmachen nicht recht geglückt war, versuchten sie, ihn mit zahllosen anderen Dingen zu beeindrucken und von ihrem Versagen abzulenken. Aus zauberkräftigem Sophienkraut und dem seltenen Mercurialkraut brauten sie heilende Essenzen und Anna Maria wagte sich sogar daran, eine äußerst komplizierte Rezeptur gegen die Pestilenz zu ersinnen. Fünfzig übereinander geschichtete Molche mussten verbrannt werden, damit man die Knöchelchen im Mörser pulverisieren konnte. Mit Weinessig vermengt erhielt man aus den Rückständen einen Brei, den Anna Maria zu kleinen Kugeln rollte und trocknen ließ. Auf eine Schnur gefädelt, bildeten sie eine magische Kette, die der Herzog Tag und Nacht um den Hals trug, um sich und die gesamte Familie wirksam zu schütztzen.

Ganz besondere Hochachtung errang der kluge Philippus mit der Anfertigung von sensationellen Kanonenrohren, die niemals ihr Ziel verfehlten. Herzog Julius war begeistert und wies die Arbeiter seiner Schmelzhütten an, aus den Schlacken passende Kugeln zu gießen. Leider erwiesen sich die Kugeln als technisch ungeeignet, denn sie zersprangen in der Luft, bevor sie ihr Ziel erreicht hatten. Das ließ den Herzog trübsinnig werden und daran vermochte selbst der glückselige Hut nichts zu ändern, mit dem Anna Maria und Philippus eines Tages aus Goslar zurückkehrten. Ob der Herzog ihn aufsetzte oder nicht, die Schwermut ließ sich jedenfalls nicht damit vertreiben.

Noch immer verstand sie nicht, warum ihr Liebeszauber bei ihm nicht gewirkt hatte. In Gedanken ging Anna Maria die Zutaten noch einmal durch: Muskat, Hirschbrunst, Hechtgräten, schwarzer Kümmel, die Niere vom Hasen und die Samenflüssigkeit eines Mannes (Schombach!) mit Rosen- und Lavendelwasser vermischt, in eine Eierschale getan, die man zugeklebt in der heißen Asche eine Woche stehen lassen musste.

Wo blieb der Schombach denn nur? Wie lange war er schon weg? Sie durfte nicht träumen, sondern musste sich auf die Ermordung des Oberverwalters konzentrieren. Mit geschlossenen Augen beschwor sie erneut unter Anrufung des Teufels und aller seiner Gesellen sämtliche finsteren Mächte herbei, um das Herz des Mannes zum Stillstand zu bringen.

Der ansonsten so gefügige Gemahl schlich derweil boshaft grinsend an der Mauer entlang. Er hatte sich eine eigene Strategie zurechtgelegt, denn auch sein Leben hing vom weiteren Schicksal der Gattin ab. Er war sicher, dass ihre zauberischen Künste auch diesmal erfolglos bleiben würden und hatte zu diesem Zweck ein scharfes Messer in die Gürteltasche gesteckt. Mit geschärften Sinnen näherte er sich dem Haus und als er den Eingang erreichte, vermied er aus reiner Vorsorge tunlichst, mit den Füßen auf die verzauberte Schwelle zu treten. Gerade wollte er die Klinke nach unten drücken, als ohrenbetäubender Lärm losbrach. Wütendes Gebell wurde von schreienden Frauenstimmen übertönt und Schombach glückte es nur mit einem Satz über die Mauer, den Fangzähnen eines großen Hundes zu entwischen. Aufgeregt keuchend stand er neben Anna Maria.

„Los, mir miss'n weg!"

So schnell sie konnten, rannten sie zur Droschke zurück, doch Anna Maria war einer solchen Aufregung nicht gewachsen. Von dem unerwarteten Schrecken geschwächt, blieb sie taumelnd stehen. Schombach bemerkte erst nach einer Weile, dass sie nicht mehr hinter ihm war, kehrte um und drängte sie zum Weitergehen. Als er sah, dass sie dazu nicht imstande war, lud er sich sein

Eheweib auf den Rücken und trug sie das letzte Stück bis zum Wagen. Den Rest der Nacht verbrachten sie zu dritt eng aneinandergedrückt auf der Sitzbank der Droschke, denn an eine Rückkehr war vorerst nicht zu denken. Die Hufschläge hätten in der Dunkelheit wie Donner geklungen und auch das Quietschen der Räder dröhnte lauter als bei Tag durch die tiefe Stille der Nacht.

Die Rückfahrt am anderen Morgen schien unendlich lange zu dauern und ständig glaubten sie, das Geräusch galoppierender Pferde zu hören, von denen sie verfolgt wurden. In Goslar angekommen, vermochte Anna Maria nicht ohne Hilfe vom Wagen zu steigen und Schombach musste sie wieder tragen, während Taube die Droschke zurückbrachte. Die Magd hatte die Anweisung ihrer Herrin gehorsam befolgt und tüchtig eingeheizt, doch der Körper des zarten Edelfräuleins war von den ungewohnten Strapazen so entkräftet, dass sie trotz der Hitze erbärmlich zitterte.

„Mach mehr Feuer, mich friert, das siehst du doch!"

Die Lippen des zarten Wesens hatten eine bläuliche Farbe angenommen, ein Anfall von Schüttelfrost ließ sie die Worte abgehackt und undeutlich hervorstoßen.

„Ja, ja, ist gut, ich werfe noch etwas Reisig dazu!"

Leise murmelte die Alte ein paar Worte, die ihre Herrin nicht hören sollte.

„Widerliches Geschmeiß, mögest du in der Hölle rösten!"

Seit der unglückseligen Nacht vor dem Haus des Christoph Sander wurde Anna Maria von einer schweren Erkältung geplagt und konsumierte mehr Laudanum als zuvor. Sie hatte dem Schombach befohlen, sich unauffällig umzuhören und der hatte von einem Bauern erfahren, dass der Herrensitz von Christoph Sander in jener Nacht von Dieben heimgesucht worden sei. Der treue Hund des Verwalters habe jedoch rechtzeitig angeschlagen und die Räuber in die Flucht geschlagen. Anna Maria erschrak. Der Sander lebte also noch! Man durfte gar nicht daran denken, welche Folgen der gescheiterte Überfall haben würde! Wenn die Goslarer Ratsherren erfuhren, dass ihr Zauber misslungen war, würden sie sogleich wissen, dass die Künste der Zieglerin versagt hatten. Sie stöhnte gequält auf. Mit der jetzigen Schwäche konnte sie unmöglich ein zweites Mal nach Langelsheim fahren.

Heinrich Schomburg, der sich für klug hielt, schlug vor, dem Alten einfach die Kehle durchzuschneiden. Doch Anna Maria gab ihm wütend zu verstehen, dass das nicht in ihrem Sinne sei, denn der Goslarer Rat sollte doch von ihren magischen Kräften überzeugt werden!

„Bleib bloß hier, du vermaledeiter Tölpel! Du hast mir alles verdorben! Bist wohl auf die Schwelle getreten und hast den Zauber unwirksam gemacht! Wegen dir wird uns bald der Gerichtsdiener holen!"

Bartold Taube redete beschwichtigend auf sie ein.

„Leg dich nieder, mein Liebchen, mein Rehkitz muss Ruhe finden!"

„Ich brauch keine Ruhe, der da, der stört mich!"

Sie wies auf ihren Ehegatten.

„So schick ihn doch endlich weg!"

Taube schnalzte ungeduldig mit der Zunge und Schombach entfernte sich brummend in den hintersten Teil der Diele, der mit Werkzeug, Brettern und Kisten vollgestopft war. Während er sein Eheweib von weitem beobachte, spuckte er angewidert aus.

Anna Maria schmiegte sich zitternd an ihren Verehrer. Nur gut, dass im Hof so viel Holz gestapelt worden war, denn das Tag und Nacht prasselnde Feuer verschlang Unmengen davon. Ein Hustenanfall schüttelte die Kranke und Taube legte ein wärmendes Schaffell über ihren Schoß. Die kratzende Enge in ihrer Brust ließ sie erneut keuchend husten und Anna Maria beschloss, sich wieder ein paar Stunden in die wohltuenden Nebel des Rausches zu flüchten. Gurrend rieb sie ihre Wange an seinem Wams.

„Bartel, wo ist es denn, mein Zauberfläschchen?"

Unwillig stand er auf und brachte das Verlangte herbei.

„Schnell, so gib schon her!"

Sie riss ihm den kleinen Tonkrug aus der Hand und schon nach dem ersten Schluck der narkotisierenden Tinktur, die sie selbst gebraut hatte, kippte Anna Maria hintenüber aufs Bett und schloss die Augen. Besorgt beugte er sich über sie und Schombach lachte im Hintergrund schadenfroh auf.

„Jetzt kannst du deine Hure bespringen, elender Mistbock! Du wirst noch auf ihr liegen, wenn sie schon zum Gerippe geworden ist, du Leichenschänder!"

Sollte der Schombach doch lästern, eifersüchtig wie er war. Dem Hahnrei gefiel wohl nicht, dass ein vornehmer Junker das zarte Edelfräulein in seine Obhut genommen hatte. Obwohl Anna Maria gerade ihm die allerwenigsten Beachtung geschenkt hatte, verzehrte er sich am allermeisten in tiefer Zuneigung, ja Bewunderung nach ihr und huschte den ganzen Tag lang beflissen hin und her. In rührender Besorgnis erkundigte er sich nach dem Befinden der Allergnädigsten, überredete sie, ein wenig von dem Hühnersüppchen zu kosten, schob ihr etwas Käse in den Mund, flößte ihr einen Löffel zerlassener Butter ein und protestierte nur schwach, wenn sie immer wieder nach Branntwein, Laudanum oder anderen Substanzen verlangte.

Die innige Nähe zu ihr ließ ihn auch jetzt wieder in einen Zustand der Ekstase geraten und trunken vor Glück strichen seine Hände über ihre engelsgleichen Gliedmaßen. Endlich durfte er sie berühren, so oft er wollte und wann immer er sich unbeobachtet glaubte, tat er das auch. Nachdem er sich überzeugt hatte, dass Schombach und die Magd weit entfernt waren, schlüpfte er zu Anna Maria unter die Decken und presste sich glücklich aufstöhnend gegen ihre zarte Gestalt.

Seit dem letzten Treffen mit Paolo war ich trotz der sommerlichen Hitze kaum draußen gewesen und hatte etliche Stunden in meinem kleinen Behandlungszimmer verbracht. Auch an diesem Nachmittag erwarteten mich zwei schwierige Sitzungen, eine davon mit einem jungen Mann, der den Eintritt in die Erwachsenenwelt nicht meistern konnte, weil er schon als Jugendlicher an einer Schizophrenie erkrankt war.

Sein Denken kreiste oft um die Frage, wie die Existenz eines vernünftigen, intelligenten und angeblich sogar liebevollen Schöpfergottes mit der Existenz von zerstörerischen, bestialischen und abgrundtief bösen Kräften zusammenpasste und ich fand, dass meine Antworten sehr dürftig ausfielen. Einen Pfarrer aufzusuchen, lehnte er ab, denn der Beruf des Seelsorgers war aus der Mode gekommen. Doch auch wir Psychotherapeuten, im Volksmund spöttisch Seelenklempner genannt, erfreuten uns bei der durchschnittlichen Bevölkerung trotz der wachsenden Zahl von psychisch erkrankten Menschen nicht gerade allzu großer Beliebtheit.

Vermutlich hatten die Skeptiker recht, denn auch mit zahlreichen Zusatzausbildungen und Spezialisierungen konnten wir nur karge Erfolge und selten eine echte Heilung vorweisen. Doch es gab natürlich auch Dinge, denen war mit modernen Behandlungstechniken nicht beizukommen und wenn man wie ich nun auch noch im Privatleben von unerklärlichen Phänomenen heimgesucht wurde, dann sehnte man sich nach irgendwelchen tröstlichen Erklärungen für das Unerklärliche.

Das Ding-Dong der Klingel riss mich aus meinen Betrachtungen und mit einem professionell empathischen Lächeln öffnete ich pünktlich um 16.00 Uhr die Tür und Mike setzte sich breitbeinig mir gegenüber auf den bequemen Korbstuhl. Sein dunkles Haar hing ihm vor den Augen, seine Hosen waren an den unteren Rändern ausgefranst und seine Fingernägel zu lang. Sofort wurde ich mir der Nachlässigkeit bewusst, mit der auch ich mein Äußeres oft behandelte. Da befand sich ein kleiner Fettfleck auf meinem T-Shirt, meine hennaroten Locken standen wirr in die Luft und die Katzenhaare auf meinem Rock hätte ich ausbürsten können.

Der inzwischen Achtundzwanzigjährige litt unter paranoiden Wahnvorstellungen und die fünfzig Gesprächsminuten mit ihm dehnten sich oft wie Stunden in die Länge, jedes Wort musste man ihm buchstäblich aus der Nase ziehen. Obwohl er mit entsprechenden Psychopharmaka versorgt wurde, blieb sein Misstrauen gegenüber anderen Personen bestehen und nach mehreren Klinikaufenthalten war er eines Tages in meiner Praxis erschienen und ich hatte ihm klarzumachen versucht, dass er bei einem Psychiater besser aufgehoben war.

Ich machte mir keine Illusionen. Die Verantwortung war groß, die Heilungschancen einer psychotischen Erkrankung dagegen gering. Es ist beinahe aussichtslos, dem Betroffenen die für andere so klar erkennbare Symptomatik einsichtig zu machen und über den Status von verständnisvollen Gesprächen würden wir sicher nicht hinaus kommen.

Wenn man die wahnhaften Zustände einer Psychose mit der schweren Form einer Sucht vergleicht, entdeckt man gewisse Übereinstimmungen. Die unsichtbaren Räume, in die sich Suchtkranke und psychisch Kranke verirrt haben, sind von innen fest verschlossen und die Türen besitzen weder Griff noch Klinke, der Eingesperrte ist auf das rettende Eingreifen von außen angewiesen. Die gefangene Seele schreit um Hilfe, aber der Besitzer versteht ihre Sprache nicht mehr und sie beginnt zu verkümmern.

Passierte das nicht auch *normalen* Menschen? Ich bin immer wieder entsetzt, mit welcher Sturheit die Menschen ihre Seele ignorieren und so tun, als würde sie gar nicht existieren. Das habe ich nie verstanden. Man sollte sich jedenfalls nicht darüber wundern, wenn sie eines Tages an den Folgen der Vernachlässigung stirbt. Ich rief meine abschweifenden Gedanken zurück und konzentrierte mich wieder auf den zähflüssigen Dialog.

„Wie geht es dir, was hast du so gemacht?"

„Nichts. Spazieren gegangen."

„Glaubst du noch immer, dass man dich überwacht?"

Schweigen.

„Darfst du mir das nicht erzählen?"

„Sie sind mir heute wieder gefolgt. Diese Jahreszeit ist schlecht, schlechte Schwingungen."

Verlegen drückte er die Hände zusammen.

„Du weißt, dass ich das anders sehe. Ich glaube nicht an schlechte Schwingungen. Ich glaube, du selbst hinderst dich daran, zufrieden zu sein."

„War Hitler ein Künstler?"

„Hmm. Warum?"

„Weil ich auch ein Künstler bin."

„Und nun hast du Angst, wie Hitler zu werden?"

„Ja."

„Man kann sich Dinge auch einbilden und für wahr halten, Mike. Wo wir einmal bei Diktatoren sind, du kennst doch Stalin, oder? Er hat Millionen von Menschen in der Sowjetunion schreckliche Dinge angetan. Stalin fühlte sich verfolgt. Kennst du Stalin?"

Kopfnicken.

„Stalin war also ein kranker Mensch, aber er verleugnete es. Wenn er klug gewesen wäre, hätte er sich in eine gute Klinik begeben und sich einer Therapie unterzogen, so wie du. Er hätte Medikamente eingenommen und wäre ein umgänglicher Mann geworden und Millionen von Menschen wäre all das Leid erspart geblieben. Du hast von den Hexenverbrennungen gehört? Da passierte dasselbe, man tötete Tausende von Menschen, die angeblich von einem bösen Zauber beherrscht waren."

Ich kam mir zwar sehr spitzfindig vor, bezweifelte aber, dass meine Worte wirklich zu ihm vordrangen. Ich fragte mich, ob meine Bemühungen überhaupt an der richtigen Stelle ansetzten. Hätten Medikamente und Psychotherapie aus Stalin wirklich einen besseren Menschen gemacht? Oder war sein Verstand, und nicht seine Seele, zerfressen von boshafter Machtgier? Oder war es beides zusammen? Das wissenschaftlich nicht erklärbare Element des Bösen findet leichter Zugang zu einer instabilen Seele, aber das ist statistisch nicht bewiesen, auch scheinbar gesunde Menschen können perfide Verhaltensmuster entwickeln.

Um mich abzulenken, hatte ich mich abends mit Paul verabredet. Wir saßen gut gelaunt beim Griechen, hatten beide schon bestellt und vertrieben uns die Wartezeit mit einem Gespräch über seltsame Phänomene.

„Ich weiß nicht, Paul, du hast doch Physik studiert, meinst du, es gibt so etwas wie Zeitsprünge oder Parallelwelten oder derartige Sachen?

Paul, den ich schon fast fünfzehn Jahre kenne, ist promovierter Physiker. Er lachte amüsiert in sich hinein und zupfte an seinem Bart.

„Ach ja, die alten Geschichten mit der Zeitmaschine. Du weißt doch, dass ich viel zu nüchtern bin, um an so etwas zu glauben. Ja, es gibt Schwarze Löcher und angeblich soll es auch Wurmlöcher geben, aber bitte, wer hat je eins gesehen? Real sind die nicht, sondern theoretische Konstrukte. Aber man kann sie prima literarisch ausschlachten!"

„Und was ist ein Wurmloch?"

„Stell dir einen großen, runden Apfel vor. Die Oberfläche, also seine Schale ist unsere Zeit, auf der wir uns fortbewegen müssen. Um zur gegenüberliegenden Seite des Apfels zu kommen, müsstest du kleiner Wurm immer schön außen herum kriechen und das dauert sehr, sehr lange. Mal angenommen, der Apfel hätte den

Umfang unseres Planeten, dann wäre es eine ziemliche Abkürzung, wenn es dem Wurm gelänge, sich durch die Mitte hindurch zu fressen. Er wäre viel schneller am Ziel. Also, das ist ein Wurmloch!"

„Ist das wissenschaftlich oder hast du dir das ausgedacht?"

Das Essen wurde gebracht und wir schwiegen eine Weile.

„Nun ja, es ist nicht wirklich wissenschaftlich und andererseits doch, es ist eine Vereinfachung. Wenn ich es in Fachbegriffen erklären würde, wäre es kaum zu verstehen. Oder kannst du mit Retrokausalität, Quantenverschränkung oder Nichtlokalität etwas anfangen? Stell dir vor, es gäbe Parallelwelten, also Ereignisse, die in einer anderen Zeitebene passieren und doch mit der Gegenwart verknüpft sind, das nennt man in der Fachsprache Quantenverschränkung und Nichtlokalität. Also, dass sich zur selben Zeit Dinge ganz unterschiedlich entwickeln und doch zu einem Ereignispaar gehören, das identisch und doch nicht identisch ist. Theoretisch könnten wir in einem Paralleluniversum und gleichzeitig in unserem Universum sitzen."

Ich verstand gar nichts mehr und er lachte.

„Ich merke schon, Amanda, du blickst voll durch!"

„Oh Paul, ich wusste bisher nicht mal, dass Quantenphysik etwas mit Zeitreisen zu tun hat."

Ich musste gähnen, der Tag war wirklich anstrengend gewesen.

„Magst du meine Artischocken?"

Ich schob sie auf seinen Teller.

„Inzwischen gibt es viele verschiedene Ansätze zum Thema Zeitverschiebung, mit denen die Wissenschaft versucht, sich dem zu nähern, was die Science Fiction Literatur schon seit Jahrzehnten so beiläufig beschreibt, als wäre es ein Teil unserer Wirklichkeit. Aber na gut, theoretisch wäre die Existenz von Paralleluniversen möglich, denn wenn es tatsächlich Reisen in die Zukunft oder Vergangenheit gäbe, dann müsste geklärt sein, ob die Reisenden dort Eingriffe vornehmen dürften bzw. könnten und wenn ja, dann bräuchten wir Parallelwelten, in denen die Folgen dieser Veränderungen so stattfinden könnten, dass sie die schon fertige Realität nicht beeinträchtigen. Je nachdem, in welche Richtung man reist, käme es zu einer Verschiebung der Kausalität und die Folgen in unserer Realität wären verheerend."

Die besorgte Ernsthaftigkeit, mit der er das sagte, machte mir Angst.

„Gut, dass wir uns mit solchen Problemen nicht auch noch abmühen müssen. Sich so etwas vorzustellen, ist verwirrend genug, aber wenn wir ständig befürchten müssten, von einer Realität in die andere zu gleiten, wären wir ziemlich überfordert."

„Ja und genau das passiert mir in letzter Zeit!"

Der Satz war mir herausgerutscht, obwohl ich beschlossen hatte, ihm nichts von meinen Erlebnissen zu erzählen. Paul würde mir nur eindringlich raten, meine Supervisorin zu konsultieren.

„Was meinst du damit?"

„Ach, nichts. Ich hab nur manchmal das Gefühl, etwas zu erahnen, bevor es passiert."

Er sah mich nachdenklich an und ich behauptete, vor kurzem eine alte Schulfreundin wiedergetroffen zu haben, an die ich gerade vorher intensiv gedacht hatte.

„Du bist eben ein wenig anders als die meisten Menschen, Amanda, und ich mag dich gerade deshalb. Du fällst angenehm aus der Norm. Mach dir keine Gedanken deswegen."

„Ja, das hast du gut ausgedrückt, aus der Norm fallen! Ach, Paul, manchmal habe ich den Eindruck, einer anderen Spezies anzugehören. Ich passe in kein Schema, aber die Leute wollen einen unbedingt in eine Schublade stecken. Ich bin zwar eine konservative, fromme Christin, aber das bringe ich auf eine eher chaotische Weise zum Ausdruck, ich bin wegen meiner Tierliebe eher grün gesonnen, aber ich mag mich nicht an irgendwelchen Parteibüchern festhalten, ich hasse unsinnige Konventionen und behandle meine Klienten manchmal ziemlich unorthodox. Meinst du, ich sollte den Beruf wechseln?"

Er sah mich ratlos an und ich wusste, ich hatte ihm einen zu tiefen Einblick in meine Persönlichkeit zugemutet. Schnell wechselte ich das Thema.

„Ach, lass uns von etwas anderem reden. Was wollen die islamistischen Gotteskrieger eigentlich von den keuschen Jungfrauen, die im Paradies auf sie warten? Sex?"

Wir kicherten albern und als Paul mich auf eine bestimmte Weise nachdenklich und liebevoll lächelnd musterte, wusste ich, dass zumindest für heute Nacht mein Bedürfnis nach Nähe und Zärtlichkeit befriedigt sein würde.

*E*in paar Tage nach der Unterredung mit dem Goslarer Rat kehrte Philippus aus Wolfenbüttel nach

Goslar zurück. Sein Eintreffen am späten Abend kam unerwartet und Anna Maria bemerkte es nicht einmal. Er warf nur einen kurzen Seitenblick auf die fest schlafende Frau, führte das Pferd in den Stall und streckte sich auf dem frischen Strohlager aus, das man dem Gast bereitet hatte. Er war erschöpft und entmutigt und reagierte gereizt auf die eifersüchtigen, vorwurfsvollen Blicke, mit denen ihn Bartold Taube empfing, der wie ein Ritter neben Anna Maria wachte.

Ihr magerer Körper, die totenbleiche Haut und das strähnige Haar übten schon lange keinen Reiz mehr auf Philippus aus und er überließ sie dem Taube nur zu gern. Seine Pläne gingen in eine neue Richtung. Seit ihm Anna Maria von dem nahegelegenen Kloster erzählt hatte, in dem die frommen Büßerinnen frivolen Lustbarkeiten nachgingen, suchte er nach einer passenden Gelegenheit, sich dort einzufinden. Dies sollte unbedingt noch geschehen, bevor er die alchemistische Arbeit im Labor der Goslarer Stadtapotheke aufnahm, denn die anstrengenden Versuche mit chemischen Lösungen verlangten allerhöchste Konzentration.

Philippus wälzte sich auf dem harten Lager hin und her. Er sah die Szenen im Klostergarten vor sich, die ihm Anna Maria beschrieben hatte und verspürte den Drang, auf der Stelle dorthin zu gehen. Seine Sinneslust war trotz oder gerade wegen der drückenden Hitze überwältigend stark und in der ihm fremden Stadt kannte er keine Gelegenheit zu ihrer Befriedigung. Musste er sich etwa auf den weiten Weg nach Schmalkalden machen, um von seinem Eheweib zu nehmen, was er hier nicht finden konnte? Er verwarf das Vorhaben beim Gedanken an acht hungrige Kinder, die er während der kurzen Aufenthalte gezeugt hatte, denn das kleinste war erst wenige Monate als. Beim letzten Besuch hatte sein Weib gedroht, dem Herzog zu berichten, dass Anna Maria seine Buhle war und er Weib und Kinder im Stich gelassen hatte.

Die Diele wurde trotz der sommerlichen Temperaturen beheizt und der Rauch war schier unerträglich. Vierfaches Schnarchen zeigte an, dass die Wegmann, Anna Maria, der Taube und der Schombach fest schliefen und Philippus stand leise auf. Seine Geilheit hatte sich dermaßen gesteigert, dass er beschloss, unverzüglich nachzuschauen, was es mit dem Kloster auf sich hatte. Geräuschlos öffnete er die Tür und stieg im nächtlichen Dunkel den Hügel zum Frankenberg hinauf. Nach wenigen Minuten erreichte er die Mauer, die das Klosteranwesen umgab. Er verharrte, bis er sicher war, unbemerkt geblieben zu sein und kroch so lange tastend unter den Büschen und Sträuchern hindurch, bis er die kleine Pforte fand, die ihm Anna Maria beschrieben hatte. Das Holztürchen war noch immer unverschlossen und er betrat den weitläufigen Garten.

Nachdem er ein paar Meter gegangen war, hörte er aus der Ferne verheißungsvolles Gelächter und stieß in der Dunkelheit bald auf ein geometrisch zurechtgestutztes Heckenlabyrinth. Als er versuchte, sich in den vielen, schmalen Gängen zurechtzufinden, wehte ihm leise Musik entgegen und fröhliche Stimmen wiesen ihm den Weg. Dennoch musste er mehrmals umkehren, um den richtigen Weg zu finden und befürchtete schon, sich vollkommen verirrt zu haben, da fiel Licht aus einer schmalen Lücke im Gesträuch und er erkannte die schattenhaften Umrisse von Menschen.

Was Philippus beim Näherkommen sah, verschlug ihm den Atem und er blieb wie angewurzelt im Sichtschutz der Hecken stehen. Ungefähr ein Dutzend spärlich bekleideter junger Frauen, deren weiße Haut in der Dunkelheit von Fackeln beleuchtet wurde, ruhten auf Kissen oder tanzten ausgelassen herum. Auf einem am Boden ausgebreiteten Tischtuch waren Speisen, Krüge und Flaschen ausgebreitet und unter einer alten Rotbuche mit tief herabhängenden Ästen sah er zwei Männer auf kostbaren, geschnitzten Lehnstühlen sitzen. Ihre geschorenen Köpfe wiesen die Tonsur eines Mönchsordens auf und sie nahmen an den Albereien der Frauen keinen Anteil, vielmehr schienen sie in ein ernsthaftes Gespräch vertieft zu sein. Auf einem Schemel kauerte ein Spielmann und zupfte an den Saiten einer Laute.

Philippus starrte die Frauenleiber an und rang nach Luft. Dabei machte er einen unvorsichtigen Schritt und trat auf einen Ast. Das Geräusch ließ das unbefangene Gelächter verstummen und der Spielmann stieß einen Warnruf aus. Der jüngere der beiden Mönche sprang auf ihn zu und packte den Eindringling am Wams.

„Wer seid Ihr und was habt Ihr hier verloren?"

Energisch wurde er ins Licht gezerrt und von allen angestarrt.

Jetzt hieß es, kühles Blut zu bewahren und sich als einer der ihren zu erweisen! Er verbeugte sich fast bis zur Erde und versuchte mit einem devoten Lächeln, sich bei der Gruppe einzuschmeicheln.

„Untertänigst bitte ich um Verzeihung, edle Herren! Ich hörte ein wenig Musik aus der Ferne und dachte, es seien wohl vergnügliche Leute da zu finden. Euer Liebden, erlaubt mir, mich vorzustellen: Magister Therocyclus, Gelehrter und chemischer Laborant, ordinierter Pfarrer und herzoglicher Rat am Hofe zu Wolfenbüttel! Aus dem braunschweigischen nach hier gereist, um der Freien Reichsstadt Goslar zu Diensten zu sein. Untertänigst bitte ich für mein unerlaubtes Eindringen um Vergebung! Mit Verlaub bitte ich die hohen Herren, mir die Ehre zu erweisen, Euch zu Diensten sein zu dürfen!"

Tief gebückt wedelte er mit dem Arm und wartete in dieser devoten Haltung die Wirkung seiner Worte ab. Ein Mitglied des Hofstaates aus Wolfenbüttel vor sich zu haben, musste den Anwesenden äußerst unangenehm sein, gehörte doch das Kloster des Maria-Magdalena-Ordens der büßenden Frauen zum Hoheitsgebiet des Braunschweiger Landesfürsten und der ahnte wohl kaum, mit welch entsetzlicher Frivolität die frommen Damen ihre Nächte ausfüllten.

Einer der Mönche lachte amüsiert und seine misstrauische Haltung verwandelte sich in neugieriges Interesse. Mit einem Handschlag auf die Schulter erlöste er Philippus aus seiner unbequemen Stellung.

„Ei, wenn Er also vorgibt, ein Gelehrter der Laborkunde zu sein, so zeige Er uns doch seine Künste!"

Philippus atmete auf, er hatte gewonnen. Die Erwähnung seines Standes als Pfarrer machte wenig Eindruck auf die geistlichen Herren, aber seine Experimentierkenntnisse hatten ihr Interesse geweckt. In Frauenklöstern suchte man immer nach Kundigen, die eine unliebsame Schwangerschaft zu verhindern oder zu beenden wussten, denn es war schwer für eine Nonne, heimlich ein Kind auszutragen. Auch durch dicke Klostermauern sickerten Gerüchte nach draußen.

„Mein untertänigster Dank!"

Nach einer weiteren Verbeugung folgte der ungebetene Gast den Männern und ihm wurde ein wackliger Stuhl angeboten. Soweit Philippus erkennen konnte, befand sich unter den Versammelten kein Dienstpersonal und er versicherte mit kriecherisch gesenktem Haupt, dass von ihm nichts Böses zu befürchten sei. Die Mönche vergewisserten sich, nicht belauscht zu werden und beugten sich zu Philippus.

„Ihr kommt uns gelegen, Magister. Ich bin Bruder Jakob vom Orden der Barfüßer und auf Wanderschaft im Pilgerkleid. Verbleib fand ich im Hospital zum Heiligen Johannes, unten am Markt und geschickt hat man mich, um den Büßerinnen im Dienste der Heiligen Kirche zur Seite zu stehen."

Er setzte ein schmieriges Grinsen auf und entblößte eine lückenhafte Reihe brauner Zähne. Der andere Mönch, ein untersetzter, grauhaariger Mann in derselben Montur, strich nachdenklich über das feiste Kinn und starrte Philippus durchdringend an.

„Zwei Frauen des Klosters sind in hoher Erwartung. Wisst Ihr, wie denen ohne Vertun zu helfen sei? Ein Trank, ein Pulver, was Ihr habt, bringt es her, morgen um dieselbe Zeit! Und, verstehen wir uns recht, kein falsches Wort über Eure Lippen, sonst wird es Euch schlecht ergehen! Ihr seid unbefugt in kirchliches Gebiet eingedrungen wie ein Dieb und wisst, welche Strafe darauf steht!"

Eifrig versicherte Philippus, dass seine Lippen versiegelt seien und dass es für ihn, einen kundigen Magister, ein Leichtes sei, dem Zustand der Mägdelein abzuhelfen. Die Mönche nickten beifällig und ließen sich von einem Mädchen die Becher mit Wein nachfüllen.

„Nun wollen wir uns an der lauen Nacht erfreuen, da, trink, Bruder!"

Auch ihm wurde ein Becher gereicht und Philippus

genoss aufatmend die entspannende Wirkung des Alkohols. Die Mönche hatten die Köpfe zusammengesteckt und sich wieder in ihr Gespräch vertieft.

Philippus saß daneben und verschlang mit gierigen Augen die halb entblößten Frauen, die sich eine nach der anderen neugierig um ihn versammelt hatten. Kichernd tauschten sie Vermutungen über die Beschaffenheit seines männlichen Körperteils aus und forderten ihn ungeduldig auf, sich ihnen zu einem nächtlichen Spaziergang anzuschließen. Philippus verzog verlegen das Gesicht und blickte unentschlossen auf die Mönche. Bruder Jakob nickte ihm gleichgültig zu und die übermütige Schar nahm den Eindringling in ihre Mitte und entfernte sich singend aus dem Schein der Laternen in die Dunkelheit.

Nachdem sie sich die Zeit mit Abzählreimen und albernen Versteckspielen vertrieben hatten, gaben ihm die jungen Frauen ein paar Rätsel auf. Schließlich waren sie auch dieses Zeitvertreibs überdrüssig und gaben ihm aufgeregt zu verstehen, dass es Zeit sei, in der Kirche die Messe zu lesen. Philippus mahnte sich selbst, umgehend in die Ziegengasse zurückzukehren, doch die Gespielinnen hielten ihn fest und er musste es sich unter lautem Gejohle gefallen lassen, von zarten Händen bis auf die weißen Unterhosen entkleidet zu werden.

„Magister, Ihr seid des hohen Amtes kundig, also, haltet eine Messe, eine Messe! Wie Adam und Eva, so nackt und bloß!"

Energisch zerrten sie ihn den Hügel hinauf und öffneten leise das große Kirchenportal. Mit einem letzten Rest von sittlichem Anstand blieb Philippus stehen. Er weigerte sich, das Gotteshaus zu betreten. Plötzlich stand der Mönch mit den braunen Zähnen neben ihm und zischte drohend:

„Widersetzt Euch nicht den Wünschen der frommen Frauen, von denen nicht wenige von hohem Geblüte sind. Lasst das feige Gewinsel und geht hinein!"

Mit einem verächtlichen Schnauben stieß er ihn durch die Tür und die lärmende Meute der Mädchen fiel ins Kircheninnere ein. Nun fand auch Philippus Gefallen an der makabren Szene. Seine Befangenheit war wie weggewischt und er spürte eine ruhelose, aufgepeitschte Erregung in sich aufsteigen. Das hysterische Schreien der Frauen nahm infernalische Züge an, als sie den halbnackten Mann jauchzend die Kanzel empor trieben.

„Los, los, predige, du Pfaffe!"

Philippus beugte sich zu den fratzenhaft verzogenen Gesichter herab. Der Anblick der Mädchen, die mit bloßen Füßen auf den Steinfliesen herum patschten und die Köpfe schnell hin und her schleuderten, um die langen Haare zur Geltung zu bringen, löste bei ihm einen brüllenden Lachanfall aus, der erst abebbte, als sie krakeelten, er solle nun endlich anfangen, die Messe zu lesen.

Mit ausgebreiteten Armen stellte er sich schweigend in Positur und da ihm nichts einfallen wollte, las er zunächst mit lauter Stimme eine in den großen Deckenleuchter eingravierte Inschrift vor.

„Qui male agit odit lucem!"

Die Ungeduld der jungen Frauen steigerte sich. Sie wollten nicht belehrt werden, sondern Spaß haben. Philippus gab eine veränderte Übersetzung des Textes zum Besten und erntete den beifälligen Jubel der feuchtfröhlichen Schar.

„Ja!", schrie er, „Böses wollen wir tun und hassen das Licht!"

Als sei ein Damm in ihm gebrochen, lösten sich plötzlich unflätige Worte aus seinem Mund, die er lauthals verkündete und dabei den frommen Sprechgesang von Mönchen imitierte. Die Mädchen rasten vor Freude und zollten der obszönen Vorstellung frenetischen Beifall. Ihr Gejohle wurde von den Kirchenwänden wie ein Echo zurückgeworfen und das ließ die entfesselte Meute in noch größere Raserei verfallen.

Eine schwenkte wie toll eine Fackel hin und her, eine andere sang lästerliche Lieder und einige hatten sich an den Schultern gefasst und hüpften hintereinander um den Altar herum. Ein Branntweinkrug machte die Runde und sorgte dafür, dass sich das abstruse Spektakel in ein schauriges Bacchanal verwandelte. Plötzlich hallten disharmonische, schrille Töne durch das Gewölbe und die tanzenden Gestalten erfanden immer groteskere Choreographien. Der Mönch hatte sich an die kleine Holzorgel gesetzt und erzeugte auf den Tasten wahllose Töne. Philippus kam von der Kanzel hinunter getaumelt, wurde von den Mädchen mitgerissen und im Kreis wie in einer Zentrifuge herumgeschleudert, bis er zusammenbrach und ihm die Sinne schwanden.

Jemand schrie etwas in sein Ohr.

„Es brennt!"

Philippus war speiübel und in seinem Kopf dröhnte es wie in einer Trommel. Grelles Licht blendete seine Augen und wenn nicht der Brandgeruch gewesen wäre, hätte er sich geweigert, aufzustehen. Die Kirche war leer bis auf fünf Mädchen, die wie versteinert dastanden und sich starr vor Entsetzen aneinander festklammerten.

Jammernd wiederholte die eine immer wieder denselben Satz.

„Es ist unsere Schuld, wir haben den Satan gerufen! Nun wird er uns holen."

Philippus befand sich inmitten einer zunehmenden Feuersbrunst. Der hölzerne Lettner stand in Flammen, die Orgel brannte lichterloh und inzwischen waren die ersten Treppenstufen der geschnitzten Kanzel in Brand geraten. Mit einem Satz stand Philippus auf den Beinen und erkannte sofort, dass es zu spät war, das Feuer ohne fremde Hilfe zu löschen. Doch wenn er Hilfe holte, würde man ihn als Brandstifter beschuldigen. Er beschloss, es den anderen Nonnen und Mönchen gleich zu tun, die sich beim Ausbruch des Feuers sofort in ihre Kammern begeben hatten, um den Anschein von Unschuld zu erwecken. Ohne sich um die fünf Mädchen zu kümmern, rannte Philippus nach draußen.

Die Glut des Feuers erhellte schon die Umgebung und er suchte seine vor dem Portal verstreut herumliegenden Kleider zusammen. Während er sich hastig anzog, trat aus der Tür des angrenzenden Wirtschaftsgebäudes eine Frau in der Tracht einer Dienstmagd und begann entsetzt, laut um Hilfe zu schreien. Schnell sprang er in den Schatten eines Baumes und beeilte sich, durch das Pförtchen zu verschwinden, ehe er entdeckt wurde.

Auf dem Weg zurück in die Ziegengasse vergewisserte er sich immer wieder, dass ihm niemand folgte und in einer dunklen Hausecke blieb er stehen und spähte furchtsam zum Klosterhügel hinauf. Gegen jede Vernunft hoffte er, dass es den Bewohnern gelungen war, das Feuer in der Kirche zu löschen. Doch als der Türmer oben auf der Marktkirche in sein Horn blies und das langgezogene

Tuten erklang, verwandelten sich die schlafenden Bürger in wenigen Minuten in einen Bienenschwarm. Ein Feuer im Nonnenkloster! Aus den Häusern quollen mit Eimern bewaffnete Männer und Frauen, rannten schreiend den Berg hinauf. Berittene brüllten dem Fußvolk Kommandos zu und eine ungeordnete Menge versuchte am Mundloch des Trinkwasserstollens neben der Kirche, eine Menschenkette zu bilden, um die mit Wasser gefüllten Eimer weiterreichen zu können.

Philippus nutzte das wilde Getümmel, um sich unbemerkt davonzustehlen. Die alte Magd öffnete ihm widerwillig die Tür und presste verächtlich die Lippen zusammen. Sie hatte sehr wohl bemerkt, dass der Magister schon vor etlichen Stunden das Haus verlassen hatte. Während hunderte von Helfern sich bemühten, das Feuer zu löschen, wartete Philippus auf den Tagesanbruch und schämte sich seiner Feigheit.

Nur weil gegen Morgen ein schwerer Starkregen einsetzte, gelang es, den Brand unter Kontrolle zu bringen. Der verheerende Anblick zerstörter Gebäudeteile und das rätselhafte Verschwinden von fünf Novizinnen lösten großes Entsetzen aus. Der Fund ihrer verkohlten Leiber im hohen Chor machte zur grausamen Gewissheit, dass sie den Flammen zum Opfer gefallen waren.

Ständig grübelte ich über Paolos Schilderungen und die Herkunft des seltsamen Mannes nach und sehnte mich nach einem Menschen, der mir half, eine Erklärung zu finden, denn meine eigenen Deutungsversuche endeten immer in einer Sackgasse. Dass Paolo weder ein Geist noch ein Mensch sein konnte, war mir im Verlauf unserer gemeinsamen Gespräche klar geworden.

Allein die raschen Fortschritte, die er im Verständnis zeitgenössischen Wissens an den Tag legte, bewiesen, dass seine Intelligenz ausgesprochen flexibel war. Anfangs hatte er sich wie ein altertümliches Requisit verhalten, doch inzwischen belehrte er mich über Dinge, die mein Fassungsvermögen überstiegen und für die ich keine logische Erklärung fand.

Ich sehnte eine Lücke in meinem Terminkalender herbei, um im Wald nach ihm zu suchen und endlich war es soweit, zwei Klienten hatten abgesagt. Ich packte Brote und sogar eine halbe Flasche Wein in den Rucksack, denn auch wenn Paolo nie etwas aß, ging ich davon aus, dass man ihm zumindest ein Getränk anbieten konnte. Er hatte ja auch von dem grünen Saft getrunken.

Im Auto zeigte mir ein Blick in den Spiegel mein vor Aufregung gerötetes Gesicht und ich schalt mich töricht, dämlich, albern und verrückt, weil ich mich so peinlich benahm wie eine verliebte Tussi. Ich schämte mich und dachte ans Umkehren, startete den Wagen und fuhr los. Als ich am Waldparkplatz ankam, war es bereits vier Uhr und ich hoffte, dass die unheimlichen Schwarzgekleideten heute nicht unterwegs waren. Das Wasser des Stauteiches glitzerte türkisfarben in der Sonne und je näher ich dem Mönchstal kam, umso mehr steigerte sich meine Nervosität. Ich erfand Dialoge, überlegte und rätselte, was ich antworten würde, wenn er mich etwas fragte und was ich machen sollte, wenn er gar nicht da wäre.

Als ich ihn dann von weitem unter der alten Tanne sitzen sah, erübrigten sich alle Fragen. Ich lief erfreut auf ihn zu und wir begrüßten uns so herzlich wie zwei alte Freunde. Wir gingen eine Weile schweigend nebeneinander her und suchten dann in stillem Einverständnis einen passenden Platz, an dem wir nebeneinander sitzen konnten. Warmer

Wind bewegte die Zweige über uns und Paolo bat darum, endlich weitererzählen zu dürfen.

„Überall im Heiligen Römischen Reich hatte sich das Gerücht verbreitet, der Weltuntergang stünde bevor und viele verkauften ihr Hab und Gut und hofften, bald in den Himmel entrückt zu werden. Tatsächlich gab es ernstzunehmende Hinweise auf ein Ende aller Zeiten, so wie es im christlichen Teil der Heiligen Schriften verkündet wird. Die Pest grassierte, ein Komet war zur Erde gestürzt, Missernten, Hungersnöte und Überschwemmungen setzten der Bevölkerung zu und die Entdeckung der neuen Kontinente hatte das Reich in eine Weltwirtschaftskrise gestürzt. So viele Veränderungen konnte die starre Ordnung des Gottesstaates nicht verkraften."

Paolo hielt inne und schwieg für einen Moment. Nachdenklich sprach er mehr zu sich selbst.

„Weißt du, warum im Mittelalter so viele Gotteshäuser gebaut wurden? Weil die Menschen schreckliche Angst vor Gott hatten. Man versuchte, seine gewaltige Macht und allgegenwärtige Kontrolle einzudämmen, indem man überall Gebäude errichtete, in denen er freundlich gestimmt werden konnte. Angst ist immer ein starkes, religiöses Motiv gewesen."

Ich erinnerte mich an den mitgebrachten Wein, zog ihn aus dem Rucksack und schraubte ihn auf. Paolo ließ sich den Verschluss zeigen und studierte eingehend die Beschaffenheit der Flasche. Derweil füllte ich die zwei mitgebrachten Plastikbecher mit Spätlese und prostete ihm zu. Paolo nahm höflich ein Schlückchen, lehnte aber ab, als er mir eines meiner Brote anbot. Ich verzehrte genüsslich Roggenbrot mit Zwiebeln und Schafskäse und fand, dass es nichts schöneres gab, als im Sommer bei einem Picknick im Wald zu sitzen und einem Märchenerzähler zu lauschen. Mit vollem Mund sagte ich:

„Du kannst ruhig weitererzählen!"

Es schien ihm zwar nicht zu behagen, dass ich durch das Kauen abgelenkt war, doch er nahm den Faden wieder auf.

„Wie gefallen dir übrigens die Malereien im Huldigungssaal?"

Ich wollte antworten, doch die Brotkrümel flogen umher und ich spülte mit einem Schluck Wein nach.

„Ganz gut, ja, ich finde sie sehr schön. Wie Illustrationen in einem Märchenbuch."

Paolo schüttelte abwägend den Kopf.

„Wenn da nur nicht die zahlreichen Stilbrüche wären! Welcher Dilettant hat die Füße gemalt, die aussehen wie die Schaufeln eines Maulwurfes und Beine, deren Überlänge dem kritischen Auge ganz deutlich zeigen, dass eine ungeübte Hand danach trachtete, einen Mangel an Kunstfertigkeit zu verbergen. Willst du erfahren, wer die Malereien angefertigt hat?"

„Ich.. aber das ist ein Riesengeheimnis! Na klar, unbedingt!"

„Es ist Jacopo gewesen, der sie finanziert hat."

„Dein Jakob soll der Finanzier für die Tafelbilder gewesen sein?? Nein, das wüsste man doch!"

„Nein, niemand weiß das, sämtliche Belege darüber wurden vernichtet. Und nun schweig bitte."

Ein zweiter Becher Wein versetzte mich in die Lage, trotz der Ungereimtheiten entspannt zu bleiben und ich fragte mich stolz, was andere darum geben würden, derart intime Kenntnisse über die Goslarer Geschichte zu erhalten.

„Jacopo hatte einen Plan. Er wollte den einflussreichen Goslarer Ratsherren so lange Sand in die Augen streuen, bis seine Metallgeschäfte am Rammelsberg abgewickelt waren, doch sie durchschauten seine Strategie und setzten ihn vor die Tür. Du kannst dir vorstellen, mit welcher Wut ein genialer Stratege wie er die Stadt verließ! Am liebsten hätte er die Bretter des Huldigungssaales wieder herausgerissen, aber das passte nicht zu seinem christlichen Glaubenseifer. Er wollte aber wenigstens verhindern, als Stifter genannt zu werden und ließ sämtliche Rechnungsbücher über die Bezahlung der Künstler und Handwerker verbrennen. Inzwischen ist er aus dem Gedächtnis der Stadt vollkommen gelöscht, nur das große Steinhaus in der Bergstraße lässt noch erahnen, welch hohe Bedeutung Jacopo dem Goslarer Erzhandel beigemessen hat!"

Tatsächlich bescherte mir diese Neuigkeit eine ehrfurchtsvolle Gänsehaut am ganzen Körper.

„Zunächst war alles harmonisch und friedvoll verlaufen. Man war sich einig, dass in Goslar ein Raum bereitstehen musste, falls Christus zur Erde hinab geschwebt kam und Jacopo bot sich als Stifter an. Man beschloss, den weitgereisten Händler Hans Geissmar zu beauftragen, eine Malerwerkstatt ausfindig zu machen und dachte dabei an Augsburg oder Nürnberg.

Dort sollte die Bemalung nach der neuesten Mode gestaltet werden und die bemalten Bretter sollten nach Goslar gebracht in den Ratssaal eingebaut werden. Der in Kunstdingen erfahrene Geissmar weilte gerade im fernen Venedig, als ihn der Bote mit den ausgemessenen Raummaßen erreichte.

Doch es kam anders als geplant, der Zufall übernahm die Regie über das weitere Geschehen. Der Bote übergab wie vereinbart die Papiere und ein Säckchen mit Geld und bedankte sich im Namen der fernen Auftraggeber für dessen Dienste. Am Abend vor seiner Abreise betrat der Goslarer Kaufherr ein Wirtshaus, um ein letztes Mal mit den trinkfesten Bewohnern der Lagune zu zechen. Er setzte sich, so wird es überliefert, neben einen jungen Mann und kam mit ihm ins Gespräch. Es handelte sich um niemand anders als den begnadeten Künstler Giorgione, einen Schüler des berühmten venezianischen Malers Bellini.

Der temperamentvolle Giorgione liebte die Frauen und genoss das Leben in vollen Zügen. Obwohl er noch nicht einmal sein zwanzigstes Lebensjahr vollendet hatte, war er schon wegen des eifersüchtigen Ehemannes einer reichen Venezianerin auf der Flucht und musste, um sein Leben zu retten, so schnell wie möglich die Stadt verlassen. Nur diesem Umstand ist es zu danken, dass er sich bereit erklärte, nach Goslar zu reisen. Giorgione, auch liebevoll Zorzo genannt, forderte als einzige Bedingung die sofortige Abreise und noch in derselben Nacht verließen die beiden Venedig und ritten in Richtung Norden davon.

Hans Geissmar fühlte sich in Anbetracht der glücklichen Umstände berechtigt, die Pläne seiner Auftraggeber eigenmächtig zu ändern. Die Vorteile lagen auf der Hand. Die Bretter in Goslar zu bemalen, sparte weite Transportwege und einen Künstler wie diesen würde man kein zweites Mal bekommen. Unterwegs warb Giorgione zwei Gesellen an.

Bei der Ankunft des Malers war der Rat zunächst etwas konsterniert und forderte ihn auf, ein paar Kostproben seines Könnens zu geben. Mit wenigen Skizzen bewies Giorgione sein überragendes Talent und die Männer umrundeten begeistert die Staffelei. Die Abmachung galt! Nach einem festlichen Gottesdienst in der Kirche der Heiligen Sankt Cosmas und Damian durfte der Künstler das Werk beginnen und Giorgione nahm sich zunächst die Deckenbilder vor.

Bisher hatte das Geheimnis der Zentralperspektive die Künstler des Nordens noch nicht erreicht, aber Giorgione kannte es und ließ die neue Art der perspektivischen Darstellung in seine Bilder einfließen. Jacopo war zu diesem Zeitpunkt nicht in Goslar, er war in die Karpaten gereist, um Geschäfte in den ungarischen Kupferminen zu tätigen.

Ich glaube aber nicht, dass der liebeshungrige Zorzo vorhatte, längere Zeit im kalten Norden zu bleiben und so kam es seinem unsteten Charakter entgegen, dass der Kaiser plötzlich erkrankte und sein Tod zu befürchten war. Die Malereien mussten also in größter Eile ausgeführt werden, denn bis zur Krönung eines nächsten Kaisers konnten Jahre vergehen.

Schon während seiner Ankunft hielt der Maler Ausschau nach schönen Frauen und sein erster Besuch galt einer Schankwirtschaft im Schatten der Stadtmauer, die man hinter vorgehaltener Hand auch als Bordell bezeichnete. Dort vertrank und verspielte er sein durch die Kunst verdientes Geld in derselben Weise, wie er es seit jeher getan hatte und die Frauen beschenkten ihn mit den Freuden der Liebe, ohne die Giorgione nicht malen konnte.

Er bewohnte in der Nähe des Rathauses die Mietkammer einer vornehmen Witwe und wenn er zuhause war, stimmte er zum Klang der Laute herzerwärmende Liebeslieder an. Er sang aus voller Kehle und man hörte ihn auf dem ganzen Marktplatz, sodass alle Bürger in den Genuss seines Talentes kamen. Das führte zu einem Wetteifer um die Gunst des Neuankömmlings, den sich die reichen Familien der Stadt zur Unterhaltung der Gäste in ihre Häuser einluden. Die Ehre des ersten Besuches gebührte natürlich dem Bürgermeister, der sich rühmte, ein Kenner der italienischen Malkunst zu sein.

Mit der Einladung hätte er besser noch warten sollen, denn schon beim Betreten des Hauses wurde der Maler vom Liebespfeil des Gottes Amor getroffen und das sollte ihn noch vor Beendigung der Deckengemälde zurück in die südliche Heimat katapultieren.

Bürgermeister von Papen hatte eine unverheiratete Tochter, Jungfer Katharina. Als Giorgione sie sah, war es um ihn geschehen. Er verliebte sich unsterblich in sie und mit dem Hochmut der Jugend betrachtete er es als ausgemacht, das Mädchen ehelichen zu dürfen. Auch hatten Komplimente und Ehrungen, mit denen er von der vornehmen Goslarer Bürgerschaft überhäuft wurde, bei dem kaum Zwanzigjährigen einen Anflug von Größenwahn ausgelöst. Energisch forderte er den Bürgermeister auf, ihm seine Tochter zur Frau zu geben. Er versprach, von nun an sein weiteres Leben in Goslar zu verbringen und sämtliche Fassaden, Kirchenräume und Kapellen der Stadt mit Bildwerken zu versehen. Der Vater vermied geschickt, dem zugereisten, mittellosen Künstler seine Zustimmung zu verweigern, er wollte ihn nicht brüskieren, solange das Werk unvollendet war.

Der Bürgermeister verfolgte jedoch andere Ziele und

hatte für sein einziges Kind ehrgeizige Pläne geschmiedet. Trotz ihrer Jugend war Katharina dem doppelt so alten, wohlhabenden Magister Tillig versprochen und der weidetet sich schon an der Vorstellung, mit einer Jungfrau den Ehebund eingehen zu dürfen, die in derselben Blüte stand wie seine jüngste Tochter. Der gelehrte Patrizier war seit einem Jahr verwitwet und bewohnte das große, mit kostbaren Schnitzereien verzierte Haus, das im allgemeinen Brusttuch genannt wird.

Katharina war ebenfalls in Liebe zu Giorgione entbrannt, ließ sich das jedoch zunächst nicht anmerken. Um unauffällig mit ihm zusammentreffen zu können, rang sie ihrem Vater die Erlaubnis ab, dem Künstler bei der Arbeit zusehen zu dürfen und man gestattet ihr, im Nebenraum an der geöffneten Tür Platz zu nehmen. Gesittet saß sie auf einer Bank, atmete den Geruch der Farbpigmente ein und verschlang den Geliebten mit sehnsüchtigen Blicken, während ihre Zofe mit den Gesellen scherzte.

Als Katharina von den Absichten des Vaters erfuhr, war sie mehr als bestürzt. Verzweifelt rannte sie aus dem Haus und begab sich ohne ihre Zofe geradewegs in den Huldigungssaal.“

Ich räusperte mich laut.

„Den Magister Tillig hast du auch gekannt? Wie sah er denn aus?“

Paolos Redefluss ließ sich schwer bremsen. Er guckte schon wieder leicht konsterniert und runzelte die Brauen.

„Wie er aussah? Dickbäuchig, blond, sehr prachtvoll gekleidet, mittelgroß, na, wie ein vornehmer Herr eben, der einen Magister in Jura hat und mehrere

Schmelzhütten besitzt. Trotz seines Reichtums ekelte sich Katharina vor dem Alten und konnte der Vorstellung, mit einem selbstgefälligen Gockel das Bett zu teilen, überhaupt nichts Verlockendes abgewinnen. Sie war in den italienischen Maler verliebt und wollte lieber sterben, als die Frau des Magisters zu werden.

Das verstörte Mädchen traf im Rathaus ein, nahm auf ihrer Sitzbank Platz und Giorgione hörte ein leises Schluchzen. Er verwies seine Gehilfen des Raumes, um der Tochter aus gutem Hause die Geheimnisse seiner Maltechnik zu erläutern und kaum waren sie ungestört, da begann er, ihre zarte Haut mit Küssen zu bedecken und sie mit tröstenden Liebesschwüren zu überhäufen. Doch anstatt sich an seinen Liebkosungen zu erfreuen, schilderte Katharina ihm weinend die Heiratsabsichten ihres Vaters. Nun erfuhr Giorgione, dass sie nicht ihm, sondern Magister Tillig versprochen war. Mit mühsam unterdrückter Wut trocknete er ihre Tränen und hielt den Körper des weinenden Mädchens tröstend umfangen.

Die unerwartete Nähe zu der Geliebten entfachte die Leidenschaft des Malers und er beschloss, sich ebenso wenig an die Abmachungen zu halten wie sein erhoffter Schwiegervater. Er schob den Riegel vor die Tür des Ratssaales, breitete zwischen den Werkzeugen, Farbtiegeln und Staffeleien eine Decke auf dem Boden aus und begann, Katharina behutsam zu entkleiden. Die Unglückliche ließ alles mit sich geschehen und weil sie diese Art der Liebkosungen nicht kannte, drohten ihr bald die Sinne zu schwinden. Glückselig überließ sie sich den erfahrenen Händen des Angebeteten und ihr Weinen ging bald in spitze Schreie der Seligkeit über.

Schließlich lagen sie nebeneinander und Katharina überschüttete Giorgione mit neugierigen Fragen nach seiner Heimat. Sie hatte schon viel von der Lagunenstadt gehört und mehr denn je sehnte sie sich hinaus aus den engen Mauern der nordischen Reichsstadt. Das unerfahrene Mädchen war fest entschlossen, Giorgione zu folgen und der genoss ihre Anbetung und fing an zu prahlen. Er sei reich, ja, man behandle ihn in Venedig wie einen Gott, behauptete er und wenn sie ihm folgen würde, dann habe sie nichts zu befürchten. Er würde schon für alles sorgen.

Natürlich verschwieg er Katharina den wahren Grund seines Hierseins und erzählte nur, dass er auf Umwegen nach Goslar gekommen war und im Frühjahr die Kapelle zum heiligen Bartholomäus im Fondaco dei Tedesci verzieren sollte. Sie kamen überein, gemeinsam die Flucht zu ergreifen, falls ihr Vater nicht bereit sein würde, sie aus dem Verlöbnis mit dem Magister zu lösen. Dann trennten sie sich, doch Giorgione war zu betrübt, um konzentriert arbeiten zu können. Gedankenverloren bepinselte er die Flächen der dreißig Baldachine über den Wandbildern abwechselnd mit göttlichem Blau und kostbarem Purpurot, den Farben der Stadt Venedig.

Am Abend teilte Katharina ihrem Vater mit, dass sie fest entschlossen sei, sich mit dem italienischen Künstler zu verheiraten. Von Papen schäumte vor Wut. Wegen eines dahergelaufenen Malers sollte er sich mit dem einflussreichen Tillig überwerfen? Er drohte, seine Tochter so lange in ein Kloster zu stecken, bis sie wieder zur Besinnung kam, zerrte sie an den Haaren aus dem Zimmer und schloss das laut schluchzende Mädchen eigenhändig in ihrer Kammer ein.

Doch er hatte ihren Eigensinn unterschätzt. Katharinas Schlafzimmer befand sich im ersten Geschoss und die Verzweifelte knüpfte aus ihren Betttüchern ein Seil und ließ sich daran herab. Noch in derselben Nacht sind Katharina und der Maler Giorgione verschwunden und in Goslar hat man nie wieder etwas von ihnen gehört."

Ich bekam eine Gänsehaut. Alles war so unwirklich. Hoch oben im Geäst eines Baumes zwitscherten aufgeregt ein paar Grünfinken und ich fühlte mich seltsam schwerelos, ohne Zeitgefühl, wie im Traum.

„Giorgione war ein Verwandter meiner Frau, der Stolz ihrer Familie, denn man erhoffte sich von seinem Talent einigen Ruhm. Viele bekannte Künstler sind in Venetien geboren und ihre Werke zieren bis heute die bedeutendsten Museen und Kirchengebäude der Welt. Auch Giorgione aus Castelfranco hat seinen Platz gefunden, doch sein früher Tod ließ ihm nicht viel Zeit. Nein, der sinnesfreudige Zorzo ist nicht alt geworden! Seine Leidenschaft für alles Weibliche kann man besonders deutlich auf einem seiner Bilder ablesen, mit dem er damals einen Skandal entfachte. Er malte die Mutter Gottes vollkommen nackt neben einem Mann, der begehrlich zu ihr hinüberschaut.

Das alles erzählte mir der Vater Giorgiones, der uns eines Tages auf Murano besuchte und über den, wie er sagte, Übeltäter, klagte, der sich an Gott selbst versündigt habe und trotz seines großen Fleißes nie genug Geld verdiente, um seine Familie zu ernähren. Der alte Pietro di Castelfranco ließ kein gutes Haar an seinem Sohn und behauptete, dass seine Frau vor Kummer über das missratene Kind fast gestorben sei. Giorgiones hat seine Mutter gemalt und das Bild la veccia, die Alte, genannt. Wäre der Vater, ein knauseriger Weinbauer, nicht so wütend gewesen, hätte sich Giovanna, seine Enkeltochter, vielleicht zu ihm geflüchtet. Aber ich greife vor..."

„Warte, was ist aus den beiden Liebenden geworden? Und wer hat die Bilder im Huldigungssaal denn nun fertig gemalt?"

„Die Bilder... natürlich die Gehilfen. Mit deren Künsten war es allerdings nicht sehr weit her und obwohl sie sich redlich mühten, gelang es ihnen nicht, die Entwürfe für die Wandgemälde so auszuführen, wie ihr Meister es vorgesehen hatte. Nur die vier Marienbilder an der Saaldecke hatte Giorgione schon vollendet, allerdings sind sie in späteren Zeiten immer wieder kräftig übermalt worden.

Ja, und die Liebenden... Katharina von Papen war unbemerkt aus dem Fenster gesprungen und in der Dunkelheit zu Zorzo gelaufen. Gemeinsam verließen sie Goslar, reisten durch Italien und verheirateten sich in Florenz, wo sie eine Weile in Glück und Frieden lebten. Bald kehrte die Pest zurück und Zorzo starb, bevor er sein dreißigstes Jahr vollendet hatte. Katharina blieb in Florenz, sie ehelichte einen Kaufmann, der ihr die Sicherheit und das Ansehen der behüteten Jugendjahre zurück gab und bekam zwei weitere Kinder, von denen ich nichts zu sagen weiß.

Ihre Tochter Giovanna, die bei jenem ersten Treffen im Rathaussaal in Goslar gezeugt worden war, fühlte sich fremd im neuen Haushalt der Mutter und reiste nach Venedig, in die Stadt, die sie von den schwärmerischen Schilderungen des Vaters kannte. Irgendwann war ihr das Geld ausgegangen und halb verhungert erinnerte sie sich daran, dass ihr Vater in früheren Jahren einen Schüler hatte, der ihn sehr schätzte. Hilfesuchend betrat sie die Werkstatt des Malers Tizian und als der erfuhr, dass er der Tochter des geliebten Meisters gegenüberstand, nahm er sie in den Kreis seiner Gesellen auf. Eine Frau durfte zu dieser Zeit kein Handwerk erlernen und so musste sie sich wie ein Knabe in verschmierte Kittel hüllen.

Er dauerte nicht lange, da bemerkte er, wie talentiert sie war und begann sie im Malen zu unterrichten. Giovanna war glücklich, kletterte auf Gerüste und vollendete gekonnt die Entwürfe des Meisters. Zartblaue Himmelsgewölbe, kräftig gefärbte Gewänder, filigrane Stoffmuster und ausdrucksvolle Gesichter entstanden unter ihren Pinselstrichen und Tizian überließ ihr bald die Anfertigung von eigenen Marienbildern, Aposteln und Darstellungen des Gekreuzigten.

Ihr neuer Lehrmeister wurde ihr Geliebter und mit dem ersten Kind mussten sie die Verkleidung aufgeben und wurden offiziell ein Paar. Der Malerjunge verschwand und eine junge Frau tauchte auf. Zwar bemerkte niemand den Schwindel, doch bald nach der Hochzeit veränderte Tiziano Vecellio seinen Charakter. Vielleicht beugte er sich dem Druck der Umgebung, die es skandalös fand, dass eine Frau Gotteshäuser ausmalte, vielleicht war einfach nur der männliche Stolz in ihm erwacht. Er verbot ihr jedenfalls, das Haus zu verlassen und ließ Farben und Pinsel aus ihrer Nähe entfernen. Seit man ihn im Vatikan wie einen Fürsten empfangen hatte, durfte Giovanna nur noch als Urbild der Weiblichkeit in seine Gemälde einfließen.

Nach ihrer Schwangerschaft trug die vormals in knabenhafte Kittel gehüllte Giovanna prachtvolle Frauenkleider, die ihre Schönheit betonten und die nun sichtbaren Rundungen erregten die Aufmerksamkeit anderer Männer. Tizian wurde eifersüchtig. Der berühmt gewordene Mann war nicht nur eifersüchtig auf die künstlerischen Fähigkeiten der eigenen Frau, sondern betrachtete auch andere Künstler voller Neid als Nebenbuhler und vertrieb sie gnadenlos aus seiner Nähe.

Anfangs beugte sie sich seinem Willen, doch sie konnte ihm nicht verzeihen, dass er ihre Begabung erst gefördert und dann wieder beschnitten hatte. Als Tizian für längere Zeit an den kaiserlichen Hof nach Augsburg berufen wurde, nutzte sie seine Abwesenheit, um zu fliehen."

Verlegen nestelte er ein großes Stück Stoff aus der Hosentasche und wischte sich über die Augen. Dann sagte er mit betont fester Stimme:

„Sie hat danach nicht mehr lange gelebt. Schon während ihrer Zeit in Venedig hatte sie mit Giorgiones Eltern in Castelfranco den Kontakt aufgenommen. Dorthin ist sie geflohen und dort ist sie gestorben."

Wieder überrieselte mich ein Schauer. Eine Goslarer Bürgertochter war dem berühmten Maler Giorgione nach Italien gefolgt und deren Tochter hatte ihr Leben mit Tiziano Vecellio geteilt. Unbemerkt war die Dämmerung hereingebrochen, es musste schon ziemlich spät sein und ich fragte mich, ob Paolo seine Geschichte heute noch rechtzeitig beenden konnte.

„Es wird bald dunkel, sollten wir nicht gehen?"

„Du willst gehen? Nur noch ein paar Sätze..."

Mit einem gehetzten Blick sah er sich um und ergriff meine Hand.

„Bitte, Amanda, die Geschichte muss heute ihr Ende finden!"

Gehorsam nahm ich wieder Platz und betrachtete nachdenklich Paolos Gesicht. Er kaute an einem Grashalm und wirkte erschöpft, angestrengt, seine Haut war fahlgrau. Ich hatte ein komisches Gefühl, so, als würde es außer uns niemanden mehr geben. Mit gerunzelter Stirn starrte er in die Luft, verlagerte dann sein Gewicht nach vorn und stützte den Kopf in beide Hände.

„Nun gut, es blieb mir schließlich nichts anderes übrig, als Jacopo um Hilfe zu bitten und ihm von der Mine zu erzählen. Zu meiner großen Enttäuschung war die Reise zum Herzog von Braunschweig erfolglos geblieben. Weil ich ein Fremder war, verlangte er, ich solle einen angesehenen Mann als Bürgen vorweisen, erst dann dürfe ich mich als Besitzer der Mine einschreiben lassen. Daraufhin hielt ich den Fundort vor ihm geheim, aber Jacopo musste ich ihn notgedrungen verraten. Doch ich wendete eine List an."

Sein Erzählstil hatte sich verändert, er sprach schnell, abgehackt, wie unter großer Anspannung.

„Angelo ging zu ihm, um meinen Besuch anzukündigen und noch am selben Tag wurde ich empfangen. Ich mimte den Neuankömmling und behauptete, wir hätten gerade erst den Harz erreicht. Als ich kam, hatte Jacopo wohlweislich sämtliche Dienstboten weggeschickt, ich konnte jedenfalls niemanden erblicken. Er lauschte meinen Ausführungen und sein bleiches Gesicht rötete sich, als ich ihm die Lage der Silbermine auf ein Stück Papier zeichnete. Doch die Zeichnung war nichts wert. Mein Misstrauen stand über dem Wunsch nach Hilfe und so beschrieb ich ihm eine ganz andere Stelle, weit entfernt vom Felsvorsprung im Mönchstal.

Als er den Fundort nun zu kennen glaubte, sicherte er mir überschwänglich seine Unterstützung zu und drängte mich gut gelaunt, mit ihm in der Diele ein schon vorbereitetes, üppiges Mahl einzunehmen. Wir ließen uns gebratenen Kapaun, das Fleisch von verschiedenen

Wildtieren und Fischen munden und tranken reichlich von einem Starkbier, das zwar sehr gut schmeckte, aber mit unserem Wein nicht mithalten kann. Dann sollte ich ihn noch am selben Tag zu einem Ausflug ins Innere einer Grube im Rammelsberg begleiten, um einen Eindruck davon zu gewinnen, wie der Abbau eines Erzlagers vonstatten ging. Natürlich nahm ich das Angebot an. Die falsche Zeichnung rollte ich zusammen und steckte sie ein, während Jacopo mich aufmerksam beobachtete.

Wir brachen gleich nach dem Essen auf und verließen die Stadt durch das westliche Klaustor. Nachdem Jacopo ihnen ein paar Münzen zugeschoben hatte, versprachen die Torwachen, uns bei der Rückkehr trotz der späten Stunde wieder einzulassen und mich beschlich plötzlich ein ungutes Gefühl. Ich hätte nicht mit ihm gehen sollen. Der Weg führte einen kahlen Hang aus schiefrigem Gestein hinauf, der zu dieser Zeit noch voller Menschen war, aber der mit einem Torgitter verschlossene, entlegene Grubeneingang, zu dem er mich führte, lag verlassen im Halbschatten des Abendlichtes. Nur zwei müde aussehende Bergleute kamen uns entgegen und grüßten pflichtschuldig, als sie uns sahen, hoben aber kaum den Kopf.

Jacopo steckte einen großen Schlüssel ins eiserne Schloss und mich schauderte bei der Vorstellung, in das unheimliche, schwarze Loch hinabzusteigen. Ich ließ mir meine Furcht aber nicht anmerken und kletterte in vollständiger Dunkelheit eine glitschige Holzleiter hinunter. Als wir festen Grund erreicht hatten, beleuchtete er den Weg mit einem dieser flackernden Grubenlichter und ich war froh, als wir nach einem längeren Fußmarsch endlich ein vollständig mit Mauerwerk ausgekleidetes Gewölbe ziemlich tief unten im Berg erreichten und uns etwas ausruhen konnten. Der Druck der schweren Felsmassen über uns nahm mir den Atem.

Im Licht einer Fackel, die mein Begleiter dort anzündete, sah ich zu meinem Erstaunen im Inneren des Berges ein gewaltig großes Holzrad, das mit Wasser angetrieben werden konnte. Von den Streben tropfte es herab und die Feuchtigkeit des Raumes legte sich wie ein nasses Tuch über die Lunge. Mir war, als hätte ich die Gruft eines Friedhofes betreten, doch Jacopo schien der unheimliche Ort ganz vertraut zu sein. Stolz erklärte er mir, wie es seinem Diener, jedenfalls sprach er von Giovanni als seinem Diener, gelungen war, die überfluteten Stollen im Rammelsberg vom Wasser zu erlösen und wie er die Goslarer Ratsherren damit beeindruckt hatte, die in Venedig heimlich erlernte Technik des Silberscheidens vorzuführen.

Bevor wir das Gewölbe verließen, führte er mir in einem engen Stollen die bunt schillernden Vitriole vor, die aus den Felswänden heraus gesickert kamen und wies mich auf das ebenmäßig schimmernde Kupfer und das gelbliche Pyrit hin, das im Licht der Grubenlampe kaum von einem Edelmetall zu unterscheiden war. Als wir die Erdoberfläche endlich erreichten, war nur noch der halbe Mond zu sehen und ich spürte plötzlich eine noch größere Furcht, denn die Dunkelheit hatte das kahle, steinige Gelände in ein unheimliches Licht getaucht. Aus der Ferne erklang lautes Hämmern und das Glöckchen des steinernen Wachturmes über uns läutete die Nachtschicht ein."

Paolo saß noch immer vornüber gebeugt und rieb sich müde die Augen. Ich konnte die unzähligen Fältchen erkennen, die seine Haut um Mund und Augen kräuselten und die bläulichen, dicken Adern, die auf seinen kräftigen

Händen hervorgetreten waren.

„Die Tagesschicht war also beendet und die Bergleute zur Nachtschicht eingefahren. Der Abhang lag menschenleer vor uns und das Mondlicht warf graue Schatten auf den mit Geröll bedeckten Boden. Unbesonnen beschrieb ich Jacopo nochmals flüsternd den Reichtum, der auf mich wartete, wenn es mir gelang, die Silbermine auszubeuten. Ich musste ihn ja davon überzeugen, mich gleich am nächsten Morgen zur Residenz des Herzogs nach Braunschweig zu begleiten, um dort den verlangten Bürgen vorzuweisen.

Die Habgier hatte seinen Geist verfinstert. Wir standen noch am Eingang des Schachtes, den er mir gezeigt hatte, genau dort, wo du meinen armseligen Körper liegen sahst. Nachdem er sich vergewissert hatte, dass wir unbeobachtet waren, bückte er sich, als ob er etwas suchen würde und dann krachte der Stein auf meinen Schädel."

Stille breitete sich aus, die so bedrückend war, dass ich irgendetwas fragen musste.

„Und was ist aus Angelo geworden??"

Paolos Gesicht verfinsterte sich und seine Stimme war so leise, dass ich ihn kaum verstehen konnte.

„Angelo.... Er machte sich auf die Suche nach mir und als die Nachricht vom Mord an einem Unbekannten in Windeseile durch die Stadt getragen wurde, ahnte er, dass es sich dabei nur um mich handeln konnte. Er kam noch rechtzeitig, um zu sehen, wie ich weggetragen wurde, aber er konnte das Geld nicht mehr an sich nehmen, das für unsere Reise bestimmt war und sich in meinem Gürtel befand. Fluchtartig verließ er die Stadt und machte sich auf die beschwerliche Rückreise, um so schnell wie möglich Sabrina zu erreichen. Entkräftet und ausgezehrt kam er in Murano an und berichtete meinem Weib von den schrecklichen Geschehnissen, vermochte ihr aber nicht den Mörder zu nennen. Ohne eine Zeichnung vom Fundort der Silbermine angefertigt zu haben, ist er einige Tage nach dem Christfest gestorben. Sabrina, die keiner Beschränkung unterlag, begab sich im Frühjahr auf die weite Reise, um meinen Mörder zu suchen."

Wie um von seinen düsteren Erinnerungen abzulenken, wandte sich Paolo wieder der Mine zu.

„Vielleicht ist sie die ergiebigste Silbermine, die es je im Harzwald gegeben hat. Lass uns noch einmal dorthin gehen."

Er fand sich mühelos zurecht und ich konnte kaum mit ihm Schritt halten. Keuchend lief ich hinter ihm her und selbst als der Weg immer schmaler und steiler wurde, huschte er mit den Schnürschuhen aus weichem Leder so flink über den unebenen Waldboden wie ein Geist. Es kam mir außerdem so vor, als ob das Licht schneller schwinden würde als sonst, aber das lag wohl nur an der zunehmenden Bewölkung. An einer Wegkreuzung blieb er stehen, hielt witternd die Nase in die Luft, schloss die Augen und lauschte. Dann ging er weiter. Als wir die Silbermine erreichten, drehte er sich zu mir um, lächelte dieses unbeschreiblich wehmütige Lächeln, hob die Hand und sagte:

„Wir sind da!"

Dunkle Wolken brauten sich über Anna Maria und Philippus zusammen. Die Goslarer Ratsherren hatten ein Schreiben aufgesetzt und einen geheimen Boten zur Festung Wolfenbüttel geschickt. Um die eigene

Haut zu retten, hielten sie es für klug, sich dem Herzog anzudienen und das Versteck der Landesverräter zu verraten. Der Bürgermeister betonte, seinen Schutzbrief für die Flüchtigen in völliger Unkenntnis des wahren Sachverhalts ausgestellt zu haben und daher besäße das Dokument auch keine Gültigkeit mehr. Als Zeichen seines untertänigsten Wohlwollens zeige der Magistrat daher nicht nur den Aufenthaltsort der Zieglerin und ihres Gemahls an, sondern gebe auch preis, dass frevelhafter Magister Therocyclus sich im Labor der Ratsapotheke dem Vitriolsieden hingebe. Im weiteren Text des Schreibens hieß es, man habe dem verderbten Weibe und ihren Buhlen nur deshalb Unterschlupf gewährt, weil sie in dem herzoglichen Stellmacher Pfefferkorn einen guten Leumund gehabt hätten.

Herzog Julius erkannte sofort, dass sich hier die Gelegenheit bot, seine verlorene Ehre wiederherzustellen. Finster lächelnd befahl er, den Stellmacher außer Landes zu jagen und die böse Brut umgehend gefangen zu nehmen. Der Form halber wurde ein geheimes Auslieferungsgesuch gestellt, dem der Goslarer Magistrat eifrig zustimmte.

Am Sonnabend des Pfingstfestes im Jahr 1574 trabten sechzig Reiter durch ein Gehölz in der Nähe von Goslar. Ein Teil der Männer war mit Langspießen bewaffnet, die anderen trugen Gewänder in den rot-goldenen Farben des Herzogtums Braunschweig-Wolfenbüttel und ganz am Ende des Zuges quietschte ein vergitterter, wackliger Karren, in dem die Delinquenten überführt werden sollten.

An der Spitze der Schar ritt der Herzog und sein hoher Rang war nicht zu übersehen, denn er war in besonders prunkvolle Gewänder gehüllt, die in den Landesfarben leuchteten. Der Samt seiner roten, taillierten Jacke war mit goldenen Schnüren durchwebt und der bauschige Rock aus feinstem Brokat endete beinahe knielang auf den rot bestrumpften Beinen. Ein Überwurf aus rot-goldenem Damast bedeckte weich fließend die breiten Schultern des Fürsten und gab lässig die gepufferten Ärmel aus hauchdünner Seide frei. Sein Haupt zierte ein ausladendes rot-goldenes Barett, dessen üppige Federn bei jeder Bewegung hin und her schwangen.

Das Gesicht hatte er zu einer grimmigen Maske verschlossen, um die Schmach zu verbergen, die ihm von Therocyclus und seiner Kurtisane zugefügt worden war. Er schämte sich, dem Magister sämtliche Türen und Tore geöffnet und den Räten der Stadt Braunschweig als Verhandlungsführer präsentiert zu haben. Selbst einen Freibrief für das gesamte Bergbaurevier des Harzes hatte er ihm ausgestellt! Und, das war besonders niederschmetternd, er hatte dem ordinierten Theologen regelmäßig seine tiefsten Glaubensgeheimnisse anvertraut. Es gab nur eine Erklärung für seine Torheit: die Zauberkünste der Zieglerschen!

Als die Reiter sich dem östlichen Stadttor von Goslar näherten, hatten die Wachen in der Kaserne schon alles für die Übergabe der Gefangenen vorbereitet. Anna Maria, Philippus, Heinrich Schombach und die alte Magd waren mit Ketten aneinander gebunden und standen trotz des warmen Sommerwetters zitternd im Wachhof des Flankierungsturmes.

Die plötzliche Gefangennahme hatte sich für die Betroffenen völlig überraschend ereignet. Die Wachen rissen Anna Maria brutal aus dem Schlaf und erlaubten ihr nicht, sich etwas überzuziehen. Sie trug nur ein langes Nachthemd und ließ sich bereitwillig abführen.

Ihr Ehemann Heinrich Schombach war bei dem Versuch, über die längst von Soldaten umstellten Gärten zu fliehen, verhaftet worden und als bewaffnete Männer laut polternd ins Laboratorium der Goslarer Ratsapotheke eindrangen, war Philippus viel zu überrascht, um Gegenwehr zu leisten. Seine angeschwollenen, gefesselten Hände wiesen noch die frischen Verfärbungen auf, die er sich beim Hantieren mit Vitriol zugezogen hatte.

Bartold Taube war nicht unter den Gefangenen. Als die Soldaten am späten Abend das Haus in der Ziegengasse umstellten, befand er sich am anderen Ende der Stadt in der Nähe des städtischen Kohlgartens. Im Vorgefühl drohender Gefahr hatte er einen Plan geschmiedet, um das geliebte Edelfräulein in Sicherheit zu bringen. Er war mit einem Fuhrknecht überein gekommen, in aller Frühe mit der als Magd verkleideten Anna Maria die Reichsstadt Goslar zu verlassen und auf einem Viehwagen ins Fürstentum Hessen-Marburg zu fliehen. In Gedanken war Taube sämtliche Möglichkeiten durchgegangen, doch er wusste, dass die Geliebte niemals ohne Philippus die Stadt verlassen würde. Also musste er sie betäuben und schon in der Ziegengasse wie einen Sack auf den Wagen laden.

Als das Haus umstellt wurde, kam Taube gerade von seinem Gang zurück und bemerkte von weitem den Aufruhr. In der Einfahrt verstellten Wachen das große Tor und erläuterten den neugierig herumstehenden Nachbarn prahlerisch, dass es ganz allein ihrem Zutun zu verdanken sei, dass man die Bösewichte nun ergreifen und bestrafen könne. Voller Zorn wollte sich Taube auf sie stürzen, besann sich dann jedoch und hielt sich zurück. Es war vorteilhafter, erst einmal abzuwarten und in Freiheit zu bleiben, denn wenn auch er gefangen im

Kerker saß, gab es niemanden mehr, der Anna Maria helfen konnte.

Sein Herz setzte beinahe aus, als er mitansehen musste, wie das erschrockene Edelfräulein unter den wachsamen Augen der Stadtsoldaten aus dem Haus geschleift und schonungslos auf den Gerichtskarren geworfen wurde. Taube mischte sich unauffällig unter die Menge, die dem polternden Wagen folgte, er durfte nicht erkannt werden. Hoch oben auf der Ladefläche hatte man die Verhafteten so an einen Holzpfosten gebunden, dass sie nicht sitzen konnten und während der Fahrt über den Köpfen der Menge sichtbar blieben. Taube unterdrückte mühsam ein Schluchzen. Kraftlos hing Anna Maria in den Stricken, sie hielt die Augen geschlossenen und ihre dünnen Haare verdeckten nur unzulänglich ihr ausgemergeltes Gesicht.

Am Marktplatz, gleich vor der Ratsapotheke, wartete der in Ketten gelegte Philippus, auch er wurde auf den Wagen gezerrt und festgebunden. Die johlende Meute, die den Zug zum Breiten Tor begleitete, wuchs und wuchs und Taube konnte sich im Gedränge und Geschiebe nur mühsam auf den Beinen halten. Auch die Soldaten kamen nur schwer voran, obwohl ein Trompeter an der Spitze des Zuges wütend und ehrfurchtgebietend in sein Instrument blies. Mehrfach mussten die Wachen mit ihren Hellebarden drohend in die Menge stechen, um sich Durchlass zu verschaffen. Sämtliche Straßen vom Markt bis hinunter zum Stadttor und auch die Seitengassen waren von der aufgeregt wimmelnden Menschenmasse verstopft, die einen letzten Blick auf die Frevler werfen wollte. Auch die Liste der Untaten, die man einander zuraunte, wurde immer schrecklicher, je länger der Zug sich fortbewegte.

Am Breiten Tor nahmen die Soldaten des Herzogs den Gefangenentransport in Empfang. Bartold Taube, der sich verzweifelt bemüht hatte, in Anna Marias Nähe zu bleiben, war es gelungen, sich durchs Stadttor zu drücken, bevor es wieder geschlossen wurde, um der herzoglichen Eskorte den ungehinderten Aufbruch zu ermöglichen. Man verfrachtete die Straftäter auf den vergitterten Wagen des Herzogs und der schwer bewaffnete Tross kehrte auf schnellstem Wege zur Festung Wolfenbüttel zurück.

Schon einen Tag, nachdem die Delinquenten eingetroffen waren, begann eine quälende Prozedur. Ohne Pause, vom Morgen bis zum Einbruch der Dunkelheit, wurden die Angeklagten verhört, denn sie beteuerten unausgesetzt ihre Unschuld und flehten um Gnade. Um die Verstockten geständig zu machen, beschloss man, sie der peinlichen Befragung zu unterziehen, die dem Hofrat Erasmus Ebner unterstellt war. Der ordnete post gravem torturam an, die Folter in vollem Umfang und zitierte die Folterknechte herbei. Deren Auftrag lautete, den Gefangenen die grausamsten Qualen zuzufügen und die Methode hatte Erfolg. Die Beschuldigten gestanden sämtliche Missetaten und das Strafmaß wurde festgesetzt.

Im Februar des Jahres 1575 fand die Bekanntgabe der Urteile am Gartenlusthaus zu Wolfenbüttel statt. Vor einer provisorischen Gerichtslaube thronten Herzog Julius von Braunschweig-Wolfenbüttel und sein zehnjähriger Sohn Heinrich Julius. Dem feierlichen Anlass entsprechend, waren die Stiftsherren, Äbte, Landsassen, Vertreter der Städte, die Ritter und der gesamte Hofstaat zugegen und den Vorsitz der Urteilsverkündung übernahm der Erbprinz. Nachdem ein ehrfurchtgebietender

Trommelwirbel für Stille gesorgt hatte, verlas er eine lange Liste von Bestrafungen, die die Schöffen für angemessen hielten und die eisige Winterkälte hüllte die Stimme des Knaben dabei in weiße Wölkchen von Raureif.

Die Gefangenen boten einen mitleiderregenden Anblick. Vom Aufenthalt in den Verliesen während der Wintermonate waren die drei so entkräftet, dass sie zu den mit roten Tüchern verhangenen Stühle getragen werden mussten. Erneut verlas man die Urteile, jetzt in gekürzter Form, und ein letztes Mal wurde den Angeklagten gestattet, das Wort zu ergreifen. Anna Maria bat leise um Vergebung und schwieg.

Doch Philippus konnte sich mit der vollkommenen Hoffnungslosigkeit seiner Lage nicht abfinden. Mit betörenden Worten beschwor er den Landesfürsten, ihm zu vertrauen und behauptete, die Schatzkammern Seiner fürstlichen Gnaden mit nicht nur zwei oder drei, sondern mit etlichen Millionen Tonnen Gold füllen zu können. Um wenigstens für einen Moment die Aufmerksamkeit des Fürsten auf sich zu lenken, spielte er seinen letzten Trumpf aus.

„Durchlaucht!! Da ist eine Silbermine im Harz mit kostbarem Weißgülden und nur Euer untertänigster Diener Philippus Therocyclus kennt den genauen Ort!"

Erwartungsvoll, mit blaugefrorenen, zitternden Lippen, hing der verzweifelte Mann am Gesicht des Herzogs und suchte es nach Zustimmung ab. Tatsächlich flackerte für einen Moment ein kaltes Licht in dessen Augen auf und die alte Habgier drängte ihn, die Verurteilung ein wenig aufzuschieben. Doch der tadelnder Blick des Hofrates wies ihn zurecht. Wie oft hatte der Sömmering gelogen, übertrieben und falsche Versprechungen gemacht? Nein, der Landesfürst durfte kein zweites Mal wegen seiner maßlosen Geldgier zum Gespött der Leute werden. Mit einem Trompetenstoß wurde der Rechtstag als beendet erklärt und die Verurteilten auf Bahren hinweg getragen.

Drei Tage später war die Temperatur auf minus fünfzehn Grad gesunken und es fiel leichter Schnee. Nun sollten die Hinrichtungen stattfinden. Eisige Kälte drang durch den dünnen Schwarzkittel eines kleinen, abgemagerten Mannes, der sich mit steifen Gliedern durch die Gassen der Festung Wolfenbüttel drängte. Bartold Taube trug die verschlissene Tracht eines Bauern, denn einem armen Landmann gönnte man keinen zweiten Blick. Benommen vor Schmerz, Wut und Trauer ließ er sich willenlos von der lärmenden Menschenmenge mitreißen, die danach strebte, einen guten Platz zu ergattern, von dem aus man das Spektakel der Hinrichtungen verfolgen konnte.

Taube hatte zwar dasselbe Ziel wie die Schaulustigen, aber ihn trieb nicht die Neugierde, sondern das Mitleid mit der ehemaligen Weggefährtin. Auf dem Richtplatz neben einem kleinen Wäldchen standen mehrere Galgen, die von hungrigen Krähenvögeln umlagert wurden. Wie schwarze Mahnmale starrten sie auf die Missetäter, die in einiger Distanz zur herzoglichen Tribüne frierend der Verurteilung harrten, die nicht weniger als Höllenfeuer und ewige Verdammnis bedeutete. Unvermittelt kam die Menge zum Stehen und umdrängte den Platz. Jeder wollte einen Blick auf die Verbrecher werfen, doch als man die von Fleischwunden und Beulen entstellten Gefangenen unter der Tribüne entlangführte, wich die selbstgefällige Überheblichkeit betroffenem Schweigen und das muntere, aufgebrachte Johlen ging in angstvolles Raunen über.

Zunächst führte man Philippus und Schombach herbei und der vermummte Scharfrichter trat vor und stieß wie ein gefährliches Ungeheuer ein drohendes Knurren aus. Er packte die eiserne Zange, die in einer Schale über dem Kohlenfeuer zum Glühen gebracht worden war und jedes Mal, wenn sie zischend ins Fleisch biss, vermischte sich das Gebrüll der Männer mit dem hungrigen Gekrächze der Kolkraben. Der widerliche Gestank von verbranntem Fleisch breitete sich aus. Nachdem der erste Teil des Urteils vollzogen war, band man die blutenden Körper mit Ketten hinter zwei Pferde und trieb die verängstigten Tiere einmal um die Stadtmauer herum. Was dann noch von den Delinquenten übrig war, wurde in vier Teile zerhackt und zur Abschreckung auf Pfosten entlang der Goslar Heerstraße gespießt.

Anna Maria, die die Hinrichtung ihres Geliebten mitansehen musste, war trotz der schneidenden Kälte nur mit einem grauen Leinenhemd bekleidet. Kraftlos baumelte der kahlgeschorene Kopf auf der eingefallenen Brust, als sie auf den eigens für ihre Hinrichtung angefertigten, eisernen Stuhl gehoben wurde, um den man Reiser und trockenes Brennholz geschichtet hatte. Stumm sank sie in sich zusammen und nur ihre sich lautlos bewegenden Lippen ließen erkennen, dass noch Leben in dem zum Skelett abgemagerten Edelfräulein war.

Der Sohn des Herzogs, der sich in späteren Jahren mit der Verbrennung zahlreicher, angeblicher Hexen hervortun sollte, verfolgte den Vollzug der Strafen mit großem Interesse. Jedes Mal, wenn der Henker die glühende Zange in den Körper der Frau drückte und triumphierend ein ausgerissenes Stück Fleisch in die Luft hielt, nickte der Knabe bestätigend mit dem Kopf. Als

Anna Maria für kurze Zeit das Bewusstsein verlor, gab der Hofrat ein Zeichen und der Scharfrichter nahm eine brennende Fackel entgegen. Nur kurz berührte er den mit Öl getränkten Scheiterhaufen unter dem eisernen Stuhl, der sofort Feuer fing und mit prasselnden Flammen das Holz verzehrte. Die lichterloh brennende Frau bot ein Bild des Grauens.

Reglos verharrt Bartold Taube vor der Einfahrt des Pfefferkornschen Hauses in der Ziegengasse. Er murmelt leise vor sich hin und beginnt unvermittelt, höhnisch zu lachen. Die abgemagerte Gestalt des ohnehin schmächtigen Mannes wirkt im Schein des Vollmondes wie der umherirrende Geist eines Toten und tatsächlich hat Taube nicht mehr viel mit den Lebenden gemein. Seit man seine Geliebte hingerichtet hat, sendet er aus tiefster Seele kommende, hasserfüllte Racheschwüre dahin, wo die Finsternis wohnt, böse und grausam. Doch nie gewinnt er den Eindruck, sein Wunsch nach Vergeltung sei angekommen.

Nun ist er nach Goslar zurückgekehrt. Er will ein Ritual anwenden, das ihm Anna Maria gezeigt hat und zieht aus einer Tasche seines Umhanges einen kleinen mit Blut gefüllten Lederbeutel hervor. Zitternd taucht er die rechte Hand hinein und malt mit blutigen Fingern seltsame Symbole und Zeichen auf das hölzerne Türblatt. Nachdem er zum Abschluss eine sechszackige Rune auf die Schwelle geschmiert hat, betrachtet er prüfend sein Werk und ruft mit leiser Stimme alle finsteren Mächte herbei. Plötzlich wabert ein dünner, gelblicher Schein über den Boden und der Gestank von Schwefel breitet sich aus. Taube lacht befriedigt. Sein Ruf nach Vergeltung ist endlich erhört worden!

Schweigend stand ich im Mönchstal neben Paolo und starrte auf die Oberfläche des Gesteins. Es war alt und verwittert und ich konnte beim besten Willen nicht den kleinsten, silbrigen Glanz entdecken. Verlegen zuckte ich zusammen, als er meine Hände nahm und sie sanft gegen den Felsen drückte.

„Spürst du es?"

Ich schloss die Augen und bemühte mich mit aller Kraft, etwas zu spüren, doch ich empfand nur eine gewisse Peinlichkeit, weil mir offensichtlich die nötigen Kräfte fehlten. Vor Scham klang meine Stimme krächzend und piepsig wie die eines Kindes.

„Ich merke nichts, ich bin nun mal keine Venedigerin!"

Paolo lachte, er wirkte entspannt und schmunzelte in sich hinein, leise summte er eine Melodie vor sich hin.

„Es wird dunkel, ich muss bald gehen, Paolo."

„Warte, Amanda, ich habe ein Geschenk für dich."

Hektisch wühlte er in seinem Tornister herum, holte etwas hervor und streckte mir wortlos die geöffnete Hand entgegen. Dort lag ein ebenso großes, rotes Herz wie das von Sabrina damals am Rammelsberg. In diesem Augenblick verfing sich ein Strahl der Abendsonne in dem geschliffenen Glas und erzeugte ein rubinrotes, warmes Funkeln, als sei das Herz erleuchtet.

Der Anblick von soviel Schönheit verschlug mir die Sprache und ich fühlte den unwiderstehlichen Drang, das Schmuckstück zu berühren, doch er hatte es bereits wieder in einen kleinen Lederbeutel gesteckt und umständlich mit einer Schnur verknotet.

„Ich habe die Glasmasse nach einer geheimen Rezeptur

mit Goldstaub verschmolzen, um die rote Leuchtkraft eines Karfunkels zu erzeugen. Nur selten gelingt die Herstellung eines Glasrubins, in dessen Kern der göttliche Funke glüht. Selbst den Meistern der alchemistischen Künste ist es nicht geglückt, ihrem Lapis philosophorum, dem Stein der Weisen, die kleinste Spur von Göttlichkeit beizumischen, denn schon ihren Bemühungen fehlte die Reinheit des Herzens. Gib Acht, Amanda, wenn das Herz leuchtet! Es kann dir helfen, Menschen zu finden, dich unsichtbar zu machen und in die Lüfte zu fliegen. Auch kann es einen Menschen zur Umkehr bewegen. Du solltest es immer bei dir tragen!"

Ich verstand zwar nicht, was er meinte, nickte aber bestätigend mit dem Kopf und griff nach dem Beutel, denn ich wollte den Stein endlich näher betrachten. Paolo hatte die Schnur aber so fest verknotet, dass es mich einige Mühe kostete, sie zu lösen und als es mir endlich gelungen war, zog ich das Herz mit einem Ausruf der Bewunderung hervor.

„Paolo, nein, das ist zu kostbar, das kann ich nicht einfach so annehmen! Ist es das Herz, das Sabrina in den Händen hielt?"

Weil er nicht antwortete, schaute ich mich suchend nach ihm um, doch er war nirgends zu erblicken. Fasziniert vertiefte ich mich wieder in den Anblick des funkelnden Glases, da erschreckte mich das Geräusch wild galoppierender Hufe.

Unwillkürlich stieß ich einen Schreckensschrei aus. Ein brauner Hirsch kam übermütig auf mich zugesprungen und hätte mich fast umgerannt. Er blieb abrupt stehen, als er mich schon fast erreicht hatte. Noch nie war mir in solcher Nähe ein Hirsch begegnet! Wir standen uns gegenüber und ich starrte steif vor Angst auf das große Tier, dessen ausladendes Geweih mich überragte. Ich hörte ihn schnaubend durch die geblähten Nüstern atmen, bemerkte das an manchen Stellen verfilzte Fell und roch die herbe Ausdünstung.

Gruselige Berichte schossen mir durch den Kopf, in denen Wilddiebe oder Förster von brünstigen Hirschen getötet worden waren, doch als ich die Furchtlosigkeit in seinen großen, dunklen Augen erkannte, verlor auch ich meine Angst. War es ein unerfahrenes Jungtier? Der kostbare Moment dauerte nicht lange genug, um das zu entscheiden. Der Hirsch senkte anmutig den Kopf, schüttelte sein Geweih und drehte sich langsam weg. Ohne Hast schritt er elegant über die Lichtung, als sei er sich seiner Schönheit bewusst und koste es aus, von mir bewundert zu werden. Nach einem energischen Aufstampfen der Vorderhufe wurde sein Gang schneller, dann setzte er mit einem eleganten Sprung über den Dammgraben hinweg und war im Dickicht des Waldes verschwunden.

Mein Herz klopfte wild vor Aufregung. Hilfesuchend blickte ich mich nach Paolo um und rief seinen Namen. Nichts, die Lichtung lag verlassen da. Erneut bekam ich Angst. Ohne ihn würde ich niemals den Weg zurück zum Auto finden und mich in der Dunkelheit verirren! Da entdeckte ich ein paar Schritte entfernt ein Wanderschild am Baum und stellte fest, dass ich mich ganz in der Nähe des Parkplatzes befand. Schon nach wenigen Minuten stand ich erleichtert vor meinem Wagen. Wäre nicht das Säckchen mit dem roten Stein in meiner Hand gewesen, ich hätte geglaubt, alles nur geträumt zu haben.

Seit Paolo mir das kostbare Herz geschenkt hatte, waren einige Monate vergangen und mein Leben hatte sich in vertraute Bahnen zurückbewegt. Es geschah nichts ungewöhnliches mehr. Meine Wanderungen in den Harz blieben ganz unspektakulär, die seltsamen Träume hörten auf und selbst Annes aromatischer Kräutertee, den sie mir bei einem weiteren Besuch servierte, entfaltete keinerlei hypnotische Wirkung. Mehrmals hatte ich im Mönchstal nach der Silbermine Ausschau gehalten, aber ich konnte die Stelle einfach nicht wiederfinden. Einige infrage kommende Felsspalten ähnelten der Fundstelle und ich dachte, diese oder jene müsse es doch sein, aber dann fehlte die Vogelbeere oder die kleine Vertiefung oder die ganze Umgebung war falsch. Beim besten Willen wäre ich nicht imstande gewesen, irgendjemandem die Mine zu zeigen.

Eines Nachts kehrte ich von einer Feier zurück und es war dunkel in der Wohnung. Katze Schnüppel sprang mir entgegen und schnurrte glücklich um meine Beine herum, während ich an der Tür nach dem Lichtschalter tastete. Da fiel mir ein ungewohntes Leuchten ins Auge und ich hielt inne. In der Vitrine, wo das Glasherz von Paolo einen Ehrenplatz bekommen hatte, blinkte es rot, als wolle das Display des Anrufbeantworters auf ein eingegangenes Telefonat hinweisen. Dort stand aber kein AB und selbst nachdem ich das Licht angeknipst hatte, schienen die geschliffenen Facetten des Herzens von innen heraus zu funkeln.

Mir kamen Paolos mahnende Worte in den Sinn und im selben Moment meldete sich mein Smartphone mit einem lauten Klingelton. Schreckhaft zuckte ich zusammen und mahnte mich, nüchtern zu bleiben, es konnte sich ja nur um einen nächtlichen Notfall handeln. Ich erwog, das Klingeln zu ignorieren, um mich weiterhin mit dem mysteriösen Leuchten des Herzens zu befassen, doch mein Pflichtbewusstsein siegte.

„Ja bitte, Amanda Kirchberg."

„Amanda! Wie schön, deine Stimme zu hören!"

„Paolo??"

„Amanda, ich muss dich sehen und zwar sofort. Wir treffen uns in fünf Minuten am Marktplatz unter den Arkaden."

„Was? Du bist hier, hier in der Stadt?"

Das Gespräch war beendet. Mein Herz klopfte vor Aufregung und ich wusste nicht, was ich davon halten sollte. Ein Blick durchs Fenster zeigte mir die dunkle, menschenleere Gasse, neben der unser mittelalterlicher Abwasserkanal träge dahinplätscherte. Es hatte lange nicht geregnet und so führte das schmale Bachbett nur wenig Wasser mit sich.

Eingedenk meines Versprechens, Acht zu geben wenn das Herz leuchtet, machte ich mich auf den Weg.

In der dunklen Altstadt begegnete mir keine Menschenseele und unter den Rathausarkaden war auch niemand. Ich fragte mich schon, ob sich Anne, die mich immer wieder nach dem Fundort der Silbermine ausforschte, einen Scherz erlaubt hatte, da klopfte mir jemand von hinten auf die Schulter und zog mich in den Sichtschutz eines Pfeilers.

„Paolo, hast du mich erschreckt!"

„Das tut mir leid, ich musste einem Pärchen ausweichen, sie hatten sich ausgerechnet hier unten ausgiebig und inniglich geküsst. Komm!"

Er sah sich aufmerksam um und als er niemanden entdeckte, stieg er die Rathaustreppe an der Außenwand des Gebäudes hoch.

„Wo willst du denn hin, da ist doch jetzt alles abgeschlossen."

Schon hielt er ein Schlüsselbund in der Hand und entsperrte mit einem Klick den Sensor der Schließfunktion an der Eingangstür. Mir war nicht wohl bei dieser Aktion, wenn mich jemand beobachtete, nicht auszudenken, was das für Konsequenzen hätte! Bevor ich ihm folgte, suchte auch ich ängstlich die Fenster der Hotels und Häuser nach heimlichen Beobachtern ab, doch um diese Zeit, es war immerhin schon ein Uhr durch, schienen alle zu schlafen.

Wir betraten den Vorraum und Paolo knipste eine kleine Taschenlampe an und öffnete nacheinander den Eingang zum Ratssaal, die große hölzerne Pforte zum Flur und das Türchen zum Huldigungssaal. Schließlich standen wir inmitten der Wandmalereien, von denen man allerdings nur sehr wenig erkennen konnte, weil sie vom einfallenden Licht der Straßenlaternen nur spärlich erhellt wurden. Dennoch war ich wie verzaubert. Wie oft hatte ich mir gewünscht, den Raum betreten zu dürfen, nachdem mir Paolo soviel davon erzählt hatte. Ich war sogar im Stadtarchiv auf die Suche nach Fotos gegangen und hatte mir mehrmals den Film angesehen, der den Touristen gezeigt wird. Seitdem beschäftigten mich die Malereien, als hätte ich nicht Psychologie, sondern Kunstgeschichte studiert.

Da standen wir nun und ich bedauerte, nichts zum Fotografieren dabei zu haben. Doch Paolo drängte, ihn interessierten völlig andere Dinge.

„Amanda, die Zeit reicht nicht aus, um lange Erklärungen abzugeben."

„Oh, Paolo, ich hab irgendwie Angst!"

Lächelnd wandte er sich mir zu und nahm mein Gesicht in seine Hände. Sie fühlten sich rau und trocken an und sein Atem roch nach frischer Luft oder eigentlich roch er nach gar nichts.

„Du wirst bald wieder unversehrt zu deiner Katze zurückkehren und dich schlafen legen. Bitte lass uns jetzt schweigen."

Unvermittelt erhob sich ein leiser Wind, obwohl die Fenster fest geschlossen waren und ein sanftes Raunen setzte ein. Stimmen erklangen, Frauenstimmen, die wie Souffleusen einem unsichtbaren Auditorium ihren Text zu wisperten und immer lauter wurden. Als mein Ohr sich an die Stimmen gewöhnt hatte, konnte ich sie unterscheiden und hörte lateinische Worte, die aus den Mündern der Sibyllen drangen. Sie bewegten ihre Lippen und eine jede versuchte, so eindringlich wie nur möglich ihr Anliegen vorzubringen. Helles Licht wie von eindringendem Sonnenschein breitete sich aus, es schien von oben durch die himmelblauen Deckenplatten zu fluten, als sei dort die Sonne aufgegangen.

Eine Sibylle mir gegenüber erregte meine Aufmerksamkeit, weil sie besonders laut und pathetisch vor sich hin sprach. Sie stand unter ihrem geschnitzten Baldachin und war in ein langes, weißes Gewand gehüllt. Als sei sie lebendig, beugte sie sich zu mir hinab und rezitierte einen lateinischen Satz.

"Magnus ab integro seclorum nascitur ordo Iam redit et virgo rediunt saturnia regna..."

Als sie mein Unverständnis bemerkte, lächelte sie nachsichtig mit freundlichen Augen und wiederholte die Worte nochmals in altem deutsch.

"Von neuem ersteht eine gewaltige Ordnung der Welt. Bald kehrt die Jungfrau zurück, und die Herrschaft Saturns mit dem goldenen Zeitalter bricht von neuem an..."

Von allen Sibyllen kannte ich nur die Tiburtina mit Namen und wusste auch, wo sie stand. Sie war in ein schwarz-rotes Kleid gehüllt und kehrte Frauen und Kaisern demonstrativ den Rücken zu. Sie winkte mir aufgeregt zu und weil ich nicht näher kam, machte sie Anstalten, zu mir auf den Dielenboden zu treten. Schon streckte sie ein Bein aus, da wurde ihr wohl bewusst, dass sie die vertraute Sphäre unter dem schützenden Baldachin verlassen musste und sie zog das Bein schnell wieder zurück.

Da sie nun meine Aufmerksamkeit erlangt hatte, stellte sie sich in Positur und starrte mich mit weit aufgerissenen Augen an. Abwechselnd deutete sie mit dem Zeigefinger auf die Madonna und den knienden Kaiser und fiel den anderen Sibyllen drohend ins Wort. Wären da nicht die frommen Worte gewesen, hätte der mit übertriebenem Pathos proklamierte Text einem Werbeblock für Waschmittel entstammen können.

„Christus wird in Bethlehem geboren und in Nazareth verkündet werden, wenn das Sternbild des Stieres, des friedfertigen Ruhestifters, regiert..."

Der eingeschüchtert wirkende, kniende Kaiser lauschte ihren Worten und verlagerte ab und zu unauffällig das Gewicht vom rechten auf das linke Bein, weil ihm wohl langsam die Beine einschliefen. Der Geruch von salziger

Seeluft, Fisch und Tang breitete sich aus und ich atmete tief durch. Paolo, an dem ich mich gern Schutz suchend festgeklammert hätte, war nicht zu sehen, er musste den Raum verlassen haben.

Unangenehm spürte ich die hochmütigen Blicke eines bärtigen Kaisers rechts vor mir auf meinem Körper. Er trug eine saloppe Tunika, die eher wie ein Nachthemd aussah und faltige Strümpfe, die in groben Pantinen steckten. Sein Brustkorb hob und senkte sich in schnellem Rhythmus, während er mit unbewegter Miene aus den Augenwinkeln meine weiblichen Rundungen begutachtete und gleichzeitig so tat, als sei ich Luft für ihn. Die Stimmen waren lauter geworden, alle zwölf Frauen konkurrierten nun um meine Aufmerksamkeit und da erwachten auch die Deckenbilder zum Leben. Giorgiones Bilder, schoss es mir durch den Kopf. Das Genie musste wie besessen gemalt haben, um in so kurzer Zeit so viele Motive zu vollenden.

Auch an der Decke sah ich ein Augenpaar auf mir ruhen und wurde mir erst jetzt der vielen Männer bewusst, die den Raum bevölkerten. Es waren mindestens vierzig oder fünfzig, wenn man die Stadtheiligen in den Fenstern mitzählte. Gut, dass die nur selten abgebildete Maria durch die zwölf Sibyllen Verstärkung erfahren hatte. Eigenartig, ohne den Marienkult hätte sich die Kirchenmalerei fast ausschließlich den Herren der Schöpfung gewidmet.

Eine Bewegung rechts oben in der Ecke ließ mich zusammenfahren. Das geschrumpfte Köpfchen eines Löwen, der friedlich zu Füßen des Evangelisten Markus gehockt hatte, wuchs zu stattlicher Größe heran und bekam etwas Drohendes. Er stand auf, öffnete sein Maul, um ausgiebig zu gähnen und auch Markus war ganz vorsichtig aufgestanden und man merkte ihm an, dass er sich fürchtete. Ehe der Löwe fertig gegähnt hatte, war er davon geeilt und aus seinem Viereck verschwunden. Aufgeregt flog auch der schmächtige Engel des Evangelisten Matthäus mit mächtigem Flügelschlag durch die Decke davon und nun ging hier alles durcheinander.

Die klein und possierlich wirkenden Propheten reckten und schüttelten ihre Gliedmaßen, ihre Stimmen schwollen an und entfalteten die Kraft eines Sturmes, der die vollgeschriebenen Banderolen über ihnen durcheinanderwirbelte wie wehende Fahnen. Als der Sturm sich legte, sackten die Bänder schlapp zu Boden.

Im Hintergrund war ein Orchester zu hören, das mit zunehmender Lautstärke versuchte, das Stimmengewirr der Prophetinnen durch Flötenmusik und Schellen zum Schweigen zu bringen. Mir wurde ganz flau von all der Unruhe. Ich konnte das bizarre Geschehen kaum noch verkraften und als habe die unerträgliche Schönheit der Bilder mich niedergestreckt, lag ich auf einmal flach auf dem Dielenboden. Zu meinem großen Erstaunen erfasste ich erst jetzt die gesamte Weite des Deckenbildkosmos, den man im Stehen gar nicht wahrnehmen kann. Entzückt verfolgte ich, wie sich die langhaarige Maria mild lächelnd zwischen Engeln, Hohepriestern, Kühen und Eseln hin und herbewegte und ganz ohne Worte mit der himmlischen Welt kommunizierte.

Aber was war das? Soeben waren die drei Könige aus dem Morgenland eingetroffen und hatten der Gottesmutter ihre Geschenke überreicht. Da veränderte sich plötzlich ihr entspannter, unschuldiger Gesichtsausdruck und sie fixierte beinahe gierig ein Säckchen mit Münzen, das ihr ein dicklicher König mit Glatze entgegenhielt, der so aussah, wie ich mir den Vater von Katharina von

Papen vorgestellt hatte. Auch dem Säugling auf Marias Arm war die Veränderung der Mutter nicht entgangen, sein anklagender Blick kreuzte sich mit dem des Königs und der umklammerte den Münzsack, als wolle er ihn am liebsten wieder einpacken und abhauen. Ich musste lachen, vielleicht hatte sich Giorgione hier ganz subtil an Katharinas Eltern gerächt, die ihr eigenes Kind für einen Sack voll Geld an den alten Tillig verkaufen wollten?

Ich war überwältigt von der fantastischen Bildschau und dachte gerade an Paolos Behauptung, der Ratssaal sollte als Einfahrtschneise zur Wiederkunft Christi dienen, da verschwammen die Deckengemälde vor meinen Augen und verschmolzen zu einem weiten, hellblauen Himmel.

Was dann geschah, kann ich mir nur noch bruchstückhaft in Erinnerung rufen. Mein Geist, losgelöst von allen Naturgesetzen, befand sich auf einem Flug durch die Geschichte.

Langsam überflog ich den monumentalen Dogenpalast, der mir durch Fotos und Gemälde vertraut war, den weitläufigen Markusplatz und die goldenen Kuppeln der Kirche San Marco, ich sah von oben das Meer in der Sonne glitzern und vernahm aus der Ferne den Lärmpegel geschäftig umher eilender Menschen. Die Zurufe von wild aussehenden Hafenarbeitern vermischten sich mit dem Geläut von unzähligen Kirchenglocken. Kräftig gebaute Kerle trugen laut seufzend ihre schweren Lasten, während sich vornehm gekleidete Herren unterhalb eines Reiterstandbildes auf einer Steintreppe dem Würfelspiel hingaben. Sie wurden umlagert von Windhunden, die mit eleganten

Bewegungen herumtollten. Der melodische Gesang eines Fischers, der seine Netze reparierte, erinnerte mich an Paolos abenteuerliche Flucht aus Murano. Am meisten faszinierten mich beim Näherkommen die Gesichter der Menschen, sie waren naiv, unschuldig, verschlagen, roh, brutal und listig zugleich.

Der Goslarer Huldigungssaal hatte mich in eine andere Zeit katapultiert und mein Flug endete auf dem mit sauberen, blassrosa Quadern gepflasterten Markusplatz, der weder von Zigarettenkippen verschmutzt, noch von modernen Bistrotischen und Stühlen übersät war. Glücklicherweise stand Paolo wieder neben mir. Ich packte seine Hand und umklammerte sie wie einen rettenden Anker.

„Gott sei Dank, Paolo, wie sind wir bloß hierhergekommen? Was soll ich denn jetzt machen? Ich spreche doch gar kein Italienisch!“

„Amanda, außer mir kann dich niemand sehen. Und darum ist es auch nicht schlimm, wenn du dich an mir festhältst.“

„Es ist mir egal, ob mich jemand sehen kann oder nicht! Ich will nach Hause!“

Anstatt mich zu trösten, sagte er etwas Beruhigendes zu einem Mann neben sich, der ihn erstaunt musterte, weil Paolo Selbstgespräche zu führen schien. Mit vorgehaltener Hand flüsterte er:

„Bitte gib ein wenig Acht. Und vergiss nicht, außer Sabrina kann dich niemand sehen. Du wirst sie finden und dann wieder von mir hören, hab keine Angst! Du bist stark!“

Er zwinkerte mir zu und tauchte in der großen Menschenmenge unter, die sich auf dem Markusplatz versammelt hatte und die ich erst jetzt richtig wahrnahm. Ich lief noch ein Stück hinter ihm her, wollte Fragen stellen, da hatte ich ihn schon aus den Augen verloren. Wenn die Zeit so verging wie üblich, musste ich vielleicht viele Stunden ohne Paolo ausharren und darum bemühte ich mich, die ungewohnte Situation so gut es ging auszukosten und mich umzuschauen.

Der Markusplatz lag direkt am Wasser und man konnte weit aufs Meer hinausblicken. Am Ufer waren zahllose Segelschiffe und kleinere Boote vertäut und wenn sie nicht festgebunden waren, dann wurden sie von kräftig gebauten Ruderern fortbewegt. Etwas weiter draußen schaukelten riesige Galeeren, Schoner oder Dreimaster oder wie die korrekte Bezeichnung auch immer lauten mag, müßig hin und her und die gesamte Küste und auch jedes Fleckchen der gegenüberliegenden Uferpromenade war von Schiffen oder Booten gesäumt.

Um mich herum dominierte das männliche Geschlecht, ich war weit und breit als einzige Frau unter zahllosen Männern in eine gewaltige, kirchliche Prozession geraten, die sich über das gesamte Gelände ausdehnte. Im Viereck umstanden in weiße, schwarze oder rote Talare gekleidete Chorherren, Mönche, Patriarchen und reich aussehende Bürger in engen Reihen die beinahe leere Mitte des Platzes und pilgerten hinter einem Reliquienschrein her. Die meisten Gewänder reichten bis auf den Boden und nur vereinzelt staksten farbenfroh gekleidete junge Männer in engen Strumpfhosen und knappen Oberteilen einher und sahen aus wie Störche.

Während ich die unterschiedlichen Trachten der Umstehenden musterte, wollte ich testen, ob ich auch wirklich Luft für die Menschen war. Ein Mönch stand vor mir und schaute gedankenverloren durch mich hindurch, meine wedelnden Armbewegungen lösten im Faltenwurf seines Gewandes nicht den kleinsten Luftzug aus. Dennoch sah er sich um, als würde er jemanden suchen. Spürte man vielleicht meine Anwesenheit? Unvermittelt war Musik erklungen, ungefähr zehn Spielleute hielten trompetenförmige Instrumente in die Luft und schmetterten eine monoton klingende Melodie. Handelte es sich um Fanfaren? Ein Fanfarenzug?

Die Prozession verrichtete einen ansonsten schweigenden Umlauf und im Mittelpunkt des Geschehens schien der filigran verzierte Kastenschrein zu stehen. Vier ältere Chorherren hielten schützend einen schwankenden Baldachin über ihn, an den Rändern des golddurchwirkten Stoffdaches flatterten bestickte Wimpel. Reich verzierte, goldene Tragestangen reflektierten das Sonnenlicht ebenso wie die goldenen Tragestöcke, an denen der Reliquienschrein hing und die auf den Schultern von vier Männern mit weißen Häubchen ruhten. Mit kirchlichen Würdenträgern kenne ich mich nicht aus, keine Ahnung, welchen Status die Herren hatten, mir fiel nur auf, dass die Ärmel ihrer hellen Gewänder viel zu lang waren und über den Händen einen üppigen, etwas tolpatschig wirkenden Faltenwurf erzeugten.

Golden glänzte es, wohin man blickte und verkündete den Reichtum der Serenissima, der Lagunenstadt Venedig. Aus purem Gold war nicht nur die Quadriga über dem Mittelportal der prunkvollen Markuskirche, auch die Hintergründe der Mosaiken, das filigrane Dekor der fünf Eingangstüren und die zahlreichen Türmchen, ja, selbst die Stickerei der Fahnen verriet den verschwenderischen Einsatz des begehrten Edelmetalls.

Und was hatte der goldene Schirm zu bedeuten, der

über dem Kopf eines Prozessionsteilnehmers schwebte? Ich tauchte in der Menge unter, ging näher heran und erkannte die typisch geformte Mütze des Dogen. Tatsächlich, das Oberhaupt des Stadtstaates stolzierte unter einem schweren, goldenen Schirm daher und trug ein Gewand, das dem eines Königs glich. Auch die Talare der geistlichen Würdenträger neben ihm waren nicht gerade bescheiden, sie glänzten in Hermelin, Brokat und natürlich auch in Gold. Welch eine Verschwendung!

Gesittet zog die Formation an mir vorüber und ich genoss es, sie ausgiebig betrachten zu können. Die jüngeren Männer trugen im Nacken sehr langes und über den Augen kurz geschnittenes Haar, ihre Häupter waren mit Kappen, Kapuzen oder Hüten bedeckt. Alles schien eine Ordnung zu haben. An der Westseite des Platzes nahm gerade eine große Gruppe weißgekleideter Chorherren Aufstellung und die vorn stehenden zogen bedruckte Blätter hervor. Das Schweigen gebietende Geraschel von Papier ließ den Geräuschpegel erheblich sinken und das monotone Gemurmel der Menge ebbte ab.

Nur die herausgeputzten Patrizier in der Mitte des Platzes ließen sich ihr fröhliches Geplapper nicht verbieten. Sie verstummten erst, als ein Geistlicher mit dröhnender Stimme auf lateinisch das Wort ergriff und einen Wechselgesang anstimmte. Als der Wechselgesang beendet war, holten die Mitglieder des Musikzuges ihre Blasinstrumente hervor und jedwede Unterhaltung ging im Fanfarengetöse der Musikanten unter.

Erstaunt bemerkte ich an der Stirnseite des Platzes eine aristokratisch wirkende Frau. Sie war so auffällig gekleidet, dass sie die einzige auf dem ganzen Platz zu sein schien, obwohl noch ungefähr zehn weitere, aber weniger vornehm gekleidete Damen zu sehen waren, die zwischen mehreren hundert Männern untergingen. Die Vornehme näherte sich gemessenen Schrittes dem westlichen Portal und hielt sich dabei kerzengerade. Der verschwenderische Schnitt ihres roten, goldbestickten Gewandes endete in einer Schleppe, die über den Boden schleifte. Soviel der Stoff ihrer Garderobe unten zu lang war, so tief war er oben ausgespart und das gewagte Dekolletee wurde an Schultern und Busen von umwickelten Perlenschnüren gehalten.

Ihren Hals zierte ein schweres Collier, gespickt mit kostbaren Steinen, und der tiefe Ausschnitt und das raffiniert hochgesteckte Haar mit fein geringelten Schläfenlocken gaben ihr nicht gerade das Aussehen einer demütigen Kirchgängerin. Lüstern wurde sie von ein paar reich ausstaffierten Gecken begafft und vermutlich mit italienischen Komplimenten gewürdigt. Obwohl diese Leute keine kirchlichen Würdenträger darstellten, gehörten sie gewiss nicht zur Durchschnittsbevölkerung. Arme oder einfache Leute durften den Platz während der Feierlichkeiten wahrscheinlich gar nicht betreten. Und Frauen waren auch so gut wie gar nicht zu sehen.

Nachdem ich eine Weile umher geschlendert war, fragte ich mich, wo sie sein könnten und entdeckte sie zufällig, als mein Blick an einer prachtvoll verzierten und stellenweise mit Brokat bespannten Hauswand nach oben glitt. Mir bot sich ein befremdlicher Anblick, der sich noch oft wiederholen sollte. In den oberen Geschossen der vornehmen Palazzi lugten aufs feinste herausgeputzte Frauen dicht gedrängt hinter hölzernen Fenstergittern und halb verhängten Laubengängen hervor und versuchten, einen Blick auf das alltägliche Leben der Männer zu erhaschen. Sie erinnerten an eingesperrte, exotische Vögel.

Ob es historisch korrekt war, wusste ich nicht, aber ich ahnte, dass die Frauen im mittelalterlichen Venedig ein Schattendasein fristeten und verstand plötzlich, warum sie sich auch in anderen Kulturen so große Mühe gegeben hatten, wenigstens optisch wahrgenommen zu werden. Ihr Wert stand unter dem eines Mannes. Man hatte sie weggesperrt, ausgesperrt, eingesperrt und sie im öffentlichen Leben fast unsichtbar gemacht. Sie waren *Hausfrauen* geworden.

Paolo hatte von den zahllosen Prostituierten in Venedig berichtet. Auch sie entwickelten eine verstümmelte Identität. Kein Wunder, dass es zu sexuellen Verirrungen kam, wenn im öffentlichen Leben beinahe ausschließlich Männer miteinander kommunizierten. Fromme Kleriker hielten zur Erfüllung ihrer sexuellen Bedürfnisse nach Lustknaben Ausschau und reiche Bürger, die ihre Frauen als domestizierte Statussymbole weggeschlossen hatten, suchten die Huren des *carampane* auf.

Ein Mensch, der die Welt bewohnt, besitzt, erforscht und in ihr arbeitet, nimmt auch größeren Anteil an deren Gestaltung. Die einflussreichen Gesellschaftsschichten hatten den Frauen die Macht aus der Hand genommen, um sie nicht mit ihnen teilen zu müssen. Nur über die Wertschätzung des männlichen Auges sollten sie am Leben bleiben, ohne den wohlwollenden männlichen Blick waren sie wie ausgelöscht. Das Thema brachte mich in Rage und als mein Blick auf eine Horde zerlumpter Bettler fiel, die an der Peripherie des Platzes darauf hofften, mit Almosen bedacht zu werden, war mir ganz und gar die Lust vergangen, der Zeremonie der Patriarchen beizuwohnen.

Niedergeschlagen ging ich durch die unübersehbare Menge von zumeist männlichen Schaulustigen hindurch, die sämtliche Zugänge zum Markusplatz verstopften und streifte ziellos durch die engen Gassen. Manche waren so schmal, dass man die Wände fast mit den Schultern berühren konnte und weder Autos noch Pferdefuhrwerke hätten hindurchgepasst. Sie bildeten ein Labyrinth, das klaustrophobe Empfindungen in mir wachrief, immer wieder musste ich den Weg zurücklaufen und nach Holzbrücken oder Stegen suchen, weil viele Gassen im Nichts endeten.

Ich erreichte ein Viertel, in dem es sehr wohnlich aussah. Der Anblick von aneinandergedrückten, kleinen Häuschen, deren Backsteinwände mit Lehm verputzt und leuchtend karmesinrot getüncht waren, munterte mich auf. Sie standen gemütlich in Reih und Glied nebeneinander und schienen die unbeschwerte Lebenslust ihrer Bewohner auszustrahlen. Allerdings war die Gegend wie leergefegt und ich blieb stehen, um mir die Heizsysteme genauer anzusehen. Auf den rückseitig gelegenen Außenwänden der Erdgeschosse drückten sich reliefartig die Umrisse von Kaminen ab, mündeten in einen Schlot und verjüngten sich zu einem Schornstein, dessen Ende als Röhre aus dem Dach ragte.

Diese Ofenrohre waren mir schon am Markusplatz aufgefallen. Sie verbreiterten sich am oberen Rand wie Trinkgefäße oder viereckige Trichter und wuchsen so zahlreich aus den zumeist flach gedeckten Hausdächern hervor, wie einst unsere Fernsehantennen. An Schönheit standen sie den vielen Steinsäulen und reich verzierten Kapitellen, die einen wichtigen Bestandteil aller Palazzi bildeten, nicht nach, denn obwohl man ihnen kaum einen zweiten Blick gönnte, waren sie mit kunstvoll verzierten

Einlege- und Steinmetzarbeiten geschmückt.

Zwischen oder hinter den Häusern fanden kleine Höfe und Gärten Platz und unter den vergitterten Fenstern hingen winzige Käfige, in denen Vögel unruhig hin und her hüpften und die Gassen mit ihrem vielstimmigen Gesang erfüllten. Mir taten die Tiere leid.

Ich musste an Paolos Vergleiche denken und ihm im Nachhinein recht geben. In Venedig herrschte wirklich ein sehr viel verspielterer Baustil, mit dem die auf Wärme ausgerichteten Goslarer Fachwerkbauten nicht konkurrieren konnten.

Es duftete nach Backwaren und ich ging dem Geruch nach. Aha, ich konnte also sehen, hören, riechen, aber vermutlich nicht essen. Dennoch folgte ich dem Duft und sah das kleine Seitentürchen eines schmalen Hauses einladend geöffnet. Im Inneren räumte ein Mann auf, singend verlud er wie Krapfen aussehende Gebäckstücke in einen Korb, wahrscheinlich die Reste des heutigen Tages.

Als ich gerade eintreten wollte, hielt er inne, hörte auf zu singen und schloss hastig die Tür. Hatte er mich gesehen? Irritiert wollte ich das überprüfen und streckte die Hand der nun verschlossenen Tür entgegen. Schmerzhaft stieß ich mit den Fingern gegen das Holz und ehe ich zur Seite treten konnte, war eine kleine, dickliche Frau mit umgebundenem Kopftuch durch mich hindurchgegangen und hatte die Tür wieder geöffnet. Ich erkannte, dass ich zwar unsichtbar war, aber nicht durch Wände gehen konnte.

Je weiter ich mich vom Markusplatz entfernte, umso kleiner wurden die Häuser und nun begegneten mir auch die ersten Frauen auf der Straße. Hier gingen sie ohne Schmuck und Schleppe umher und es war ein ergreifender Anblick, ein Weib mit einer so schwer beladenen Kiepe zu sehen, wie ich sie von Abbildungen aus dem Harz des Mittelalters kannte.

In den Wohngegenden der ärmeren Leute wimmelte es von Tieren. Hunde und Katzen streunten durch die Gegend, Ferkel grunzten hinter Brettern, die man an der Hauswand befestigt hatte und auf den schlickigen Steinstufen, die zu den Booten ins Wasser führten, tänzelten Ratten herum. Abfall türmte sich in allen Ecken und der Gestank von verfaultem Fisch wäre unerträglich gewesen, wenn vom Meer her nicht ab und zu ein Wind geweht hätte.

Mir war gar nicht wohl bei dem Anblick der vielen Ratten, die durch die Dreckhaufen huschten und ich hielt gerade Ausschau nach einer luftigen Brücke, da bemerkte ich, wie ich von jemandem böse angestarrt wurde. Ich war in eine der langgestreckten Sackgasse geraten, deren feuchte Backsteinwände nur schulterbreit sind und weder Türen noch Fenster aufweisen. Sie ersticken das Licht und ich fühlte mich gefangen wie in einer Gruft.

Das Augenpaar ruhte noch immer auf mir. Krampfhaft versuchte ich, den Anschein von Unbefangenheit zu erwecken und da Paolo gesagt hatte, ich wäre nur für Sabrina sichtbar, musste die Frau, die langsam näher kam, Sabrina sein. Sie verstellte mir eindeutig den Weg. Ich dachte gar nicht erst an Flucht, denn ich war sicher, dass ich nicht durch sie hindurch kam, weil sie mich ja sehen konnte. Erst als sie ganz dicht vor mir stand, erkannte ich sie wieder. Es war dieselbe Frau, die ich am Rammelsberg getroffen hatte. Auf eine solche Begegnung hatte mich Paolo aber nicht vorbereitet. Was sollte ich um Himmels willen jetzt tun?

Sie schwieg. Die grauweißen Haare hingen verfilzt über ihr Gesicht und die ebenmäßig schönen Züge waren entstellt von Runzeln, Narben, Schmutz und Schorf. Auch ihre Kleidung war nicht dieselbe wie damals, sie trug ein graubraunes Leibchen, das mit andersfarbigem Zwirn geflickt war, die Schürze zeigte Flecken und Löcher und der lange, einst blaue Rock, schlotterte verblichen um ihren mageren Unterkörper. Die nackten Füße strotzten vor Dreck, die Fußnägel waren viel zu lang und verwachsen.

„Na, was hast du mir zu sagen, Weib aus Goslar?"

Ich erschrak. Nichts wusste ich zu sagen, außer dass ich Angst hatte. Sie stand jetzt so dicht vor mir, dass ich ihren Atem auf meinem Gesicht fühlte, denn wir waren ungefähr gleich groß. Seltsam war, dass er genauso roch wie der von Paolo, nämlich nach gar nichts. Sollte das ein Zeichen dafür sein, das jemand nicht wirklich lebendig war?

„Weißt du, was deine Leute mit mir gemacht haben?"

Sie wartete nicht auf meine Antwort.

„Ich bin hunderte von Meilen gewandert, um nach meinem Mann zu suchen und als ich erfuhr, dass er tot war, konnte ich mich vor Schmerz kaum am Leben halten. Eure Stadt war unser Unglück!"

Ich fand meine Stimme wieder.

„Ja, ich weiß, Sabrina, eine Bekannte hat mir alles erzählt. Das tut mir so leid!"

„Das tut dir leid? Ihr habt ihn getötet und mich beinahe krepieren lassen und jetzt schleiche ich umher wie ein Gespenst und rüttele an den Türen, aber niemand sieht mich! Niemand sieht mich, kannst du dir vorstellen, wie das ist? Ich schreie laut und es ist nichts zu hören!"

Tiefes Mitleid erfasste mich und obwohl ich mich vor ihr ekelte, legte ich spontan meine Hände auf ihre Schultern. Da stieß sie einen grässlichen Schrei aus, der mir in den Ohren dröhnte, drehte sich um und rannte davon.

„Sabrina, so warte doch! Bitte, bleib stehen!"

Ich lief hinter ihr her, aber die Gasse gabelte sich in zwei weitere Durchgänge und ich wusste nicht, welchen ich nehmen sollte. Ich rannte solange ziellos in irgendeine Richtung, bis mir der Atem ausging und ich feststellen musste, dass ich mich hoffnungslos verlaufen hatte. Keuchend sank ich auf eine schmale, steinerne Bank, die in eine Hauswand eingemauert war. Zwei Hunde hechelten achtlos an mir vorüber und verschwanden in einem Kellerloch und ein mindestens zwei Meter großer Mann mit einem breiten, von Muskeln strotzenden Oberkörper, nur mit Kniehosen aus grobem Hanf bekleidet, hastete schnaufend durch die Gasse, ohne mich wahrzunehmen. Ich befand mich also noch immer in einer mich schützenden Zwischenwelt. Was hatte ich mit Sabrina falsch gemacht? Warum war sie weggelaufen?

Ratlos wanderte ich weiter bis ich das Ufer eines Kanals erreichte, der an beiden Seiten bebaut war. Der Mörtel bröckelte dort ab, wo das Mauerwerk mit dem Meer in Kontakt kamen und ich fragte mich verwundert, wie die Gebäude überhaupt den ständigen Kontakt mit dem Wasser verkrafteten, das fortwährend gegen die Häuser platschte und klatschte. Vor allem, wenn sich Boote in schneller Fahrt näherten. Ach, die Boote! Es gab sie zu hunderten oder tausenden und sie waren in allen Größen vorhanden, Gondeln, Barken, Ruderboote, schmale oder ausladende Lastkähne und vor San Marco hatten sogar herausgeputzte Galeeren vor Anker gelegen.

Inzwischen hatte ich den Markusplatz vollkommen aus den Augen verloren. Das labyrinthartige Gassengewirr machte es unmöglich, sich an irgendetwas orientieren zu wollen. Ich vernahm angetrunken klingende Männerstimmen und folgte neugierig einer Gruppe von Kerlen, die wie athletische Hafenarbeiter aussahen und entsetzlich nach Schweiß und Fisch rochen. Johlend bogen sie in eine überdachte Gasse ein und ich fand mich in einem vollständig von Hauswänden umschlossenen, überfüllten Hinterhof wieder. Laut plärrendes Kindergeschrei, ekstatisches Stöhnen und aggressives Hundegebell bildeten den akustischen Hintergrund einer grotesken Szenerie.

Ungefähr dreißig Frauen von tiefschwarzer Hautfarbe, nur spärlich bekleidet, die Lippen grellrot geschminkt, boten sich wie auf einem Markt den Männern feil und ich erkannte auf den ersten Blick, dass ich zweifellos in eine Art Rotlichtviertel geraten war. Die Ärmsten sahen unglücklich, krank und verlebt aus und nur ein oder zwei sehr jungen Mädchen haftete noch eine gewisse Schönheit an.

An die Hauswand gelehnt, musterten zwei hochaufgeschossene, magere Afrikanerinnen verächtlich ihre Umgebung und zischten sich ab und zu eine offensichtlich boshafte Bemerkung in einer kehligen, fremden Sprache zu. Um den Kopf hatten sie eine Art Turban geschlungen und die Hüften mit farbenfrohen Tüchern umwickelt. Die anderen Frauen saßen apathisch auf dem festgetretenen Boden und stierten vor sich hin, während sie schmatzend auf etwas herum kauten, vielleicht war es eine betäubende Droge.

Nackte Kinder rannten umher oder lagen zusammengerollt wie schlafende Hunde auf dem Boden, auch sie in einer elenden Verfassung. Ein Mädchen mit offensichtlich blondierten, stumpfen Haaren stach hervor, weil sie die einzige Europäerin war. Sie knackte die Flöhe auf dem Kopf ihrer Nachbarin und als sie laut lachte, sah ich, dass ihr Mund nur noch ein paar braune Zahnstummel enthielt. Nachdem sie das schwarze Kraushaar fertig entfloht hatte, stützte sie sich auf die Handflächen und robbte ein Stück weiter zur nächsten Frau. Sie schien keine oder nur verkürzte Beine zu haben.

Männer in verschlissenen Bolerojäckchen mit den typischen, engen Strumpfhosen, die aber sehr schmuddelig waren, beobachteten das Treiben der Frauen und sprangen sofort herzu, wenn ein neuer Kunde um die Ecke bog. Dann wurde wohl gefeilscht und wenn sie sich einig geworden waren, blieben sie mit finsterem Blick abwartend neben der Tür stehen, bis der Freier wieder zum Vorschein kam. Ich weiß nicht, ob ich die Situation richtig einschätzte, aber auf mich wirkte der ganze Platz jämmerlich und trostlos, keine der Frauen schien gern und freiwillig dort zu sein und mir kamen die Begriffe Sklavenhandel und Zwangsprostitution in den Sinn. Der viel zu enge Hof roch nach Schweiß, Fisch und Verfaultem und auch das in mehreren Metallgefäßen brennende Duftholz konnte den beißenden Gestank nur wenig mildern.

Um dem Hofbordell zu entfliehen, kehrte ich zu der Gasse zurück, durch die ich gekommen war. Niedergeschlagen versuchte ich, die Richtung von San Marco einzuschlagen, aber je weiter ich ging, umso fremder erschien mir die Umgebung. Meine gute Stimmung war verflogen und ich fühlte mich wie die Verzauberten in dem Märchen Kalif Storch, die befürchten mussten, nie mehr erlöst zu werden. Wenn Paolo mich nun vergaß oder mich nicht finden konnte?

Fröhlich klingendes Stimmengewirr ließ mich hoffnungsvoll nach rechts abbiegen und ich stand bald am Ufer eines sehr breiten Kanals, der von unzähligen Fischerbooten und Gondeln befahren wurde. Ob ich den Canal Grande wieder erreicht hatte? Möwen flogen kreischend über uns hinweg und es wehte eine angenehm frische Meeresbrise. Ich mischte mich unter eine dicht gedrängte Menschenmenge, die in beiden Richtungen eine große Holzbrücke überquerte. Sie spannte sich über den Kanal, ruhte auf zahlreichen Holzpfeilern und hatte in der Mitte eine Zugvorrichtung, offenbar um größere Schiffe passieren zu lassen. Anstelle eines Geländers säumten überdachte, roh gezimmert Marktstände die Brücke, die leer und aufgeräumt auf den nächsten Verkaufstag warteten und vielleicht wegen eines Feiertages nicht zur Benutzung kamen. Die Buden versperrten die Sicht, nur von der Mitte aus konnte man die Umgebung betrachten.

Es waren so viele Menschen auf der Holzkonstruktion unterwegs, dass mich die Angst befiel, sie könne einstürzen. Alle drückten, drängelten und schoben sich vorwärts, nur ein paar aus der Gegenrichtung kommende, hochmütig dreinblickende Männer blieben einfach stehen und versperrten störrisch den Weg. Damit zogen sie den Unmut der anderen auf sich und es entspann sich ein hitziger Wortwechsel. Ich genoss mein Privileg der Unsichtbarkeit und stieg die Treppen bis zur Mitte empor, von dort aus genoss ich einen überwältigenden Ausblick.

Wie fantastische Märchenschlösser schienen die pastellfarbigen Paläste über der Wasseroberfläche zu schweben und waren doch von Menschenhand auf dem felsigen Boden der Lagune und auf Millionen von Holzstämmen errichtet worden. Einerseits war es mehr als gewagt, sich mitten im Meer niederzulassen, andererseits konnten die Venezianer das Wasser als einen natürlichen, unüberwindlichen Grenzwall nutzen, den andere Städte erst mühselig aus Mauern erbauen mussten. Gerade ihre besondere Lage machte die Serenissima nahezu unbesiegbar.

Gern wäre ich in ein Boot geklettert und hätte mir die anderen Stadtteile vom Wasser aus angesehen, aber ich wagte es nicht aus Angst, völlig die Orientierung zu verlieren. Noch hoffte ich, den Markusplatz wiederzufinden und Paolo zu begegnen.

In Gedanken versunken hatte ich die Brücke überquert und war zum gegenüberliegenden Ufer hinabgestiegen. Vor einem zweigeschossigen Palazzo blieb ich stehen und schaute hoch zum ersten Stock, der mit einer Loggia bestückt war. Auch unter den Arkaden des Erdgeschosses hatte sich eine Menschenmenge gebildet, die wieder nur aus Männern bestand.

Die Jüngeren waren geckenhaft, beinahe kokett mit verschiedenfarbigen Strümpfen bekleidet, einer rot, einer schwarz-weiß gestreift und manche sogar mit Perlen bestickt. Ein paar Jünglinge hatten sich in alberne, gerüschte Jäckchen gehüllt und mit wippenden Federn verzierte Barette aufgesetzt und einen sah ich, in dessen Haar waren niedliche Schleifchen geflochten.

Neckisch, anders konnte man es nicht bezeichnen, fand ich auch die Tracht der Gondolieri, die sich aber nicht sehr von der Kleidung der anderen unterschied. Zu eng am Hintern anliegenden, im Schambereich betont dick ausgepolsterten Strumpfhosen trug man knappe Blousons, die an Brust und Achseln frivol aufsprangen und die Haut freigaben. Gefiel es den männlichen Gästen, zum Gesäß des Bootsführers hinauf zu starren?

Mit gestreiften Kniehosen, Goldbrokat, Seidendamast, Bommeln und reichlich Pelzbesatz an den Mantelaufschlägen brachte man den Geschmack der damaligen Zeit zum Ausdruck, doch wenigstens die Füße waren von der übertriebenen Putzsucht des männlichen Geschlechts verschont geblieben, die handgefertigten Stiefel und Halbschuhe aus weichem Leder zeigten sich eher unauffällig. Über der ganzen Gesellschaft hing eine betäubende Wolke von Parfüm und variierte in allen nur erdenklichen Duftnoten.

Gemessenen Schrittes näherten sich zwei Herren. Der glockenförmige, weite Faltenmantel des Älteren reichte ihm nur bis zu den Knien und nahm sich neben der ansonsten üblichen Kleiderpracht recht schmucklos aus, während der jüngere mir nur deshalb auffiel, weil er mit seiner hellen Haut und den blonden Ringellocken von weitem aussah wie Albrecht Dürer auf einem seiner Selbstporträts. Er trug einen weißen Seidenblouson mit schwarzen, samtenen Paspeln, die allseits beliebten Strumpfhosen und hielt mit der Hand eine weich fallende Mütze aus rot-weiß gestreiftem Stoff mit zwei Kordeln fest, die immerfort zu verrutschen drohte. Als sie nicht weit von mir stehen blieben, stockte mir der Atem, denn es war tatsächlich Albrecht Dürer, die Ähnlichkeit war unverkennbar!

Was hätte ich darum gegeben, ein Foto machen zu können! Der Künstler genoss offensichtlich große

Prominenz, denn während die Leute an ihm vorbeigingen, lupften sie ehrfürchtig ihre Hüte und grüßten ihn überschwänglich mit maestro, maestro. Da ich mich in letzter Zeit auch mit der Kunst Venedigs beschäftigt hatte, wusste ich, dass der junge Nürnberger die Kapelle am Warenlager der Deutschen am Canal Grande ausgemalt hatte.

Der blonde Lockenkopf kam anfangs in der Lagune nicht gut an, doch dann war sogar der Doge in der Kirche San Bartolomeo erschienen, um das Altarbild zu betrachten und von nun an lag Venedig dem fremden Maler zu Füßen. Apropos Kunst – ich war zu ungeübt, um die Epochen korrekt zuordnen zu können, bei mir war alles Mittelalter, auch wenn es schon in die Neuzeit gehörte.

Dürer und sein Begleiter ließen sich von dem allgemeinen Gedränge nicht irritieren und führten mit leiser Stimme eine Unterhaltung. Ich folgte ihnen und konnte zu meiner großen Freude einen Teil ihres Gespräches verstehen, obwohl es ein wenig wie schwäbisch klang.

„Mir wollt dieser Mann seinen Grund nit klärlich anzeigen, das merket ich wol."

„Ja, und wenn es einer nit wüsst, so glaubt dieser, es wären die artigsten Leute."

„So mir Gott heim hilft, weiß ich nit, wie ich damit leben soll."

Da ich mit dem Sinn der Worte nichts anfangen konnte, war ich kaum enttäuscht, als sie am Ende der Brückentreppe in Schweigen verfielen. Dürer marschierte geradewegs auf einen Mann zu, der vor einer mit Brokat ausgeschlagenen Sitzbank stand, die zu einem schmalen

Palazzo gehörte. Der Mann verneigte sich tief, lauschte den Worten des maestro, zückte einen Federkiel, tauchte ihn in ein Tintenfass und begann etwas in ein dickes, metallbeschlagenes Buch zu schreiben. Er trocknete die Tinte vorsichtig mit einem Seidentuch ab, stand umständlich auf und beide Männer verschwanden im Inneren des Hauses.

Warteten hier die *banchieri*, die frühen Banker, von denen Paolo erzählt hatte, auf ihre Kunden? Von diesen mit Brokat bespannten Bänken gab es auf der Uferpromenade viele, obwohl es dort sehr eng war. Nun blitzte in meiner Erinnerung auf, dass Paolo die Rialtobrücke erwähnt hatte, die gleich neben dem Fondaco dei Tedesci und einem Wochenmarkt lag und da ich inzwischen wieder zum anderen Ufer zurückgekehrt war, müsste sich das Gasthaus der Deutschen direkt neben mir befinden. Mein Blick wanderte suchend umher und ich erkannte das zweigeschossige Zweckgebäude an den vielen Kisten, Körben und Säcken, die am Ufer des Wegvorsprunges gestapelt waren.

Diese gemauerten Vorsprünge oder Kais bildeten überall vor den Gebäuden einen Fußweg, damit man nicht gleich in die Lagune fiel, wenn man aus der Haustür trat. Sie waren fast überall entlang der Kanäle angelegt worden und ich musste oft umkehren und mir einen neuen Weg suchen, weil sie nicht immer in eine Brücke übergingen, sondern einfach im Wasser endeten. Für Pferde, Esel und Kutschen war diese Art der Städteplanung völlig ungeeignet, sie konnten sich weder auf den schmalen Vorsprüngen noch über die unzähligen, kleinen Holzbrücken fortbewegen, die wie Bögen das Wasser überspannten. Vermutlich waren an normalen Werktagen, wenn nicht gerade ein kirchliches

Fest gefeiert wurde, menschliche Lastenträger unterwegs, die als Esel dienten.

Aus irgendeinem Grund fühlte ich mich mit der Umgebung vertraut. Lag es an den schwäbisch-deutschen Sprachfetzen, die überall zu hören waren oder am Baustil der Häuser, die zumeist aus Holz und Fachwerk bestanden? Auch die Menschen sahen eher kleinbürgerlich und bieder aus und es waren sogar ein paar sittsam und schlicht gekleidete Frauen unterwegs, die die Haare streng zu einem Knoten geschlungen hatten.

Als ich meinen Weg fortsetzte, erkannte ich an den bunt bemalten Aushängeschildern, die über den Eingängen baumelten, dass ich in ein Handwerkerviertel geraten war. Allerdings ruhten auch dort die Geschäfte, bis auf eine geöffnete Tür waren die Fensterläden aller Häuser ordentlich verschlossen und erlaubten mir nicht, hinein zu spähen.

Wenigstens hinter die geöffnete Tür wollte ich einen Blick werfen und beobachtete zwei dunkel gekleidete Jungen, die eifrig damit befasst waren, metallene Druckbuchstaben ordentlich in Holzkästchen zu sortieren. Im engen Raum nebenan türmten sich diese Kästchen aufgestapelte in hohen Wandregalen und ungerührt vom emsigen Treiben seiner Gehilfen saß ein Kaufherr mit einer Schreibfeder in der Hand an seinem Schreibpult und las konzentriert in einem aufgeschlagenen Buch. Er trug einen roten Umhang mit passendem Barett, ein weißes Hemd und eine mit braunem Pelz besetzte Weste. Hübsche Ton- und Glasgefäße, eine Sanduhr, eine Topfpflanze und eine schlafende Katze zu Füßen des Mannes zeigten das Abbild gutbürgerlichen, gediegenen Wohlstandes. Aus dem Schild über dem Eingang ließ sich ablesen, dass hier ein Buchdrucker residierte.

Ich blieb noch eine Weile unentschlossen stehen und schaute nach oben. An der Hauswand über mir flatterten Wäschestücke im Wind, die man an einer Holzstange zum Trocknen aufgehängt hatte. Da hörte ich leisen Gesang, bog um die Ecke und stand in der schützenden Geborgenheit eines Hinterhofes. Eine junge Frau mit umgebundener Schürze hielt einen Säugling im Arm. Sie schaukelte ihn zum Rhythmus eines Liedes hin und her und wurde von einem Balkon aus von zwei Edelfrauen beobachtet. Mit abfälligen Blicken sahen sie auf das Mädchen herab und steckten tuschelnd die Köpfe zusammen. Wehende, schwarze Schleier an ihren goldbestickten Hauben gaben ihnen das Aussehen böser Feen.

Der ferne Klang von Musik zog mich fort und nach einigem Suchen erreichte ich eine Taverne, unter deren Arkaden sich zahllose Gäste tummelten. Sie saßen auf Holzstühlen und Hockern oder auf der Erde und lauschten den munteren Klängen eines Dudelsackspielers und einer Art Flöte. Die einfach gekleideten Männer und Frauen ließen einen Tonkrug kreisen und griffen mit fettigen Fingern nach kleinen Bratspießen, die von zwei Knaben verteilt wurden. Einige vergnügten sich beim Tanz, Männlein und Weiblein fassten sich an den Händen und in immer denselben Kreisformationen schritt man gemächlich zur Musik einher. Der Anblick all dieser bizarr gekleideten Menschen mit ihren fremdartigen Gerüchen und Geräuschen gaben mir das Gefühl, mich inmitten eines perfekt inszenierten mittelalterlichen Kostümfestes zu befinden.

Bald wurde es mir dort zu laut und zu unruhig. Ich wollte lieber allein sein, denn mich quälte die Erinnerung an die unglückliche Sabrina. Auf der Suche nach einem ruhigen Plätzchen kam ich an das unbefestigte Uferstück eines halb verfallenen, zweigeschossigen Lagerschuppens, dessen verwitterte, ausgebleichte Bretterwände in der stechenden Sonne leuchteten. Ich ließ mich unter einem schattenspendenden Vordach nieder und sah mich um. Niemand war zugegen, nur ein Schwarm großer, gelbroter Vögel verteilte sich laut schimpfend im Geäst eines Feigenbaumes. Ein leckes Boot schaukelte im Wasser und ein zweites lag schon halb auf Grund. Die Lagune war hier an manchen Stellen so flach, dass man Fischschwärme über den sandigen Boden schießen sah.

Die Tierwelt an den noch nicht bebauten Stellen des Inselstaates schien überhaupt farbenfroh und üppig zu sein. Mehrere blaurote, wie Reiher aussehende Vögel mit langen Schnäbeln und dünnen Beinen staksten im Schilf umher, Möwen flogen in Scharen über mich hinweg oder trieben auf dem Wasser, über die heißen Steine am Boden huschten hellgrün schillernde Eidechsen und ein lila blühender Busch wurde von unzähligen bunten Schmetterlingen aufgesucht. Ohne Scheu verharrte ein Hase oder Kaninchen vor einem Erdloch, um sich zu putzen, unter der verwitterten Holztür des Schuppens spähte witternd ein Mäuslein hervor und der gelbrote Vogelschwarm auf dem Feigenbaum beobachtete wachsam zwei hübsch gezeichnete Katzen, die ihrerseits die Gefiederten im Auge behielten. Den höchsten Punkt der Lagerhalle zierte ein Nest aus Ästen und Zweigen, es war allerdings leer.

Deprimiert dachte ich an Sabrina. Hatte ich die Probe nicht bestanden, war es nun für alles zu spät? War die Mission gescheitert? Müde sah ich mich um und bemerkte, dass in einiger Entfernung rechts von mir eine

Art Bastion mit hohen Wehrtürmen das Ufer säumte. Riesengroße Rudergaleeren lagen in Reih und Glied vor aus dem Wasser ragenden, drohend wirkenden hohen Mauern und ich begriff, dass es sich wohl um das Arsenal, den legendären Kriegsstützpunkt der Venezianischen Flotte handeln musste, von dem ich schon gehört hatte.

Mein Blick schweifte zum gegenüberliegenden Küstenstreifen, dessen Ufer dicht besiedelt war und nur ein paar hundert Meter entfernt zu sein schien. Die Kuppel einer Kirche und ein hoher Wachturm überragten die Palazzi, die sich im byzantinischen Stil aneinanderdrängten. Auf dem Meer wimmelte es von großen und kleinen Transportbooten, die in alle möglichen Richtungen fuhren und großen, altmodischen Segelschiffen ausweichen mussten, die erhaben dahinglitten. Wie mochte Paolos Insel Murano aussehen? Warum ließ er mich immer mit all den vielen Fragen allein? Ich legte mich auf den Rücken und starrte so lange unglücklich ins Blau des Himmels, bis ich einschlief.

*A*ls ich aufwachte, nahm ich als Erstes einen intensiven Blütenduft und lärmendes Vogelgezwitscher wahr und dachte schon, ich sei im Paradies gelandet. Doch ich saß auf einer schneeweißen Marmorbank unter einem schattigen, antiken Rundbogen, der lauschig von einer Buchsbaumhecken umrankt wurde und anscheinend zu einem großen Garten gehörte.

Bevor ich mich weiter umsehen konnte, trat Paolo zwischen einer Baumgruppe hervor und war ebenso so prachtvoll gekleidet wie die vornehmen Männer in Venedig.

Ein leichter Mantel aus grün glitzerndem Material floss geradezu an ihm herab, sein Haar glänzte schwarzbraun und enthielt keine einzige graue Strähne, die Gesichtshaut war glatt und frisch. Unter dem Mantel trug er eine dünne, ornamental bestickt Bluse, die in jedem Ornament einen funkelnden Stein enthielt. Auch an seinen Fingern funkelten Ringe mit großen Steinen und jeder hatte eine andere Farbe. Die Hose aus grün-rot gestreifter Seide wurde von Bändern und Spangen gehalten und seine Füße waren nackt.

„Sei gegrüßt, Amanda! Sabrina und ich haben dich schon erwartet! Nur wenn uns ein weiblicher Gast beehrt, ist es der Frau erlaubt, sich zu zeigen. Auch du müsstest dich sonst verhüllen und verbergen, aber heute sind wir nur zu dritt, abgesehen von den Dienern."

Ich fand seine Begrüßung sehr förmlich, als ob wir uns nur oberflächlich kennen würden und da tauchten auch schon zwei bunt gekleidete Diener auf. Mit gesenkten Köpfen stellten sie kleine Körbchen mit Obst auf einem Marmortisch ab, über den sie vorher ein bunt bedrucktes Tuch gebreitet hatten.

„Ach, Paolo, ich hab versagt! Sabrina ist mir schon begegnet und ich fürchte, ich hab alles verkehrt gemacht! Sie wird nicht hier sein können."

„Psst, Amanda, bitte schweig jetzt!"

Er hatte den Kopf einer antikisierten Säule zugewandt und als ich seinem Blick folgte, stand dort eine Frau und starrte mich an. Ich schrie unwillkürlich auf. Sabrina so zu sehen, wie sie ursprünglich einmal gewesen war, tat weh und verstärkte die Schuldgefühle, die ich inzwischen empfand, obwohl ich ihr doch gar nichts getan hatte.

„Ah, da ist sie ja, die Signorina aus Goslar!"

Ihre Stimme hatte einen höhnischen Klang und mich überlief eine Gänsehaut. Sabrina rückte ein hübsch besticktes Kissen zurecht, klopfte mit der Hand eine Aufforderung und wir ließen uns nebeneinander auf der Bank nieder. Paolo ließ uns allein.

„Amanda, was für ein alberner Name!"

Abfällig betrachtete sie meine Kleidung, über die ich mir bisher keine Gedanken gemacht hatte, da mich ja niemand sehen konnte. Ich trug noch immer die Sachen, die ich anhatte, als ich mit Paolo im Huldigungssaal verschwunden war. Verlegen versuchte ich, ihren hochmütigen Blicken etwas Freundlichkeit abzuringen.

„Du bist wunderschön, Sabrina!"

Sie war zweifellos wunderschön, niemals würde sie irgendeine Form von Unterstützung durch Schminke benötigen und ich konnte nicht aufhören, die ebenmäßigen Züge, die anmutigen Linien ihres Körpers und die wie Bernstein leuchtenden Augen zu bewundern. Sie war ein Prachtexemplar und in meiner Welt bekäme man sie schon gar nicht mehr auf der Straße zu sehen, weil irgendeine Agentur sie unter Vertrag genommen hätte, um ihren Körper zu vermarkten.

In der Umgebung des blühenden, exotischen Gartens wirkte ihre Schönheit so natürlich wie die der prachtvollen Blumen, die an Ranken hingen und betörende Düfte verströmten. Sie beugte sich herablassend zu mir hinüber und prüfte den Stoff meines T-Shirts zwischen den Fingern. Ihr Atem streifte mich und ich entdeckte, dass auch ihm jeglicher Geruch fehlte. Sie war also nicht real und das gab mir den Mut, ein Gespräch zu beginnen.

„Sabrina, bist du dieselbe, die ich vorhin in der Gasse getroffen habe?"

Sie schreckte zurück und ließ mich los. Auf den makellosen Zügen breitete sich Boshaftigkeit aus und gaben ihr ein schlangenhaftes Aussehen.

„Was redest du da, Kröte! Hier, nimm einen Granatapfel, ich fürchte aber, du kannst nicht essen, Rattengesicht!"

Sie schleuderte den Apfel in meine Richtung und ich duckte mich weg, um ihn nicht abzubekommen. Dabei kippte ich um und fiel ins Gras. Sabrina war schon über mir, bevor ich versuchen konnte, mich wieder aufzurichten.

Sie hielt ein silbernes Obstmesser in der Hand und drückte es an meine Kehle. Ich dachte flüchtig an Paolos Worte, dass mir nichts geschehen würde und fing an zu zittern. Wie ein Käfer lag ich auf dem Rücken und Sabrinas Augen blitzten hasserfüllt über mir.

„Weib aus Goslar, ich werde dir sagen, was mir angetan wurde! Ich habe auf eure Güte gehofft und nur Fußtritte erhalten. Man drohte mir mit dem Tod, weil ich es wagte, nach dem Mörder meines Ehemannes zu suchen und als ich mich weigerte, die Stadt zu verlassen, habt ihr mir mein gesamtes Geld gestohlen. Fragst du, wie ich es geschafft habe, ohne Geld nach Murano zu gelangen, eine schöne Frau ohne Schutz. Hier!"

Sie drehte ihr Gesicht, strich die Haare zur Seite und ich sah eine rote, gezackte Narbe, die sich von der Stirn bis zum Kinn erstreckte und anfangs nicht zu sehen war. Die Spitze ihres Messers piekste in meine Haut.

„Aber ich dachte, du hättest die Stadt verlassen, bevor man dir etwas antun konnte?"

„Habe ich die Stadt verlassen? Woher willst du das wissen?"

„Anne hat es mir erzählt, es steht in den alten Akten!"

Sie lachte verächtlich.

„Die Akten sind gefälscht! Mitten in der Nacht haben mich deine Landsleute in der Gaststube überfallen und in einen Keller verschleppt. Den Fundort des Silbers sollte ich verraten! Sie glaubten nicht, dass ich die Mine noch nie gesehen hatte und behielten mich so lange dort, bis ich halb verhungert war. Schließlich warfen sie mich auf die Straße, aber vorher haben sie mir diesen Schnitt zugefügt und gedroht, mit einem zweiten meine Schönheit ganz zu zerstören, wenn ich es wagen sollte, sie zu verraten."

Ihre Stimme hallte wütend in mein Ohr und ich krümmte mich zusammen, weil das so weh tat. Dabei drang die Klinge in die Haut ein und ich fühlte, wie Blut austrat.

„Verstümmelt hat man mich auf die Straße geworfen und an die entsetzliche Wanderung bis nach Murano will ich gar nicht mehr denken. Als ich ankam, war es zu spät und unser Besitz konfisziert, weil Paolo als Verräter galt. Die Glasbrennerei, der Palazzo, der Garten, die Weinberge, die Boote, alles gehörte einer anderen Familie."

Sie saß auf meinem Bauch und drückte mir mit den Knien den Brustkorn zusammen. Ihr Hass traf die Falsche und ich bemühte mich verzweifelt, sie mit einem Rechtfertigungsversuch umzustimmen.

„Bitte, Sabrina, lass mich los. Ich hab dir doch nichts getan und ich kann auch nichts dafür, dass die Ratsherren so grausam mit dir umgegangen sind!"

„Die Ratsleute? Pah, die sind es nicht gewesen."

Mit höhnischer Genugtuung starrte sie mich an und ich

sah voller Entsetzen, wie sich die schöne, junge Frau mehr und mehr in die verwahrloste Alte zurückverwandelte. Wo steckte Paolo und warum half er mir nicht?

„Nicht die Ratsleute, Jacopo hat es getan! Aber das macht ihre Schuld nicht kleiner. Mit kriecherischer Feigheit haben sie ihm gedient und er hat durch seine Habgier ihre niederen Instinkte entfesselt, die unser Unglück waren. Darum habe ich sie verflucht und würde es wieder tun!"

Mit einem Schlag war das Vogelgezwitscher verstummt und die paradiesische Kulisse hatte sich in etwas diffus Unwirkliches verwandelt. Sabrina würde mich töten, einfach so, um ihren Hass zu lindern und mich in eine Zwischenwelt der Geister verbannen. Ich konnte nichts mehr sehen, absolute Schwärze umfing uns, eine Finsternis wie der Tod. Da verbreitete sich ein schwacher, roter Schein, der Sabrinas Konturen wieder sichtbar werden ließ. Das Herz! Ich hatte es noch schnell eingesteckt, bevor ich losgegangen war und nun erhellte es durch meine Hosentasche hindurch schwach die Umgebung.

Auch Sabrina hatte das Leuchten bemerkt. Sie lockerte den Druck des Messers an meinem Hals und erhob sich aus der Hocke in den Stand. Ich bekam zwar wieder Luft, aber sie war noch immer über mir, bedrohlich, sprungbereit, das Messer in der rechten Hand. Erinnerte sie sich an das Herz und Paolos Liebe zu ihr? Seine Worte fielen mir wieder ein und ich wusste, ich hatte die falsche Strategie angewandt.

„Sabrina, denk nach, warum ist Paolo nicht genauso hasserfüllt wie du?"

Die Frage schien ihr einiges Kopfzerbrechen

abzuringen, doch sie schwieg weiterhin. Ich musste sie überzeugen und wusste, dass es nur eine Möglichkeit gab.

„Bitte, Sabrina, du kannst mich töten und weiter hassen, aber du kannst auch endlich Ruhe finden. Wähle das richtige, Sabrina! Bitte, nimm den Fluch zurück!"

Ihre schmale, von Wut und Hass verkrümmte Gestalt sah in der schemenhaften Dunkelheit ganz unheimlich aus, doch an ihrer Haltung konnte ich erkennen, dass sie eine Wandlung durchlebte. Langsam entspannte sich ihr Körper und das Messer fiel zu Boden, dann warf sie plötzlich den Kopf trotzig in die Luft, atmete tief durch und sagte mit ruhiger Stimme:

„Ich löse den Fluch!"

Schlagartig kehrten die Geräusche und das Licht zurück, nur Sabrina war verschwunden. Paolo durchquerte den Garten, blieb vor mir stehen, streckte die Hand nach mir aus, um mir aufzuhelfen und sah mich mit leuchtenden Augen an. Ich klopfte mir das Gras von den Kleidern.

„Das hast du gut gemacht, Amanda. Danke!"

Ich wollte vorwurfsvoll lamentieren, ihn der Fahrlässigkeit beschuldigen und tastete anklagend nach der Wunde an meinem Hals, aber da war nichts, nicht der kleinste Kratzer.

„Mach dir keine Sorgen, Sabrina hat lange auf diesen Augenblick warten müssen und war bereit! Komm, ich will dir den Garten zeigen!"

Beschwingt drehte er sich um und führte mich zu einem mit Dattelpalmen bestandenen Aussichtspunkt, von dem aus man weit in die Ferne blicken konnte. Wir befanden uns auf dem sanft ansteigenden Hügel einer

Landzunge, die von zwei Seiten eine geschützte Bucht bildete. Der Hang, auf dem wir standen, erstreckte sich bis hinunter ans Meer und war in breiten, stufenförmig abfallenden Terrassen angelegt, die in einem Sandstrand endeten.

Vom Meer aus gesehen in der rechten Hälfte des Gartens befand sich eine Plantage mit Oliven-, Orangen- und Feigenbäumen und die linke Seite war wie ein Weinberg bepflanzt. Überall luden Bänke aus weißem Marmor zum Verweilen ein und der Duft eines Fliederbuschs unweit von mir erinnerte mich an mein einstiges Leben in Deutschland. Kleinwüchsige Olivenbäume spendeten Schatten und am tiefblauen Himmel zogen Schwalben ihre Kreise und stießen flirrende Schreie aus. Ich fragte mich, wie es bei der im Süden üblichen Trockenheit gelungen war, das sprudelnde Wasserbecken in einer Felsvertiefungen neben mir anzulegen.

Das weitläufige Anwesen war ringsum von einer hohen Feldsteinmauer umschlossen, über die ich neugierig einen Blick warf. Auf der anderen Seite der Insel reihten sich langgestreckte, ziegelrote Hallen mit Backsteinwänden aneinander und aus den zahllosen Röhrenschornsteinen stieg schwarzer Rauch auf. Der trostlose Anblick vermittelte den Eindruck eines großangelegten Industriegebietes, vermutlich standen dort die Glashütten.

„Schau, da unten siehst du meine *casa!*"

Ich blickte schnell in die Richtung, die Paolo vorgab. Casa, also Haus, war wohl eine etwas untertriebene Bezeichnung für den zweigeschossigen Palast, der stolz am Ufer der Landzunge schräg unter uns aus dem Meer ragte. Die Säulenarkaden, die ziselierten Fensterbögen und filigranen Spitzgiebel erweckten eher den Eindruck eines orientalischen Märchenschlosses. Das daneben stehende, zweckmäßig aussehende Ziegelgebäude wurde von der Großartigkeit seines Anblicks regelrecht erschlagen.

„Du hattest recht, Paolo, eure Palazzi kann man mit unseren Fachwerkhäusern gar nicht vergleichen."

Wir stiegen hintereinander eine Steintreppe hinab und ich bewunderte beim Näherkommen die Fassade des Wohnpalastes. Die Außenwände leuchteten in zartem türkis und über dem romanisch-byzantinischen Eingangsportal glitzerte ein riesiges, farbenprächtiges Mosaik, das denselben großen Hahn darstellte, wie er mir schon auf der Lasche von Paolos Tornister aufgefallen war. Ich glaube, das Mosaik bestand aus funkelnden, bunten Glasscherben. Hinter den schneeweißen Säulen eines Laubenganges im Erdgeschoss öffnete sich eine mit weißem Marmor gefliese Vorhalle und auch der symmetrische, halboffene Laubengang im ersten Stock wurde von zierlichen, weißen Säulen gestützt.

Wir betraten das Haus durch den Seiteneingang und standen gleich unter der schattigen Kühle der Arkaden. Zwei in grüne Pluderhosen gekleidete dunkelhäutige Diener setzten eine mit Rotwein gefüllte Glaskaraffe und zwei wunderbar verzierte Glaspokale vor uns nieder und starrten Paolo neugierig an, weil er zu jemandem gesprochen hatte, obwohl er doch allein war.

Mit einem Wink schickte er die beiden weg und lud mich zum Sitzen ein. Gepolsterte, halbrunde Stühle mit elegant geschwungenen Lehnen umstanden einen Tisch aus schwarzem Marmor, in dessen Platte Intarsien aus Gold eingefügt waren. Ich sank in einen der bequemen

Stühle und genoss den Blick hinaus aufs Meer, während Paolo einschenkte.

„Lass uns trinken, Amanda, auf das Leben und die Wahrheit!"

„Und die Liebe!"

Der rubinrote Wein rann sanft und fruchtig, mit einem feinen Hauch von Sandelholz meine Kehle hinab und ich schloss unwillkürlich die Augen, um den Genuss zu intensivieren. Einen solchen Wein hatte ich noch nie getrunken.

„Bist du von hier aus mit dem Boot geflohen?"

„Du hast den Ziegelbau nebenan gesehen? Das ist meine Glasbrennerei und auf dem gemauerten Kai davor wurden die Boote beladen. Von dort aus haben Angelo und ich das Grundstück in Richtung Venedig verlassen. Nur vom Garten und vom Meer aus kann man das Haus sehen und der Zugang war außer uns nur den Gärtnern gestattet. So blieb meine Flucht unbeobachtet."

Die Arkadenterrasse, auf der wir saßen, führte direkt ins Wasser und ruhte auf Backsteinmauerwerk, das unter der Meeresoberfläche ein tragfähiges Fundament bildete. Man hätte von hier aus ins Meer springen und schwimmen können. Fantastisch!

„Fühlst du dich in der Lage, noch etwas anderes zu tun?"

„Hmm, was meinst du damit, ich dachte, es ging nur um Sabrina?"

„Ja, aber es gibt noch einen anderen Fluch, dessen Kraft im Lauf der Jahrhunderte gewachsen ist und mit dessen Energie eine neue apokalyptische Schreckensherrschaft errichtet werden soll."

„So etwas Wichtiges soll ich verhindern können, ohne selbst in Gefahr zu sein?"

Paolo schüttelte den Kopf und lächelte hintersinnig. Sein Gesicht hatte den archaischen Ausdruck angenommen, den ich von unseren Spaziergängen im Harz so gut kannte und sein Sprachstil war der eines Dozenten.

„Die dienstbaren Geister der finsteren Mächte versuchen, möglichst viele Seelen in ihren Bann zu ziehen. Ihr Ziel ist ein Maximum an Zerstörung und um das zu erreichen, halten sie nach Menschen Ausschau, die bereit sind, ihr Gewissen auszuschalten. Ohne Gewissen ist man gewissenlos und zu allem bereit.

Die meisten Menschen erkennen gar nicht oder zu spät, dass sie längst einen Pakt mit dem Bösen eingegangen sind. Das Böse hat keine bestimmte Form, allenfalls eine Typologie, und es zeigt sich stets in neuer Verkleidung. Nur schwer wird man die Mächte der Finsternis wieder los. Von ihnen befreite Menschen haben oft den Eindruck, aus einem Alptraum erwacht zu sein und betrachten voller Entsetzten die Grausamkeit ihrer Taten. Jede zurückgewonnene Seele entzieht der zerstörerischen Welt die benötigte Energie."

Ich nahm noch einen tiefen Schluck von dem erlesenen Wein und versuchte, die einzelnen Facetten seines Geschmacks zu ergründen. Über das Thema Gut und Böse hatte ich sehr viel nachgedacht, es stimmte, nicht immer konnte abgründiges Verhalten mit einer sozialwissenschaftlichen Theorie erklärt und behandelt werden.

„Und was ist mit den Tieren? Müssen die sich auch zwischen gut und böse entscheiden?"

„Vorzugsweise wird der Mensch von Niedertracht umworben, weil das Ausmaß der Zerstörung, zu dem Menschen fähig sind, unendlich groß sein kann. Gerade in den Zeiten, in denen du lebst, wird die Idee der vollständigen Verwüstung der Erde für die Schwarze Materie immer reizvoller. Denk an Hitler und Stalin, die als Galionsfiguren Millionen von Toten produziert haben. Viel Energie ist damals aus der Hölle in eure Welt geflossen."

Die Hölle. Gab es die? Vor dem herrlichen Weitblick aufs Meer und dem beruhigenden Schwappen der Wellen gegen das Mauerwerk wirkte unser Gespräch abstrus und irrational. Eigentlich hatte ich gar keine Lust, mir tiefschürfende Gedanken zu machen, aber es musste wohl sein.

„Die Hölle, der uralte Kampf zwischen Gut und Böse... naja, das leuchtet mir gerade noch ein, aber ich verstehe nicht, was das mit mir zu tun hat."

„Du bist auf eine seltene Weise unbestechlich und unbeirrbar und nur wenige Menschen besitzen die Gabe, die gut getarnten Spielarten der Schlechtigkeit zu durchschauen und zu entlarven. Darum müssen Menschen wie du für diese Aufgabe gewonnen werden. Aber es hat ziemlich lange gedauert, dich zu überzeugen."

„Was heißt, es hat lange gedauert? Du hattest mich doch gar nicht gefragt."

„Nein, wir fragen nicht. Wenn wir Begabte aufspüren, so, wie wir Metalle auffinden, dann wissen wir, wann die Bereitschaft da ist. Doch jetzt, Amanda, will ich dir etwas Zeit schenken, damit du dich erholen kannst. Komm, ich zeige dir den Raum, in dem du schlafen wirst!"

Seine lobenden Worte stärkten und verwirrten mich zugleich, ich musste ihm unbedingt noch ein paar Fragen stellen.

„Halt, warte, ich glaube nicht, dass ich jetzt schlafen kann. Warum wolltest du überhaupt von hier weg, Paolo, dieses Fleckchen Erde ist ein Paradies!"

„Das hatte viele Gründe. Giovannas Erzählungen über die Malereien ihres Vaters im Goslarer Huldigungssaal erweckten zunächst nur meine Neugierde. Als dann Angelo heimkehrte und von der Silbermine sprach, gesellte sich die Habgier dazu und eine dunkle Kraft begann an mir zu ziehen und mich zu drängen, in den Harz zu reisen. Ich wollte unbedingt die Silbermine besitzen. Und wie es in den alten Schriften heißt: wenn dein Auge böse ist, wird auch dein Leib finster sein, so wurde die Seele aus meinem Körper vertrieben und der Geiz zog ein, kurzum, ich war zu einem Sklaven des Geldes, zu einem servi pecuniae, geworden.

Zu meiner Zeit bestanden Münzen aus Edelmetall, vorzugsweise aus Gold und Silber. Das alchemistische Symbol für Silber stellt eine Mondsichel dar, das Herrschaftszeichen der Göttin des Mondes, Luna. Der weiße Mond hat jedoch einen Schwesterplaneten, Lilith, auch die dunkle Seite des Mondes genannt. Lilith steht im Dienst der finsteren Mächte und kann eine gewaltige Zerstörungskraft entfalten.

Das rote Glasherz, in dem die Liebe brennt, sollte Sabrina schützen, aber sie trug es nicht bei sich, als sie sich aufmachte, um nach mir zu suchen. Ihr Gerechtigkeitssinn wollte die Schuldigen mit einem Fluch bestrafen, aber die Schuld lag allein bei mir."

Unwillkürlich tastete ich nach dem Lederbeutel mit

dem Herzen und schob ihn tiefer in meine Hosentasche hinein.

„Wie ist das Herz dann wieder in deinen Besitz gekommen?"

„Bevor sie fortging, vergrub sie unsere wertvollsten Schätze im Garten, darunter auch das Herz."

Seine Antworten fachten meine Neugierde eher an, als dass sie befriedigt wurde, aber ich fühlte plötzlich, wie erschöpft ich war und wie viel Kraft mich der kurze Kampf mit Sabrinas Hass gekostet hatte.

Wir leerten unsere Gläser und blieben noch eine Weile schweigend sitzen, während sich die Dunkelheit schlagartig verbreitete. Ein leiser Wind trug frische Meeresluft heran und ich sog den typischen Geruch von Salzwasser tief ein. Bevor wir hinaufstiegen, entzündete Paolo eine kleine Laterne und ihr Schein beleuchtete die wehenden, farbenfrohen Vorhänge und die mit Seidendamast bespannten Wände der Loggia.

Nichts war dem Zufall überlassen, das prunkvolle Dekor aus Marmor, Edelsteinen, Hölzern, Gold, Silber oder Glas zierte anscheinend jeden Winkel des Hauses, sogar das Geländer der breiten Marmortreppe diente kunstvoll geformten, gläsernen Tierfiguren und bunten Pokalen als Podest. Das gesamte Gebäude beeindruckte mit verschwenderischer Pracht, über die ich mich jetzt aber nicht weiter auslassen möchte. Als wir durch den Laubengang kamen, dessen Fenster mit Kleeblattbögen verziert waren, verstärkte sich das Rauschen des Meeres und ich warf einen letzten Blick auf das am Horizont zerfließende, schwarzblaue Wasser, dessen Gischt an manchen Stellen weiß aufschäumte.

Der Raum, in den mich mein Gastgeber führte,

ging nach hinten hinaus. Durch eine mit Holzstäben vergitterte Öffnung konnte ich in einen hell gepflasterten, geräumigen Innenhof hinabsehen, der von zwei Fackeln erleuchtet wurde und in dessen Mitte sich eine marmorne Zisterne befand. Paolo entzündete ein paar Kerzen in Lampenschirmen aus Buntglasmosaik und ihr Licht entfaltete ein Farbspiel, das unstete Muster auf den weiß gefliesten Boden warf.

Antik aussehende, zierliche Glaskelche und ein großer Rundspiegel in einem silbernen Rahmen auf einem vierfüßigen Ständer hätten Antiquitätenhändler und Museumsleiter gleichermaßen um den Verstand gebracht, doch mich interessierte nur noch das geräumige Holzbett. Es stand mitten im Raum unter einem von gedrechselten Stangen getragenen Baldachin und bei seinem Anblick erfasste mich eine so große Müdigkeit, dass ich es kaum mehr bis dorthin schaffte. Ich schlüpfte unter die dunkelrote Decke, hörte mich noch „Gute Nacht!" murmeln und war schon eingeschlafen.

*I*ch erwache von einem Geräusch, das wie das ferne Aufschlagen eines Stockes klingt: tock, tock, tock. Etwas benommen öffne ich die Augen und stelle fest, dass es um mich herum ziemlich dunkel ist. Ich liege nicht mehr in dem gemütlichen Bett in Paolos Palazzo, sondern stehe an irgendeinem fremden Ort und die Hitze treibt mir den Schweiß aus den Poren. Ich wische mir über die feuchte Stirn und frage mich besorgt, wie ungepflegt ich inzwischen aussehen mag.

Nachdem sich meine Augen an die Dunkelheit gewöhnt haben, erkenne ich einen großen Platz, der beinahe lückenlos von gut erhaltenen Fachwerkhäusern umstanden ist, an deren Fronten große Metallschilder leise hin und herpendeln. Schräg gegenüber entdecke ich die Fassade des mir vertrauten Gildehauses der Tuchhändler, die Kaiserworth, die anderen Gebäude sind mir jedoch fremd. Befinde ich mich auf dem Goslarer Markt? Ja, tatsächlich, ich stehe unter den Arkaden des Rathauses, also genau dort, wo ich mich unlängst mit Paolo getroffen habe.

Und warum ist es so dunkel? Zunächst glaube ich, das fehlende Licht der Straßenlaternen sei eine Folge der Nachtabschaltung, von der auch die Goslarer Altstadt betroffen ist, doch die vielen unbeschädigten Häuser im Baustil der Gotik deuten daraufhin, dass ich in der Zeit vor dem schweren Stadtbrand gelandet bin. Folgerichtig wird mein im zwanzigsten Jahrhundert modernisiertes Appartement im Großen Heiligen Kreuz jetzt von armen Leuten, Pilgern und Mönchen ohne festen Wohnsitz bewohnt und der Zugang ist für mich versperrt. Dabei sehne ich mich so nach meiner vertrauten Umgebung oder wenigstens nach Paolos Nähe, um die Dinge erklärt zu bekommen. Mein seltsamer Freund mutet mir ganz schön viel zu!

Ängstlich drücke ich mich tiefer in die Nische. Das Geräusch kommt näher und der Schein eines hin und her pendelnden Lichtes fällt auf den ungepflasterten Boden. Ein in Lumpen gehüllter Mann, der in der Linken eine Laterne schwingt und mit der Rechten einen Knüppel auf den Boden stößt, nähert sich dem Rathaus. Tock, tock, tock. Mit verschlafener Stimme intoniert er den monotonen Gesang eines Nachtwächters, schlurft langsam an mir vorbei und biegt in die Gasse neben dem Gildehaus ein. Dann verschwindet er in Richtung Abwasserkanal.

„Hört ihr Leute lasst euch sagen, unsre Uhr hat drei geschlagen!"

Das schummrige Licht hat mir nicht nur gezeigt, dass der Marktplatz ungepflastert ist, auch der Brunnen befindet sich nicht an der gewohnten Stelle und obendrein mäandert ein schmales Bächlein, mehr ein Rinnsal, mitten durch den Platz.

Was soll ich jetzt tun? Wieder höre ich undefinierbare Laute und sehe eine Ratte zu meinen Füßen sitzen, die mit einer Mahlzeit beschäftigt ist. Entsetzt springe ich unter den Arkaden hervor und stoße mit zwei gebückten, alten Frauen zusammen, die lautlos an mir vorbei geschlichen sind, ohne mich wahrzunehmen. Sie setzen ihren Weg fort, ängstlich bemüht, heil über den löchrigen Untergrund zu kommen.

Ich verlasse die schützenden Pfeiler des Rathauses und taste mich quer über den Platz, um wenigstens in die Nähe des Gebäudes zu kommen, dass im einundzwanzigsten Jahrhundert mein Zuhause war und hoffentlich bald wieder sein wird. Als ich es bis zur Königsbrücke geschafft habe, unter der die Wasser der Gose über ein Wehr nach unten strömten, erklingen vereinzelt schon die ersten Vogelstimmen und eine Morgenröte färbte den Himmel ein. Ich fasse in meine Hosentasche, der Stein befindet sich noch immer dort und ich fühle mich frisch und ausgeruht. Die Neugierde siegt über meine Verzagtheit und da ich nun einmal hier gelandet bin, beschließe ich aus irgendeinem Grund, zum Bergwerk hinauf zu gehen.

Es fällt mir nicht schwer, den Weg stadtauswärts zu finden und ich stehe bald in einer Traube von Menschen am Stadttor. Draußen erkenne ich gar nichts mehr wieder.

Der Unterschied von einigen hundert Jahren bewirkt derart große Veränderungen, dass mir die Landschaft vollkommen fremd erscheint. Inzwischen ist die Sonne aufgegangen und brennt heiß auf die baumlosen Hänge des Rammelsbergs und ich fühle mich in eine Zwergenwelt hineinversetzt, als ich die emsig umher rennenden Männlein mit Zipfelkapuzen und langen Vollbärten sehe, die viel kleiner sind als der Durchschnitt bei uns heutzutage.

Ich kraxele einen schmalen Pfad empor und befinde mich nun oberhalb der mittelalterlichen Grubeneingänge, nicht weit von der Stelle entfernt, an der ich den toten Paolo entdeckt habe. Dieselben Halden umgeben mich, auf denen wir noch jetzt, im einundzwanzigsten Jahrhundert, herumspazieren und ich suche die Gegend eifrig nach etwas ab, das mir vertraut vorkommt. Da höre ich bekannte Stimmen hinter mir und bevor ich mich umdrehen konnte, haben mich die zwei Schwarzgekleideten in die Mitte genommen und an den Rand der steil abfallenden Geröllhalde gedrängt.

„Na, Allerwerteste, würden Sie gern mal hier herunter purzeln?"

Der aufgetürmte Hang fällt mindestens zwanzig Meter steil ab und sie stoßen mich so weit nach vorn, dass ich gestürzt wäre, wenn sie mich nicht gehalten hätten.

„Nein, lasst mich los! Was fällt euch ein! Hilfe!"

Ich versuche mich zu befreien, aber ihre Hände umklammern mich so fest wie Schraubstöcke und ich fange an zu zittern. Ungerührt von meiner Höhenangst stimmen die beiden einen italienischen Spottgesang an, von dem ich nichts verstehe und schaukeln mich in der Luft hin und her. Dazu muss man sagen, dass ich nicht gerade leicht bin, aber die beiden sind wirklich sehr kräftig gebaut. Endlich treten sie einen Schritt zurück und ich lasse mich kraftlos wie ein Sack auf die Erde plumpsen. Der Schreck ist zu groß gewesen. Mit den beiden habe ich überhaupt nicht gerechnet und außerdem ist mir genau an dieser Stelle schon die geisterhafte Sabrina begegnet. Die schrille Stimme der Frau hallt in meinen Ohren.

„Oho, sie setzt sich auf den Hintern, das arme Ding! Sie, mit Ihnen haben wir noch ein Hühnchen zu rupfen! Erzählen Sie doch mal, wo Sie abgeblieben sind! Oh, ja, in Venedig ist sie gewesen, cazzata!"

Sie haben mich losgelassen und starren von oben böse auf mich mich runter. Das aschfahle Gesicht der Frau sieht so verlebt aus wie damals und die fette Bauchmasse ihres Begleiters ist aus den Shorts gerutscht und hängt nun weiß und schlabberig über dem Hosenbund. Ihre Stimme trieft vor Spott.

„Was hat denn die Gnädigste? Ach, sie ist erschrocken!"

Mir wird auf einmal klar, dass ich meine Aufgabe ganz vergessen habe und höre Paolos Mahnung, die Zeit nicht zu verpassen. Wäre ich doch nur besser vorbereitet, immer wieder passieren überraschende Dinge und lenken mich ab.

„Nun stehen Sie mal schön auf, wir müssen weiter und nehmen Sie mit!"

Wieder umklammern mich zwei Schraubstöcke, ziehen mich hoch und schleifen mich zu einem schmalen Weg, der bergabwärts führt. Sie lassen mir keine Wahl, und so stolpern wir nacheinander den Steilhang ins Tal hinab. Unten angekommen, zwingen sie mich, einen steinigen Pfad am Fluss entlang zu gehen, der zurück in die Stadt führt. Bei der letzten Begegnung hatte die Frau nach Schnaps gestunken, diesmal verströmt sie jedoch überhaupt keinen Geruch.

Am Klaustor warten sie geduldig, bis sich die kleine Pforte für Fußgänger öffnet und eskortieren mich schnellen Schrittes bis zur Bergstraße. Was kann ich tun? Niemand sieht mich, niemand hört mich und obwohl viele Leute durch die Gassen strömen, bin ich den beiden wehrlos ausgeliefert. Die Hitze ist beinahe unerträglich geworden, kein Lüftchen regt sich und der Schweiß rinnt mir in Strömen von den Schläfen über die Kniekehlen bis zu den Füßen hinab und durchtränkt meine Kleidung. Wie lange laufe ich nun schon in denselben Klamotten herum?

Wir biegen in die Ziegenstraße ein und stoppen vor dem Haus des Stellmachers Pfefferkorn, von dem ich so oft geträumt habe. Die Frau klopft dreimal, die Tür öffnet sich einen Spalt breit und wir werden von einem Augenpaar einer ausführlichen Musterung unterzogen. Dann dürfen wir eintreten. Zu meinem Erstaunen sehe ich am anderen Ende der Diele nebeneinander auf einer Holzbank Paolo, Anna Maria von Ziegler und Philippus sitzen. Alle drei blicken mich erwartungsvoll an, während sich die alte Magd, die uns geöffnet hat, in den hinteren Teil des Raumes verzieht.

Paolo, der nun wieder so rustikal gekleidete ist wie bei unseren Treffen im Wald, erhebt sich und ergreift das Wort.

„Sei gegrüßt, Amanda, es ist nun keine Zeit für Erklärungen, die Katastrophe steht unmittelbar bevor und wir sind übereinstimmend zum dem Schluss gekommen, das du Bartold Taube finden und die Kräfte seines Fluches unschädlich machen musst. Er hält sich in einem schwarzen Loch versteckt und verfügt inzwischen über genug negative Energie, um ein Heer von Mittätern zu rekrutieren, die bereit sind, einen großangelegten Plan zur Vollendung zu bringen. Das Ziel ist, wie immer, die größtmögliche Zerstörung und die Vernichtung von Seelen. Das Heer seiner „willigen Vollstrecker" ist gewaltig angewachsen!"

Anna Maria und Philippus wirken gleichzeitig erleichtert und tief bekümmert. Aufmerksam lauschen sie Paolos Worten und blicken mit verehrungsvoller Hochachtung zu ihm auf. Ihre Gesichter sehen weich und freundlich aus, anders als die gehetzten Grimassen in meinen Träumen. Mir ist das alles ein Rätsel. Weil Paolo mir nie einen Plan mit auf den Weg gibt und mich mit immer neuen Unklarheiten allein lässt, bin ich ziemlich aufgebracht und wütend. Vermutlich wird er auch jetzt sofort verschwunden sein, nachdem er mir alles erläutert hat. Vorwurfsvoll zeige ich auf die Schwarzgekleideten.

„Warum? Warum ich? Die beiden da haben mich hierher geschleift wie eine Kriminelle und außerdem haben sie mir Angst gemacht! Sie wollten mich sogar die Halde hinunterstoßen! Mit solchen Kreaturen kann man doch nicht das Böse besiegen!"

Mit gesenkten Köpfen und einem verlegenen, schiefen Grinsen betrachten die beiden angelegentlich ihre Fußspitzen. Paolo sieht sie erstaunt an und sein strafender Blick zaubert sogar etwas Farbe ins Gesicht der Frau.

„Was fällt euch ein, ihr solltet sie zu uns bringen, aber nicht einschüchtern!"

Die Frau windet sich beflissen.

„Ach, so ein kleines bisschen Strenge hat noch

niemandem geschadet! Es sah nicht so aus, als ob sie uns freiwillig folgen würde."

„Aber sie muss sich uns freiwillig anschließen! Ihr könntet alles verderben mit eurer eigenmächtigen Sturheit!"

Demütig schweigend lassen die beiden den Verweis über sich ergehen, wirken aber weder eingeschüchtert noch so beleidigt wie damals, als ich ihnen im Mönchstal eine Abfuhr erteilt habe.

„Amanda, du musst sie entschuldigen. Sie nehmen an einem Rehabilitationsprogramm teil und sollen sich erst noch bewähren. Aber komm, ich will dir etwas zeigen. Ihr anderen geht bitte nach dort hinten."

Anna Maria und Philippus erheben sich gehorsam, aber keinesfalls gekränkt, und gesellen sich mit den Schwarzgekleideten zu der Magd, die am nicht beheizten Ofen Platz genommen hat.

„Bartold Taube hat einen großen Vorsprung, aber noch können wir ihn einholen. Das jetzige Stück Weges ist besonders schwierig für dich, meine liebe Amanda, du wirst kaum etwas wiedererkennen und ganz auf dich allein gestellt sein. Mehr darf ich nicht sagen, denn es gehört immer ein wenig Improvisationsgeschick dazu, dem Schicksal neue Wendungen zu geben. Ich zeige dir jetzt ein Bild des zukünftigen Geschehens, eine Vision, eine Vorschau und du wirst verstehen, dass ein solches Horrorszenario nur in Fragmenten darstellbar ist. Und nochmals: Fürchte dich nicht!"

Paolo tritt vor einen großen Spiegel, den ich in der Diele bisher noch nicht bemerkt habe und dessen fragile, silberne Verzierungen in dem mit klobigem Eichenmobiliar vollgestopften Raum irgendwie deplatziert wirken. Seltsamerweise ist in dem Glas nicht unser Spiegelbild, sondern das Satellitenbild des blauen Erdballs zu sehen. Paolo bedient die Oberfläche des Spiegels mit den Fingerspitzen wie einen Touchscreen, verkleinert die Abbildung, dreht und wendet sie, zieht sie zusammen und wieder auseinander, tippt bestimmte Stellen mit dem Zeigefinger an und bald lassen sich die Kontinente erkennen und ich kann ganz kleine Bergketten, Meere, Flüsse und weite, grüne Flächen sehen. Während ich die überwältigende Schönheit unseres blauen Planeten bewundere und den Abwechslungsreichtum seiner Landschaften bestaune, berührt Paolo den Spiegel erneut ganz zart mit den Fingern und zieht die Erde ein wenig nach rechts. Bestürzt erlebe ich, wie ein Prozess der Zerstörung beginnt und bald von den Landschaften und Meeren nichts mehr zu erkennen ist. Die Schutzhülle ist verschwunden und die Erde ist von einem unbewohnbaren Planeten nicht mehr zu unterscheiden.

„Amanda, das wäre die Zukunft des Planeten Erde nach dem Willen der Dunklen Energie. Ihre Kraft speist sich aus Flüchen, Boshaftigkeiten und anderen Spielarten der Zerstörung und lauert auf den richtigen Moment, um die Erde in ein totes Gestirn zu verwandeln."

Er beugt sich vor, vergrößert den Monitor und auch ich beuge mich vor und sehe eine unendlich sich ausdehnende Halle. In bis an die Decke reichenden Wandregalen stehen unzählige durchsichtige Behälter, die großen Weinballons gleichen und mit Membranen fest verschlossen sind. Der untere Rand der Regalbretter ist etikettiert und wie in einem merkwürdigen Traum wird mir klar, dass es sich um die Aufbewahrung von boshaften Erinnerungen handelt, konserviert und eingesperrt in flüssiger Vergangenheit.

Das Bild mit der Halle verschwindet und ich sehe eine Frau am Schreibtisch sitzen, verzweifelt bemüht, den Computer auszuschalten. Sie sagt: *Verdammt, was ist hier los? Warum geht das Ding nicht aus? Sie greift zum Telefon und wählt eine Nummer. ...ich bin irritiert! Ich hab den PC ausgeschaltet und trotzdem bleibt er an! Ich verstehe das nicht! Ich hab alle Stecker aus der Wand gezogen und das verdammte Ding ist immer noch in Betrieb! Muss ich erst draufhauen oder was?*

Schluchzen. Eine aufgeregte Frauenstimme am anderen Ende der Leitung.

Bei mir ist es dasselbe und bei uns im Büro auch und ich krieg nur noch einen einzigen Fernsehsender rein, der mit schrecklicher Musik und Geplärre in verschiedenen Sprachen die neue Weltordnung verkündet! Ansonsten nichts mehr, nichts, kein einziger Sender! Und das Radio ist ganz tot. Ich hab Angst!

Jemand proklamiert monoton aus der Bibel:

...und sie haben Gewalt über die Wasser, sie in Blut zu verwandeln und die Erde zu schlagen mit jeder Plage.

Wie wenn man in einem altmodischen Radio mit Drehknopf nach einem Kurzwellensender sucht, so höre ich Sprecher, die immer wieder von störendem Rauschen unterbrochen werden. Ein wildes Durcheinander von Stimmen und lautem Getöse dröhnt in meinen Ohren.

Zeitgleich hat es in zahlreichen Hauptstädten der EU-Mitgliedsstaaten Explosionen gegeben... Spezialkommandos, Polizei und Rettungskräfte versorgen Verletzte... neue Sekte tritt erstmals öffentlich in Erscheinung... Rede der Malpertha Non X wird in sämtlichen Medien übertragen... sie will als Zeichen der Welt-Neuwerdung die religiösen, kulturellen und politischen Wahrzeichen der Alten Welt zerstören... *auch der biblische Staat Israel soll ausgelöscht werden... Museen... Kirchen... Moscheen... Vatikan schickt Gläubige ins Heilige Land... Nonnen in schwarzer Tracht mit weißen Hauben werden in Bussen zu Flughäfen gebracht und nach Tel Aviv geflogen... Drohnen und Kleinflugzeuge werfen Behälter mit hochansteckenden Viren ab... bisher unbekannte Seuche verbreitet sich epidemisch... Metropolen entvölkert... Alltagsgeschäfte lahmgelegt... unbekannte Seuche grassiert weltweit... Millionen sterben innerhalb von wenigen Tagen... Bomben auf Petersdom, Markusplatz, Berliner Pergamon-Museum, Semper-Oper, Stephansdom... Explosion im Louvre... National Gallery nur noch kratertiefes Loch... Taj Mahal ausgelöscht... verzweifelter Großangriff der NATO auf unterirdisches Hauptquartier der Sekte... Malpertha Non X wird zur Führerin ordiniert... Proklamation neuer Menschenrasse durch Kritische Selektion... Arbeitssklaven für riesige Anbaugebiete und gigantische Mastanlagen... Kampfgeschwader aus geheimer Militärbasis bei Wiesbaden werfen Atombomben über Europa, USA, China, Russland, Südamerika und Zentralafrika ab...*

Eine sterbende Nonne ruft: *Jesus Christus, die Stunde ist gekommen...*

Endlich - die Stimmen sind verstummt, ich hätte es auch nicht länger ausgehalten. Soviel negative Kraft ist unerträglich! Dennoch hören die migräneartigen Schmerzen in meinem Kopf sofort auf, als die letzte Bildsequenz verschwindet und die sich gift-gelb immer höher aufblähenden Atompilze verblassen.

Doch es ist noch nicht vorbei. Ich bin in ein anderes Szenario hineinversetzt worden. Ich sehe Goslar von oben, oder das, was von Goslar übrig geblieben ist. Ruinen, da wo früher die Marktkirche stand. Das schöne mittelalterliche Rathaus ist ein Haufen Schutt und ich kann eigentlich gar keine einzige Kirche mehr entdecken, nur riesige Steinhügel aus zerstörtem Mauerwerk. Die Post scheint noch in Betrieb zu sein, dort sitzen seltsame Leute mit versteinerten Gesichtern vor großen Monitoren, auf die sie mit den Fingern tippen. Alle tragen streng geschnittene, kurze Haare, graue Jacken und graue Hosen und man kann nicht zwischen Mann und Frau unterscheiden. Soll das der neue Verwaltungsapparat der Malpertha Non X sein, der no-gender Kreatur? Im Krankenhaus bietet sich dasselbe Bild, verhärtete, regungslose Gesichter, eingefroren wie Masken. Uniform gekleidete Pfleger gehen mit ruckartigen Bewegungen ihrer Arbeit nach. Die Krankenbetten sind überfüllt, es stinkt und in den Fluren liegt Müll herum.

Ich stehe am Marktplatz neben einem Hügel aus Geröllschutt, abgeplatzten Maßwerkstücken und zersplittertem, buntem Fensterglas. Diesmal bin ich anscheinend nicht im Mittelalter, sondern in der Zukunft gelandet. Bin ich trotzdem unsichtbar? Die Menschen, die zwischen den Schutthügeln entlang tappen, machen einen apathischen, ferngesteuerten Eindruck und wirken, als hätte man sie mit Beruhigungsmitteln vollgepumpt. Drei Männer gehen mit unbewegter Miene im Gleichschritt nebeneinander, stieren geradeaus, stoßen mit den Fußspitzen immer wieder hart gegen herumliegende Steine, was eigentlich schmerzhaft sein müsste, zeigen keinerlei Reaktion. Ich wage mich nicht hervor, sie machen mir Angst. Ich warte, bis ein abgemagerter, kleiner Junge kommt, auch er apathisch, verloren wirkend. Ich stelle mich ihm in den Weg, er geht durch mich hindurch. Ich spüre große Erleichterung.

Über die eingestürzten Häuser des Marktes hinweg sehe ich das unbeschädigte Schwiecheldthaus. Das Renaissancegebäude diente zu meiner Zeit als Seniorenheim und ich mache mich gleich auf den Weg, vielleicht finde ich dort Bekannte? Ich eile über den Platz. Wieso ist das beinahe fünfhundertjährige Patrizierhaus unversehrt geblieben? Die Aussicht, auf normale Menschen zu stoßen, flößt mir verwegene Hoffnung ein. Durch den Hofeingang will ich die Empfangsdiele betreten, die Glastüren gleiten zur Seite und mein Herz klopft wild vor Aufregung. Wer wird am Empfang sitzen? Enttäuschung. Ein fremdes Gesicht, ein Mann, auch in die strenge, graue Uniform gehüllt. Misstrauisch blickt er auf.

„Sie wünschen?"

Er kann mich sehen, wieso? Vor Schreck bekomme ich kein Wort heraus und sein leeres Gesicht beginnt Interesse zu zeigen. Während er mich anstiert, bewegt er die Hände unauffällig unter das Pult. Ich bin gewarnt, instinktiv drehe ich mich um und gehe zurück zur Tür. Doch die Automatik funktioniert nicht mehr, die Kreatur am Empfang hat anscheinend den Sensor deaktiviert. Ich renne die alte Treppe zur Bibliothek hinauf, sie quietscht so vertraut wie früher.

Im zweiten Stock hetze ich einen Flur entlang, bin ohne Plan, drücke auf die nächstbeste Türklinke und trete ein. Angeekelt nehme ich den Gestank nach Fäkalien wahr. Dann sehe ich, dass der Raum, der zu meiner Zeit den gehobenen Wohnbedarf gutsituierter Senioren abdeckte, voll gepfropft ist mit Betten. In jedem Bett liegt ein alter Mensch, fixiert mit Gurten. Es müssen ungefähr zehn sein, manche haben die Augen starr geöffnet, andere geschlossen, die Köpfe hängen kraftlos zur Seite, ich bin nicht sicher, ob alle noch atmen. Ich will den Puls fühlen, meine Finger greifen ins Leere. Fluchtartig verlasse ich den Raum, spähe nach allen Seiten, der Flur ist leer. Schritte sind nicht zu hören und ich versuche es mit der nächsten Tür. Dort erwartet mich derselbe Anblick und das bleibt so, hinter allen Türen bietet sich ein katastrophales Bild von Vernachlässigung, Verwesung und Grauen.

Ich kann kaum atmen, ich muss da weg, aber wie soll ich an dem uniformierten Gleichgeschalteten am Empfang vorbeikommen? Der Geheimgang fällt mir ein! Lina, eine Sozialarbeiterin der Seniorenresidenz, hatte per Zufall die beinahe unsichtbare Tapetentür hinter einem Regal entdeckt und mich unter dem Siegel der Verschwiegenheit in ihr Geheimnis eingeweiht. Neugierig hatten wir uns mit einer hellen LED-Lampe ausgerüstet und waren nur so zum Spaß einfach drauflosgegangen.

Die Tür führte über eine Steintreppe zu einem unterirdischen Gang, der sich früher mal über die halbe Stadt erstreckt haben musste, das war jedenfalls an den zahlreichen vermauerten Zugängen zu erkennen. Modrig wie in einer Gruft roch es in der feuchten Dunkelheit und das schaurige Flair unserer abenteuerlichen Exkursion durch die unterirdische Goslarer Altstadt hatte uns einen herrlichen Kick verschafft. Leider waren wir nicht weit gekommen, der Gang endete vor einer mit Hängeschloss gesicherten Tür und wir mussten enttäuscht in Linas Büro zurückkehren.

In der Hoffnung, den Geheimgang noch immer benutzen zu können, mache ich mich auf den Weg. Wachsam vergewissere ich mich, dass mir niemand entgegenkommt, denn die mit Teppichböden ausgelegten

Korridore verschlucken jeden Laut. Ich habe mein Ziel schon fast erreicht, da biegt eine Uniformierte um die Ecke und ehe ich mich verbergen kann, marschiert sie geradewegs auf mich zu. Doch sie sieht mich nicht. Apathisch setzt sie einen Fuß vor den anderen, geht durch mich hindurch und hat bald die Treppe erreicht. Ungelenk steigt sie die quietschenden Stufen hinab.

Die Tür von Linas Büro steht offen und ich registriere enttäuscht ihre Abwesenheit. Die einst mit Blumen hübsch dekorierte Fensterbank und ihr mit Ordnern, Zetteln, Süßigkeiten und Fotos überladener Schreibtisch sind genauso leer wie sämtliche Bücherregale und bieten einen trostlosen Anblick. Mir ist zum Heulen zumute. Ich schiebe das mittlere Regal beiseite und taste nervös nach dem Mechanismus, mit dem man das Türchen öffnen kann. Die Kanten sind so geschickt mit Raufasertapete überklebt und mit weißer Farbe bestrichen, dass Uneingeweihte nur eine geschlossene Fläche wahrnehmen. Es funktioniert noch, lautlos öffnet sich ein dunkles Rechteck und bildet den Zugang zu der schmalen Steintreppe. Da sich keine Taschenlampe griffbereit in meiner Nähe befindet, muss ich diesmal ohne Licht hinabsteigen.

Unter normalen Umständen hätte ich das nicht getan, aber meine Angst vor dem unheimlichen Mann am Empfang ist größer als die vor Spinnen und Dunkelheit, also setze ich vorsichtig einen Fuß vor den anderen, tappe die abgestoßenen Stufen hinunter und komme nach einer Ewigkeit unten an. Da verlässt mich der Mut und ich bleibe verzagt stehen.

Ich zwinge meine Gedanken zurück zu meiner Mission. Warum bin ich hier? Es geht um den Fluch und um Bartold Taube, den unglücklichen Mann aus meinen seltsamen Träumen, den muss ich finden. Aber wie und wo? In meiner Hilflosigkeit und meinem Unvermögen denke ich an Paolos Worte: Das Herz kann versteckte Menschen finden. Warum hatte ich nicht eher daran gedacht? Ich ziehe den Lederbeutel hervor, öffne die Schnur und nehme das Herz heraus. Ein warmes Licht breitet sich aus und drängt mich, weiterzugehen. Ich bin also nicht zufällig hier.

Im Nu habe ich die Kellertür erreicht, die mehr einem spitzbogigen, gotischen Portal gleicht, und stehe vor der schwierigen Aufgabe, das alte Schloss aufzubrechen. Ich löse einen Stein aus dem mit Bruchsteinen gepflasterten Gang und nachdem ich mich vorsichtig vergewissert habe, dass nichts Verdächtiges zu hören ist, gelingt es mir mit drei Hieben, das rostige Schloss zu zertrümmern. Mir ist flau im Magen, denn hinter der Tür kann sich wer weiß was befinden, aber habe ich eine Wahl?

Im Schein des Herzglases fällt mir zuerst die himmelblau getünchte Decke eines beinahe quadratischen Kreuzgewölbes auf. In der Raummitte stehen drei schwarze Stühle und in einer dunklen Ecke hat jemand einen Tisch abgestellt, über dem ein ebenfalls himmelblaues Tuch bis auf die Erde hängt. An den Wänden stecken in eigens dafür angebrachten Vertiefungen ein paar verkohlte Fackeln, sonst ist der Raum leer. Der Boden des unterirdischen Kellers besteht aus festgetretenem Lehm und die Raumtemperatur ist ganz angenehm, weder warm noch kalt. Diese mittelalterlichen Keller gibt es überall in Goslar, nur kann ich weder einen zweiten Zugang entdecken, noch habe ich Streichhölzer dabei, um eine Fackel anzuzünden.

Ratlos lasse ich mich auf einem der Stühle nieder und denke nach. Drei schwarz lackierte, kaum abgenutzte

Stühle unter einem symbolischen Himmel und mehrere halb verbrannte Fackeln. War ich in einen geheimen Versammlungsort der Freimaurer, der Rosenkreuzer oder gar von Kirchgängern geraten? Stand es inzwischen unter Strafe, christliche Gottesdienste zu besuchen? In welcher Zeit war ich überhaupt gelandet? Vorhin habe ich noch geglaubt, mich in der Zukunft zu befinden, nun muss ich befürchten, ins finsterste Mittelalter zurückgerutscht zu sein. Ich studiere gerade die Farbschicht an der Decke, um Aufschluss über ihr Alter zu bekommen, da lässt mich das Geräusch von schlurfenden Schritten zusammenfahren. Wenn die Tapetentür der einzige Zugang ist, durch den man das Gewölbe erreichen kann, dann gibt es nicht die kleinste Möglichkeit, sich zu verstecken und ich sitze in der Falle.

Noch heute muss ich gegen Panikattacken ankämpfen, wenn ich an den dunklen Gang denke. Paolo hatte mich in eine wirklich furchterregende Situation gebracht und für mich war der Ausgang des Wagnisses vollkommen ungewiss!

Ich betaste verzweifelt die Wände des Gewölbes, in der Hoffnung, irgendeinen verborgenen Mechanismus zum Öffnen einer Geheimtür zu entdecken, doch es gelingt mir nicht und die Schritte kommen unaufhaltsam näher. Ein Schnaufen wird laut, wie es alte, gebrechliche Frauen beim Gehen ausstoßen, denen die Eitelkeiten der Jugend nichts mehr bedeuten. Nun hat die Person ein Schlüsselbund hervorgezogen, mit dem sie hektisch zu rasseln beginnt und ich verkrieche mich schnell unter dem Tisch, dem einzigen Versteck, das ich finden kann. Zuvor habe ich noch das kaputte Schloss an mich genommen und das Herz in meiner Hosentasche verstaut. Zwischen den Falten des Tischtuches kann ich hervorlugen und das weitere Geschehen beobachten.

Als die Frau die schon geöffnete Tür bemerkt, stößt sie einen überraschten Laut aus und bleibt abrupt stehen.

Verärgert vor sich hin murmelnd, tritt sie durch den Spitzbogen ein, hält eine Laterne in die Höhe und sieht sich misstrauisch nach allen Seiten um. Im ersten Moment glaube ich, eine stark gealterte Anne vor mir zu sehen, doch dann begreife ich, dass mir Anna Maria von Ziegler, die Schwarzkünstlerin, durch den Geheimgang gefolgt ist. In ihrer durchscheinenden Hinfälligkeit gleicht sie einem gefallenen Engel und ich bin mir nicht mehr sicher, ob ich überhaupt noch in irgendeiner Zeit oder schon in der Ewigkeit gelandet bin.

Ihr gelbbraunes Kleid schleift über den Boden und die viel zu langen, weiten Ärmel hängen wie gebrochene Flügel an ihr herab. Sie durchschreitet suchend den Raum und kommt immer näher an mein Versteck heran. Als der Abstand zwischen uns nur noch wenige Zentimeter beträgt, hebt sie einen Zipfel des Tischtuches an und blickt mir nervös zwinkernd in die Augen.

„Aha, ein Störenfried! Los, mach, dass du da hervorkommst!"

Ich stelle mich neben den Tisch und zittere vor Kälte und Angst, wenn man sich längere Zeit in dem Gewölbe aufhält, ist es doch eher kalt als warm. Mit sich selbst sprechend, geht sie auf und ab.

„Was mach ich nur, was mach ich nur mit der? Ich nehme an, die will sich einmischen, oder? Es ist fast geschafft, das Ziel ist bald erreicht, die Welt kann untergehen, oder?"

Sie bleibt stehen und knallt die Laterne auf den Tisch.

„Was tust du überhaupt hier unten?"

Mir wird ganz elend, wieder hat mich Paolo nur unzureichend vorbereitet und ich verspüre dieses Ziehen in der Magengegend, das sich immer einstellt, wenn ich glaube, versagt zu haben.

„Ich weiß auch nicht, ich bin nur zufällig hier."

Ihr verbiestertes, verwelktes Gesicht verzieht sich und ein glucksendes Lachen dringt aus ihrer Kehle. Um ihre Freude zu verbergen, dreht sie mir den Rücken zu und ich sehe nur ihre bebenden Schultern.

„Los, geh wieder in dein Versteck und lass dir nicht einfallen, uns zu stören!"

Sie hebt das Tischtuch an und ich schlüpfe gehorsam unter das zeltartige Versteck. Ich komme mir vor wie Gretel zu Besuch bei der Hexe.

„So, und nun hab ich zu tun, unterbrich mich nicht, sonst muss ich dich fixieren!"

Sie stellt die Laterne neben die Tür und begibt sich in die Mitte des Raumes. Mit geschlossenen Augen wendet sie ihr Gesicht der Gewölbedecke zu und murmelt leise vor sich hin. Ich kann Zahlenfolgen, fremde und lateinische Wortfetzen heraushören, seltsame Formeln, die Beschwörungen gleichen und dazwischen ihr meckerndes Gelächter.

Das Himmelblau der Decke scheint sich plötzlich zu dehnen und die vier Zellen des Kreuzgewölbes öffnen sich wie Blütenblätter und geben einen mit Sternen und Planeten übersäten Nachthimmel frei. Angesichts all der bizarren Geschehnisse bin ich kaum noch erstaunt, als aus der Ferne der Galaxien etwas herangeschwebt kommt, das wie ein kleiner, leuchtender Punkt aussieht.

Der Punkt wird größer, nimmt Form an und erweist sich als die Verkörperung eines Mannes, nämlich Bartold Taube. Nach seinem Eintreffen schließen sich die blauen Felder und verwandeln sich zurück in eine harmlose Gewölbedecke.

Taube sieht genauso aus wie in meinen Träumen, schmächtig und vergrämt. Er hat sich einen grünen Stehkragen aus Filz um den mageren Hals geschlungen und trägt über braunen Strumpfhosen ein ebenso gefärbtes Obergewand, dessen Fischschuppenstruktur einem Kettenhemd der Ritterzeit ähnelt. Verzückt schließt er Anna Maria in die Arme und stöhnt vor Wonne und Glück. Nur der Schein der Laterne wirft in kleinem Radius etwas Licht auf den Lehmboden, während der Rest des Gemäuers in Dunkelheit verborgen bleibt. Taube ist so besessen von Anna Marias Gegenwart, dass er mich selbst dann nicht bemerkt hätte, wenn die Fackeln zum Einsatz gekommen wären. Ich hoffe, dass von den beiden keine Gefahr für mich ausgeht und kontrolliere meine Atmung, um nicht in Panik zu geraten. Wenn es stimmt, was Anna Maria angedeutet hat, dann ist die Sorge um meine Wenigkeit das kleinste Problem. „Meine Geliebte! Mein Rehlein, meine liebe Anna Maria! Lass uns noch ein wenig beieinander sein, bevor die letzten Schritte getan werden."

Er umarmt sie so fest und drängend, als wolle er ihren Körper verschlingen und ich befürchte schon, er wolle sie zum Beischlaf drängen.

Nach Luft ringend macht sie sich los und schlurft zur Raummitte. Umständlich rückt sie die Stühle zurecht, vergewissert sich, ob mit ihrem Kleid alles in Ordnung ist und scheint zu genießen, dass Taube jede Bewegung der Angebeteten mit verzehrenden Blicken verschlingt.

Schließlich winkt sie ihn herbei und sie nehmen feierlich auf den Stühlen Platz.

Für wen ist der dritte Stuhl gedacht, erwarten sie noch jemanden?

Aus einer Tasche kramt Taube ein dick eingewickeltes Bündel hervor und befreit eine plumpe, goldglänzende Krone aus mehreren Tüchern. Anna Maria setzt sich in Positur, neigt huldvoll den Kopf und lässt sich von ihm krönen. Erst jetzt bemerke ich, dass auch sie einen grünen, mit Ornamenten verzierten Kragen trug. Im Wechsel leiern sie irgendwelche unverständlichen Texte in einer fremden Sprache herunter und nach einer Ewigkeit stehen sie auf und stellen sich eng nebeneinander in die Mitte des Raumes. Anna Maria setzt sich die Krone wieder ab, nimmt sie in die Hände und reckt ihre spindeldürren Ärmchen zur Decke empor, während Taube unvermittelt und mit Schwung ein silbernes Schwert unter seinem Hemd hervorzieht und senkrecht in die Luft hält. Mir läuft es kalt den Rücken hinunter.

Die Gewölbedecke gerät wieder in Bewegung und ehe ich weiß, wo es hergekommen ist, kreist ein angsteinflößendes Wesen über den Köpfen der beiden und lässt sich nach einer Weile auf den freien Stuhl plumpsen. Die Kreatur sieht ekelerregend aus. Auf dem weißlichen Leib eines Tieres mit Krallenfüßen und Pranken sitzt ein Menschenkopf, dessen dummes Gesicht den Anschein von Schlauheit erwecken möchte.

Taube wirft sich ehrfürchtig vor dem Tier auf den Boden. Anne hat sich wieder gesetzt und beobachtet das Geschehen mit einem schwer zu beschreibenden Ausdruck im Gesicht. Nachdem Taube eine Weile auf den Knien verharrt hatte, erhebt er sich und richtet das

Wort an das Tier. Er proklamiert mit Fistelstimme:

„Hier ersteht das Neue Reich, ausgelöscht das Alte vom Angesicht der Erde, im Strudel verschlungen das Erdreich, Neugeist fliegt auf zu den ewigen Stätten des Ruhmes und verkündet die Herrschaft Luzifers als Dreigestirn."

Der Gestank von Schwefel breitet sich aus, eine dünne, gelbliche Luftschicht wabert zur Decke empor und färbt das himmelblaue Gewölbe gelblich-grün. Wie gelähmt sehe ich mit an, wie sich die Hände von Taube und dem Tierwesen langsam aufeinander zubewegten, um in einem symbolischen Akt miteinander zu verschmelzen. Auf Taubes Gesicht erscheint ein triumphierendes Grinsen, das sofort erlischt, als er Anna Marias passive Haltung bemerkt. Sie verharrt reglos auf ihrem Stuhl und mir kommt es so vor, als ob sie unauffällig zu meinem Versteck hinüber schielt und mir zwinkernde Blicke zuwirft. Taube nickt auffordernd mit dem Kopf und weist auf die einladend ausgestreckten Pranken der Kreatur hin. Anna Maria hebt zögernd die Hände, um den Pakt zu vollziehen, da durchfährt mich ein stechender, heißer Schmerz am rechten Oberschenkel.

Das Herz! Ich habe es schnell wieder eingesteckt, als ich die Schritte hörte und dann völlig vergessen. Nun signalisiert es eine erhöhte Gefahrenstufe und ehe das Trio den besiegelnden Händedruck austauschen kann, verlasse ich mein Versteck, ziehe den roten Glasstein hervor und halte ihn in die Luft. Auf die Wirkung, die meine theatralische Geste auslöst, bin ich allerdings nicht gefasst. Alle drei Augenpaare starren verblüfft auf den Gegenstand in meiner Hand und das Flügelwesen stößt einen überraschten, wütenden Laut aus. Seine sehnigen, überlangen Hinterbeine schnellen empor, werfen den

Stuhl polternd um und mit einem kreischenden Laut schießt es durch die Decke.

Auch Anna Maria und Taube sind aufgesprungen und blicken der Kreatur erschrocken nach. Der triumphierende Ausdruck des nahen Sieges in Taubes Gesicht ist einer gequälten Enttäuschung gewichen und auch ich bin wie gelähmt und weiß nicht, was ich machen soll. Meine Aufgabe lautet, Bartold Taube zur Rücknahme des Fluches zu bewegen, aber von Anna Maria und einem Flügeltier war nie die Rede gewesen. Ich rufe mir Paolos Worte ins Gedächtnis: Wenn das Herz leuchtet, gib Acht! Es kann einen Menschen zur Umkehr bewegen. Die Angst setzt neue Kräfte in mir frei. Entschlossen trete ich vor Bartold Taube und halte ihm das Herz unter die Nase. Sein Mund verzerrt sich gequält und er weicht einen Schritt zurück. Dann glimmt etwas in seinen Augen auf und er stiert das wie Rubin leuchtende Glas ungläubig an.

„Ein Karfunkel! Ihr habt den Stein der Weisen!"

Den Stein der Weisen? Auch davon war nie die Rede gewesen. Irritiert sehe ich mich um und stelle fest, dass Anna Maria verschwunden ist. Sie hat anscheinend unbemerkt das Kellergewölbe verlassen und dem vor Aufregung zitternden Taube ist die Abwesenheit seiner Geliebten noch gar nicht aufgefallen. Er zetert.

„Ihr müsst den Karfunkel hergeben! Die edle Frau von Ziegler hat mit viel Eifer danach gesucht, er gehört ihr! Los, gib ihn her, du Metze!"

Seine Augen können sich von dem Gegenstand in meiner geöffneten Hand nicht losreißen. Ohne auf die Umgebung zu achten, kommt er wie magnetisiert immer näher heran und ich spüre beim Zurückweichen schon die Kälte der Wand an meinem Rücken. Verzweifelt mache ich einen schnellen Schritt nach rechts und Taube, der sich gerade auf mich stürzen will, verliert das Gleichgewicht und droht zu fallen. Keuchend stützt er sich mit den Armen gegen die Wand, um den Sturz zu verhindern und diese wenigen Sekunden verschaffen mir genug Zeit, mich neu zu orientieren.

„Nein! Gar nichts bekommst du! Wie kannst du es wagen, eine solche Kostbarkeit für deine bösen Pläne benutzen zu wollen!"

Mir ist unterdessen klar geworden, was die fragmentarischen Zeitungsmeldungen und apokalyptischen Bildsequenzen zu bedeuten hatten. Eine neue, oder möglicherweise sogar die endgültige Verwüstung der Erdoberfläche steht bevor und dabei ist die politische oder religiöse Ausrichtung des Geschehens ganz zweitrangig, solange eine größtmögliche und langfristige Zerstörung angerichtet wurde. Ich weiß nicht, woher mir die Worte kommen, die ich schließlich mit großem Selbstbewusstsein vorbringe.

„Junker Taube, du trägst eine versklavte, ungepflegte und zum Bösen verführte Seele mit dir herum! Wann hast du das letzte Mal herzhaft gelacht?"

Mir war der Satz eingefallen: Der Teufel kennt keinen Humor, darum verbietet er seiner Gefolgschaft als Erstes das fröhliche Lachen.

„Was redest du da, du Hexe! Wenn mein Rehlein bei mir ist, lache ich die ganze Zeit!"

Zum Beweis stimmt er ein wieherndes Gelächter an, das alles andere als fröhlich klingt. Nun erst wird ihm die Abwesenheit seiner Geliebten bewusst und das Wiehern geht in zorniges Heulen über.

„Du, du hast mein Rehlein verzaubert! Was hast du mit

dem Edelfräulein gemacht, du stinkender Kothaufen?! Wo ist sie?"

Er hebt den Arm und will mir ins Gesicht schlagen. Schnell ducke ich mich weg und seine Hand saust an mir vorbei. Schutz suchend stelle ich mich hinter einen Stuhl, glücklicherweise ist er noch nicht darauf gekommen, von seinem Schwert Gebrauch zu machen. Das bräunliche Fischschuppenhemd schlottert um seinen mageren Körper, während er hasserfüllt zu mir hinüber schielt.

Ich muss an die entspannten und frohen Gesichter von Anna Maria und Philippus denken, so sieht niemand aus, der in der Hölle schmort. Streitlustig wirft Taube den Kopf zurück und ich befürchte, er wird nun doch noch zum Schwert greifen und die Szenerie in ein Schlachtfeld verwandeln.

„Warte, Bartold Taube! Ich verfüge nicht über zauberische Kräfte, aber ich will dir gerne den einzigen Ort nennen, an dem du Anna Maria wiederfinden kannst. Ich selbst habe sie erst heute dort gesehen!"

Beim Klang ihres Namens horcht er auf.

„Deine Freundin durfte den Himmel betreten."

„Du lügst! Sie wurde verdammt, für ewig!"

„Nein, ich lüge nicht, ich habe sie selbst gesehen!"

Schweigend denkt er nach und sein Gesicht verändert sich, es wird weicher.

„Ich will das Herz anfassen!"

Ich erschrecke. Darf ich dem hasserfüllten Mann erlauben, das einzigartige Kleinod zu berühren? Eine solche Kostbarkeit einem Menschen in die Hand zu geben, der schon mit einem Bein in der Hölle steht, konnte nur Zerstörung bedeuten. Und dennoch... Einer

Eingebung folgend, halte ich mir das Herz so vor Augen, dass ich durch die rote Glasmasse hindurch Bartold Taube sehen kann und zu meinem Erstaunen blicke ich in das hübsche, pfiffige Gesicht eines niedlichen Knaben, das nichts mit der grämlichen Visage des verbitterten Mannes gemeinsam hat.

„Nimm erst den Fluch zurück, den du in der Ziegengasse verhängt hast und ich gebe dir das Herz!"

Seine Augen irren hin und her und sein Gehirn arbeitet fieberhaft, um die richtige Antwort zu finden. Es ist merkwürdig, aber er scheint genau zu wissen, worum es geht und was ich von ihm verlange. Nach einer Weile sucht er meinen Blick und atmet tief durch.

„Gut, ich bin einverstanden! Gib mir aber zuerst das Herz!"

Nun darf ich nicht kneifen, doch ich schließe die Augen, um nicht mit ansehen zu müssen, wie er mein kostbares Geschenk an sich nimmt. Ich halte ihm das Herz entgegen, fühle, wie kalte Finger meine Hand berühren und verspüre im selben Moment dieses Ziehen in der Magengegend. Was habe ich getan? Ich bereue meine törichte Großzügigkeit, bestimmt will er mich nur reinlegen, um an den Karfunkel zu kommen, den er für den Stein der Weisen hält und er wird trotzdem an dem Fluch festhalten! Paolo wird mir vorwerfen, dass ich unfähig sei, dem Bösen auf die Schliche zu kommen. Nein, ich muss den Vorgang sofort wieder rückgängig machen!

Taube ist ein paar Schritte gegangen und an der Tür mit dem Rücken zu mir stehen geblieben. Ich muss mich erst im Halbdunkel orientieren. Wie soll ich es bloß anstellen, ihm das Herz wieder zu entreißen? Da höre ich das Lachen. Ein befreites, unbeschwertes, fröhliches Lachen, in das man gern einstimmen möchte, ein Lachen, wie es nur selten erklingt. Es gibt viele Arten des Lachens, die man auf einer breiten Skala vertonen könnte: kampflustig, bedrohlich und aggressiv, irritiert und konsterniert, verächtlich, spöttisch, hilflos, überheblich, angstvoll, selbstgefällig, prahlerisch oder gekünstelt. Das glückliche, unbeschwerte Lachen, sprudelnd aus einer Quelle der Freude, ist selten zu hören.

Das Lachen kommt von Bartold Taube und als er sich umdreht und mir einen kurzen Blick zuwirft, hat er ein völlig verändertes Gesicht. Fasziniert hält er den gläsernen Rubin in den Händen und auch ich beobachte wie gebannt, wie im Inneren des Herzens ein Freudenfeuer brennt. Dabei singt Taube heiter wie ein glückliches Kind vor sich hin.

„Ja, ich löse den Fluch, ich löse den Fluch!"

Im selben Moment öffnet sich die Decke und die Konturen des Gewölbekellers zerfließen wie Nebel im Nichts und alles löst sich auf.

Nur eine Sekunde später stehe ich neben dem Telefon in meinem Wohnzimmer und meine süße Katze Schnüppel streicht liebeshungrig schnurrend um meine Beine herum. Genau wie Paolo es versprochen hatte, bin ich in meine Wohnung zurückgekehrt und niemand hat mir ein Härchen gekrümmt. Nur eine große Müdigkeit zeigt die Strapazen der abenteuerlichen Reise an. Erleichtert stelle ich fest, dass nur ganz wenig Zeit vergangen ist und sich in meinem Leben nichts verändert hat. Ich bin bei einem Venediger zu Gast gewesen und am selben Tag zurück in den Harz gekehrt.

*I*nzwischen sind einige Monate vergangen und weder Paolo noch einer der anderen Protagonisten haben meinen Weg gekreuzt. Auch das Herz blieb verschwunden. Aus den eher oberflächlichen Unterhaltungen mit Anne sind regelmäßige Gespräche geworden, in denen wir uns über spirituelle Themen und auch über unsere seelische Befindlichkeit austauschen. Scheue Menschen wie Anne haben oft ein weites Herz und neigen dazu, sich der Oberflächlichkeit des Zeitgeistes entgegen zu stellen, um Beziehungen eine Dimension zu verleihen, die man früher als Treue bezeichnet hat.

Glücklicherweise ist sie nicht mehr davon überzeugt, schon einmal als die Schwarzkünstlerin Anna Maria gelebt zu haben und hat sich wieder der Aufarbeitung historischer Quellen zugewandt. Jetzt versucht sie beharrlich, einen Stapel rätselhafter Briefe aus dem siebzehnten Jahrhundert zu entziffern. Bei meinem letzten Besuch waren sämtliche Tiegel, Reagenzgläser und Glaskolben aus ihren Regalen verschwunden und nachdem sie mich ein paar Mal ergebnislos kreuz und quer durch das gesamte Mönchstal gehetzt hatte, verlor sie auch endlich das Interesse an der Silbermine.

Meine abenteuerlichen Zeitreisen rufen manchmal wehmütige Erinnerungen in mir wach, am meisten vermisse ich jedoch die Treffen mit Paolo und seine kunstvolle Art und Weise, zu erzählen. Dafür entdeckte ich, wie angenehm es sein kann, mit Paul über unerklärliche Phänomene zu fachsimpeln und anschließend in seinen Armen zu liegen.

Hat mein bescheidener Einsatz dazu beigetragen, die Zukunft vor der apokalyptischen Vernichtung zu bewahren? Die Frage kann ich nicht beantworten.

Je älter ich werde, umso öfter schaue ich in den Himmel, auch wenn es nur die Zimmerdecke ist, und rufe laut, so, wie man einem alten Freund zuruft: *He, Kumpel, wie geht's? Ich bin hier, vergiss mich nicht!* Und manchmal glaube ich, das wunderschöne Glasherz wie einen rubinroten Stern am Nachthimmel zu sehen, ein Stern, der in der Weite des Universums schwebt und seine Strahlen zu den alten Bergwerksstollen des Harzes und zu den venezianischen Glasmachern von Murano sendet. Noch heute.